A noiva do Deus do Mar

Axie Oh

A noiva do Deus do Mar

Tradução
Raquel Nakasone

Editora Melhoramentos

Dados Internacionais de Catalogação na Publicação (CIP)
(Câmara Brasileira do Livro, SP, Brasil)

Oh, Axie
 A noiva do Deus do mar / Axie Oh; tradução Raquel Nakasone. –
1. ed. – São Paulo: Editora Melhoramentos, 2022.

 Título original: The girl who fell beneath the sea
 ISBN: 978-65-5539-403-0

 1. Ficção norte-americana I. Título.

22-104039　　　　　　　　　　　　　　　　　　　　　　　CDD-813

Índice para catálogo sistemático:
1. Ficção: Literatura norte-americana
Cibele Maria Dias – Bibliotecária – CRB-8/9427

Copyright © 2022 by Axie Oh
Título original: *The Girl Who Fell Beneath the Sea*
Publicado mediante acordo com Feiwel and Friends,
um selo da Macmillan Publishing Group, LLC.

Tradução: Raquel Nakasone
Preparação: Carlos César da Silva
Revisão: Vivian Miwa Matsushita e Tulio Kawata
Projeto gráfico e adaptação de capa: Bruna Parra
Diagramação: Johannes C. Bergmann
Capa: adaptada do projeto original de Rich Deas e Kathleen Breitenfeld
Ilustração de capa: © 2022 by Kuri Huang
Imagem de miolo: starline/Freepik

Direitos de publicação:
© 2022 Editora Melhoramentos Ltda.
Todos os direitos reservados.

1ª edição, 4ª impressão, setembro de 2024
ISBN: 978-65-5539-403-0

Atendimento ao consumidor:
Caixa Postal 169 – CEP 01031-970
São Paulo – SP – Brasil
www.editoramelhoramentos.com.br
sac@melhoramentos.com.br

Siga a Editora Melhoramentos nas redes sociais:
 /editoramelhoramentos

Impresso no Brasil

Para minha mãe,
que sempre acreditou em mim.

1

Os mitos do meu povo dizem que somente a verdadeira noiva do Deus do Mar pode dar um fim à sua fúria insaciável. Quando as tempestades sobrenaturais surgem no Mar do Leste, os raios cortam o céu e as águas rasgam a costa, uma noiva é escolhida e oferecida ao Deus do Mar.

Ou sacrificada, dependendo do tamanho da sua fé.

Todos os anos, assim que as tempestades começam, uma garota é levada ao mar. Não posso deixar de me perguntar se Shim Cheong acredita no mito da noiva do Deus do Mar – e se ela vai encontrar conforto para lidar com o fim.

Talvez ela encare tudo isso como um começo. O destino pode tomar vários caminhos diferentes.

Por exemplo, há o meu próprio caminho – o caminho literal diante de mim, seguindo estreitamente pelos campos alagados de arroz. Se eu seguir esse caminho, ele vai me levar à praia. Se eu der meia-volta, vai me levar ao vilarejo.

Qual destino me pertence? Qual destino vou agarrar com minhas mãos?

Mesmo se fosse uma questão de escolha, essa escolha não seria realmente minha. Pois, embora grande parte de mim queira a segurança de um lar, a vontade do meu coração é infinitamente mais forte. Ela me empurra para o mar aberto e para a única pessoa que eu amo além do destino.

Meu irmão Joon.

Raios cortam as nuvens de tempestade, espalhando-se pelo céu escurecido. Meio segundo depois, um trovão ressoa sobre os campos de arroz.

O caminho termina quando a lama encontra a areia. Tiro minhas sandálias encharcadas e as penduro no ombro. Através da chuva torrencial, avisto o barco, oscilando e se agitando sobre as ondas. É uma pequena embarcação oca com um único mastro, feita para carregar cerca de oito homens – e a noiva do Deus do Mar. Já está longe da costa, se afastando ainda mais.

Ergo a saia ensopada da chuva e saio correndo em direção ao mar revolto.

Ouço um grito vindo do barco no instante em que colido com a primeira onda. Sou imediatamente puxada para baixo. Fico sem ar com a água congelante. Cambaleio, submersa, rolando violentamente para a esquerda, depois para a direita. Esforço-me para erguer a cabeça acima da superfície, mas as ondas se derramam sobre mim.

Não sou uma nadadora ruim, mas também não sou muito boa, e, apesar de estar me esforçando para nadar, para alcançar o barco e *sobreviver*, a tarefa é difícil. Talvez não seja o bastante. Queria que não doesse tanto – as ondas, o sal, o mar.

– Mina!

Mãos fortes envolvem meus braços e me puxam para fora da água. Sou colocada firmemente no convés ondulante do barco. Meu irmão está na minha frente, com seus traços familiares retorcidos em uma carranca.

– O que estava pensando? – grita Joon sobre o vento uivante. – Você poderia ter se afogado!

Uma onda gigante quebra contra o barco e eu perco o equilíbrio. Ele agarra meu pulso para me impedir de cair no mar.

– Eu te segui! – grito de volta. – Você não devia estar aqui. Guerreiros não podem acompanhar a noiva do Deus do Mar. – Olhando para meu irmão agora, com seu rosto açoitado pela chuva e sua expressão desafiadora, tenho vontade de desabar em lágrimas. Quero arrastá-lo para a praia sem olhar para trás. Como ele pode se colocar em risco desse jeito? – Se o deus ficar sabendo da sua presença, você vai acabar morto!

Joon se encolhe e desvia o olhar para a proa do barco, onde uma figura esguia está de pé, o cabelo se agitando com força ao vento.

Shim Cheong.

– Você não entende – diz ele. – Eu não podia... não podia deixá-la enfrentar isso sozinha.

O tremor em sua voz confirma o que eu suspeitava – e que torcia para não ser verdade. Praguejo baixinho, mas Joon não percebe. Todo o seu ser só presta atenção *nela*.

Os anciões dizem que Shim Cheong foi concebida pela Deusa da Criação para ser a última noiva do Deus do Mar, aquela que vai consolar todas as suas tristezas e inaugurar uma nova era de paz no reino. Sua pele foi forjada com a mais pura das pérolas. Seu cabelo, costurado da noite mais profunda. Seus lábios foram coloridos com o sangue dos homens.

Talvez esse último detalhe seja mais amargura do que verdade.

Lembro da primeira vez que a vi. Eu estava perto do rio com Joon. Era a noite do festival dos barquinhos de papel, quatro verões atrás. Eu tinha doze anos, e Joon, catorze.

Nos vilarejos do litoral, a tradição é que cada pessoa escreva seus desejos em pedaços de papel e depois faça dobraduras de barquinho com eles para colocar no rio. A crença é que os barquinhos levarão esses desejos aos nossos ancestrais no Reino dos Espíritos, onde eles poderão negociar com os deuses menores para que os realizem.

– Shim Cheong pode ser a garota mais bonita do vilarejo, mas seu rosto é uma maldição.

Olhei para cima ao som da voz de Joon, seguindo seu olhar para a ponte que cruza o rio. Havia uma garota ali no meio.

Com o rosto iluminado pelo luar, Shim Cheong parecia mais uma deusa do que uma garota. Ela estava segurando um barquinho de papel, que logo se desprendeu da palma aberta de sua mão e caiu na água. Enquanto eu o observava sendo levado pela água, fiquei me perguntando o que uma pessoa tão bonita poderia desejar.

Naquela época, eu não sabia que ela já estava destinada a ser a noiva do Deus do Mar.

Agora, de pé no barco sob uma tempestade, com trovões que sacodem até meus ossos, percebo que os homens mantêm distância dela. É como se ela já tivesse sido sacrificada, porque sua beleza sobrenatural a separa do resto de nós. Ela pertence ao Deus do Mar. É o que todos no vilarejo sempre souberam desde que ela atingiu a maioridade.

Fico pensando se é possível seu destino mudar em apenas um dia. Ou se é preciso mais tempo para que sua vida seja roubada de você.

Eu me pergunto se Joon sentiu a solidão de Shim Cheong. Ela passou a pertencer ao Deus do Mar aos doze anos de idade, e, enquanto todos a viam como alguém que um dia iria embora, ele era o único que queria que ela ficasse.

— Mina — Joon cutuca meu braço —, você precisa se esconder.

Observo Joon procurar ansiosamente um lugar para eu me ocultar no convés descoberto. Ele pode não se importar de ter quebrado uma das três regras do Deus do Mar, mas está preocupado comigo.

As regras são simples. Nada de guerreiros. Nada de mulheres, além da noiva do Deus do Mar. Nada de armas. Joon quebrou a primeira regra vindo com ela. E eu quebrei a segunda.

E também a terceira. Envolvo com a mão o punhal escondido sob minha blusa, a arma que pertenceu à minha tataravó.

O barco deve ter chegado ao epicentro da tempestade, porque os ventos não estão mais uivando, as ondas não estão mais batendo no convés, e até a chuva retardou seu ataque implacável.

A escuridão nos cerca de todos os lados, pois as nuvens obscureceram a luz da lua. Eu me aproximo da borda do barco e olho para o lado. Um relâmpago reluz, e, no clarão, eu o vejo. Os pescadores também o veem, mas seus gritos são engolidos pela noite.

Debaixo do barco, um enorme dragão azul-prateado está se movendo.

Seu corpo lembra o de uma cobra. Ele circunda o barco, e as cristas de suas costas escamosas rompem a superfície da água.

A luz do raio se dissipa. A escuridão cai mais uma vez, e tudo que se ouve são as ondas quebrando infinitamente. Estremeço, imaginando todos os destinos terríveis que nos aguardam, seja por termos nos afogado ou por termos sido devorados pelo servo do Deus do Mar.

O barco geme enquanto o dragão avança direto para o casco.

Qual é o propósito disso? O que o Deus do Mar estava pensando ao enviar seu aterrorizante servo? Será que está testando a coragem de sua noiva?

Pisco, percebendo que a raiva afastou meu medo. Percorro o barco com o olhar. Shim Cheong ainda está na proa, mas não está mais sozinha.

— Joon! — grito, o coração acelerado.

Joon vira o rosto para mim e solta a mão de Shim Cheong abruptamente.

Atrás deles, o dragão emerge da água em silêncio, e seu longo pescoço se estende para o céu. A água do mar escorre por suas escamas azul-escuras, caindo feito moedas no convés do barco.

Os olhos negros e insondáveis da criatura estão cravados em Shim Cheong. É agora.

Não sei o que vai acontecer, mas este é o momento pelo qual todos esperamos – o momento que Shim Cheong aguarda desde o dia em que descobriu que era bonita demais para viver. É agora que ela perde tudo. E o que é mais devastador: que ela perde o garoto que ama.

Só que neste momento Shim Cheong hesita.

Ela dá as costas para o dragão, e seus olhos encontram os de Joon. Nunca vi um olhar assim antes – tão cheio de agonia, medo e desespero. Meu coração se parte. Joon solta um som engasgado, dá um passo em direção a ela, depois mais um, até estar na frente de Shim Cheong, com as mãos abertas de forma protetora.

E, assim, ele sela seu destino. O dragão nunca o deixará ir embora, não depois desse gesto de desafio. Como que para provar que meu temor tem razão de ser, a grande besta solta um rugido ensurdecedor, fazendo com que todos os homens ainda em pé caiam de joelhos.

Exceto Joon – meu forte, teimoso e tolo irmão, parado ali como se pudesse proteger sozinho seu amor da ira do Deus do Mar.

Uma raiva insuportável cresce dentro de mim, brotando na barriga e subindo até a garganta, me sufocando. Os deuses *escolheram* não realizar nossos desejos – nem os do festival dos barquinhos de papel nem os pequenos desejos que fazemos todos os dias, pedindo paz, fertilidade, amor. Eles nos abandonaram. O deus dos deuses, o Deus do Mar, só *quer* tomar as coisas das pessoas que o amam – tomar e tomar, e nunca retribuir.

Os deuses podem não realizar nossos desejos, mas eu posso. Por Joon. Eu posso realizar o desejo dele.

Corro para a proa do barco e subo na borda.

– Me leve no lugar dela! – Ergo meu punhal e faço um corte profundo na palma da minha mão, levantando-a bem acima da cabeça. – Eu serei a noiva do Deus do Mar. Entrego minha vida a ele!

Minhas palavras são recebidas com uma absoluta quietude pelo dragão. Neste instante, duvido de tudo. Por que o Deus do Mar me levaria no lugar de Shim Cheong? Não tenho sua beleza ou elegância. Só tenho minha teimosia, que minha avó sempre disse que seria a minha maldição.

Mas então o dragão abaixa a cabeça e a vira de lado, para que eu possa olhar diretamente para um de seus olhos negros. Ele é tão profundo e infinito quanto o mar.

– Por favor – sussurro.

Neste momento, não me sinto bonita. Nem corajosa, com as mãos tremendo desse jeito. Mas há um calor dentro do meu peito que nada nem ninguém pode me tirar. Invoco essa força, porque, mesmo que eu esteja com medo, sei que a escolha é minha.

Sou a criadora do meu próprio destino.

– Mina! – grita meu irmão. – Não!

O dragão ergue o corpo para fora da água, pousando parte de sua massa volumosa entre mim e meu irmão, nos separando. No silêncio que se segue, completamente cercada pelo dragão, eu hesito, me perguntando o quanto ele consegue entender.

Procuro as palavras certas. A verdade.

Respiro fundo e ergo o queixo.

– Sou a noiva do Deus do Mar.

O dragão se afasta do barco, revelando uma abertura na água agitada. Sem olhar para trás, pulo no mar.

Enquanto afundo, o rugido das ondas se interrompe abruptamente e só resta o silêncio. Acima e ao meu redor, o longo e sinuoso corpo do dragão me acompanha, formando um grande redemoinho.

Juntos, mergulhamos no mar.

É estranho, mas a necessidade de respirar nunca surge. A descida é quase… calma. Pacífica. Deve ser o efeito do dragão sobre mim. Ele deve estar usando sua magia para impedir que eu me afogue.

Minha garganta aperta e meu coração bate aliviado – todas as noivas que vieram antes de mim sobreviveram.

Submergimos na escuridão. O mar acima de mim vira o céu, e nós – o dragão e eu – nos transformamos em estrelas cadentes.

O dragão me circunda mais de perto, fechando o cerco, mas consigo vislumbrar um olho ligeiramente aberto, revelando um poço cintilante de noite. O tempo fica mais lento. O mundo para. Estendo a mão. Gotículas de sangue deixam minha ferida e se espalham feito pedras preciosas entre nós.

O dragão pisca uma vez. Uma fenda se abre abaixo de mim.

Eu mergulho na escuridão.

Minha avó sempre me contava histórias sobre o Reino dos Espíritos, um lugar entre o céu e a terra que abriga todos os tipos de seres extraordinários – deuses e espíritos e criaturas míticas. Ela dizia que fora sua própria avó quem lhe contara tudo isso. Afinal, nem todas as contadoras de histórias são avós, mas todas as avós são contadoras de histórias.

Nós duas costumávamos percorrer a curta trilha pelos campos de arroz até a praia, cada uma segurando um lado de uma esteira de bambu dobrada, que estendíamos na areia pedregosa. Então nos sentávamos lado a lado, dávamos o braço uma para a outra e mergulhávamos os dedos dos pés na água fria.

Lembro do mar no início da manhã. O sol aparecia no horizonte e formava um caminho dourado na água. O ar cobria nosso rosto de beijos salgados. Eu chegava mais perto da minha avó, aquecendo-me em seu calor constante.

Ela sempre começava com histórias que tinham início e fim, mas, à medida que os tons laranja e púrpura do início da manhã se transformavam no azul brilhante da tarde, ela começava a divagar, e sua voz se tornava uma melodia calma:

— O Reino dos Espíritos é um lugar mágico e vasto, mas sua maior maravilha é a cidade do Deus do Mar. Alguns dizem que ele é um homem muito velho. Outros, que ele é um homem na flor da idade, alto feito uma árvore, com uma barba negra como ardósia. Outros ainda acreditam que ele pode até ser um dragão, feito de vento e água. No entanto, não importa sua forma, os deuses e espíritos do reino o obedecem, pois ele é o deus dos deuses, soberano de todos eles.

Passei a minha vida toda cercada por deuses. Existem milhares deles: há o deus do poço no centro do nosso vilarejo, que canta através do coaxar dos sapos; a deusa da brisa que vem do oeste quando a lua nasce; o deus do córrego do nosso jardim, para quem Joon e eu deixávamos como oferendas bolos de lama e tortas de flor de lótus. O mundo está repleto de pequenos deuses, pois cada parte da natureza tem um guardião para zelar por ela e protegê-la.

Um dia, um forte vento marítimo varreu a água. Minha avó levou a mão ao chapéu de palha para evitar que ele fosse carregado para o céu que escurecia. Mesmo que ainda fosse cedo, as nuvens se acumulavam no alto, pesadas de chuva.

— Vovó, o que faz o Deus do Mar ser mais poderoso do que os outros? — perguntei.

– Nosso mar é uma personificação dele – disse ela –, e ele é o mar. Ele é poderoso porque o mar é poderoso. E o mar é poderoso...

– Porque ele é poderoso – completei. Ela gostava de repetições.

Um lamento baixo de trovão retumbou no céu. Os seixos aos nossos pés escorregaram para a água e foram levados pela maré. Além do horizonte, uma tempestade se formou. Nuvens de poeira e cristais de gelo ascenderam em um funil de escuridão. Suspirei conforme uma ansiedade tomou conta da minha alma.

– Está começando – falou minha avó. Levantamos-nos depressa e enrolamos a esteira de bambu, seguindo para as dunas que separavam a praia do vilarejo. Escorreguei na areia, mas ela segurou minha mão para que eu não caísse. Quando chegamos ao topo, olhei para trás uma última vez.

O mar estava sombrio. As nuvens acima bloqueavam o sol. Parecia um outro mundo, tão diferente do mar daquela manhã que, apesar de eu estar sentada ali poucos momentos antes, de repente senti uma saudade terrível dele. Nas semanas seguintes, as tempestades só pioraram, tornando impossível nos aproximarmos da praia sem sermos engolidas pelas ondas. Elas ficariam incontrolavelmente furiosas até a manhã em que as nuvens se abririam, permitindo que um breve raio de sol aparecesse – um sinal de que a hora de sacrificar uma noiva havia chegado.

– Por que o Deus do Mar está tão bravo? – perguntei à minha avó, que tinha parado para olhar a água escura. – É com a gente?

Ela se virou para mim, e vi emoção em seus olhos castanhos.

– O Deus do Mar não está bravo, Mina. Ele está perdido. Está esperando no seu palácio longínquo por alguém corajoso o suficiente para encontrá-lo.

༄

Eu me sento e respiro fundo. A última vez que dei por mim, estava mergulhando no mar. No entanto, não estou mais debaixo d'água. É como se eu tivesse acordado dentro de uma nuvem. Uma névoa branca cobre o mundo, tornando difícil enxergar além dos meus joelhos.

Fico de pé e estremeço quando meu vestido, seco e quebradiço de sal, raspa em minha pele. Das dobras da saia cai o punhal da minha tataravó, batendo contra as tábuas do piso de madeira. Enquanto estico a mão para pegá-lo, um vislumbre de cor chama minha atenção.

Em volta da mão esquerda, sobre a ferida que cortei para fazer meu voto ao Deus do Mar, há uma fita.

Uma fita brilhante de seda vermelha. Uma das pontas circunda minha mão, e a outra se estende névoa adentro.

A fita está flutuando no ar. Nunca vi nada assim, mas sei o que é.

O Fio Vermelho do Destino.

De acordo com as histórias da minha avó, o Fio Vermelho do Destino conecta a pessoa ao seu destino. Alguns acreditam que ele conecta a pessoa a quem seu coração mais deseja.

Joon, sempre romântico, acreditava nisso. Disse que soube, assim que viu Cheong pela primeira vez, que sua vida nunca mais seria a mesma. Que ele sentia, na forma como sua mão era atraída para a dela, a sutil ação do destino.

Só que o fio é invisível no mundo mortal. E a fita brilhante e vermelha diante de mim certamente *não* é invisível, o que significa...

Que não estou mais no mundo mortal.

Como se lesse meus pensamentos, a fita dá um puxão firme. Alguém – ou *algo* – está me puxando do outro lado, de dentro da névoa.

O medo tenta me dominar, mas o afasto com um balançar de cabeça teimoso. As outras noivas encararam isso, e eu também preciso, se quero ser uma substituta digna de Shim Cheong. O dragão me aceitou, mas até eu falar com o Deus do Mar, não saberei se meu vilarejo está a salvo.

Pelo menos estou mais preparada do que a maioria delas, armada com um punhal e as histórias da minha avó.

A fita tremula no ar, me chamando. Dou um passo para a frente, e ela pousa na palma da minha mão, espalhando uma centelha de estrelas. Enfio o punhal dentro da blusa e sigo a fita pela névoa branca.

À minha volta, o mundo está imóvel e silencioso. Deslizo meus pés descalços nas tábuas lisas do chão de madeira. Estendo a mão, e meus dedos tocam algo sólido – um corrimão. Devo estar em uma ponte. O caminho se inclina um pouco e dá lugar a ruas de paralelepípedos.

O ar fica mais denso e quente, e exala aromas deliciosos. Fora do nevoeiro, vejo uma fila de carrinhos de mão. O mais próximo está cheio de pasteizinhos dentro de vaporizadores de bambu. Outro contém peixes secos, amarrados pelas caudas. Um terceiro está repleto de doces – castanhas caramelizadas e bolos polvilhados com açúcar e canela. Todos estão abandonados. Não há vendedores à vista. Estreito os olhos, tentando distinguir as formas mais escuras, mas as sombras acabam revelando apenas mais carrinhos, em uma fila que se estende névoa adentro.

Deixo os carrinhos para trás e entro em um longo beco cheio de restaurantes. A fumaça dos fogões escapa pelas portas abertas. A mais próxima revela uma sala com mesas lotadas de pratos que vão desde pequenas tigelas de especiarias a grandes travessas de aves e peixes assados. Em volta das mesas, almofadas coloridas estão dispostas ao acaso, como se um festim tivesse acontecido minutos atrás e as pessoas houvessem sentado confortavelmente ali aproveitando o banquete. Na entrada, pares de sandálias e sapatilhas estão arrumados com cuidado, lado a lado. Os clientes entraram no restaurante e não saíram.

Afasto-me da porta, pensando: carrinhos sem vendedores, fogos acesos sem cozinheiros, sapatos sem pessoas.

Uma cidade-fantasma.

Sinto uma leve risada em minha nuca. Viro-me de supetão, mas não há ninguém ali. Ainda assim, tenho a sensação de que olhos estão cravados em mim, invisíveis e observadores.

Que lugar é esse? Ele não se parece em nada com as histórias que minha avó me contava sobre a cidade do Deus do Mar – um lugar onde os espíritos e deuses menores se reuniam em alegre celebração. A névoa cobre todo o reino feito um manto, turvando a vista e abafando os sons. Atravesso pontes curtas e arqueadas e desço ruas abandonadas; tudo à minha volta é opaco e sem cor, exceto a fita, dolorosamente brilhante cortando a névoa.

Como será que as noivas do Deus do Mar se sentiram ao acordar nesse reino de névoa tendo apenas essa fita como guia? Antes de mim, existiram muitas outras.

Soah tinha os olhos mais belos, emoldurados por cílios tão escuros que pareciam cobertos por uma camada pesada de fuligem. Wol era tão alta quanto um homem, e seu lindo rosto ostentava traços fortes e uma boca risonha. Hyeri conseguia cruzar o Grande Rio, ida e volta, a nado, e quebrou uma centena de corações quando partiu para se casar com o Deus do Mar.

Soah. Wol. Hyeri. *Mina*.

Meu nome parece pequeno ao lado do nome dessas garotas, que sempre pareceram maiores do que a vida. Elas vieram de longe para se casar com o Deus do Mar, de vilarejos próximos à capital – e até da própria capital, no caso de Wol. Eram garotas que nunca teriam vindo ao nosso vilarejo pacato em qualquer outra vida senão essa, que as forçou a deixar o lugar de onde vieram. Essas garotas, essas jovens mulheres, eram todas mais velhas do que eu – tinham dezoito anos quando se tornaram noivas. Elas caminharam por essa mesma trilha por onde caminho agora. Será que estavam nervosas, amedrontadas? Ou será que a esperança as enganou?

Depois do que parecem horas, viro uma esquina e me deparo com um grande bulevar. A névoa está menos densa aqui. Pela primeira vez, posso ver para onde a fita me leva: ela atravessa toda a via, sobe uma grande escadaria e desaparece pelas portas abertas de um enorme portão vermelho e dourado. Com seus pilares ornamentados e telhado dourado, esta só pode ser a entrada do palácio do Deus do Mar.

Vou em frente. A fita começa a cintilar e a fazer barulho, como se soubesse que estou chegando à outra ponta.

Alcanço a escada e subo um degrau por vez. Estou prestes a passar pela soleira do portão quando ouço um som – o toque suave de um sino, tão leve que, se o mundo não estivesse envolto em silêncio, provavelmente eu não teria ouvido. O som vem de algum lugar à minha esquerda, lá embaixo, no labirinto de ruas.

Meu irmão mais velho, Sung, acha que todos os sinos de vento são iguais. Mas eu acho que ele só não tem paciência de escutar direito. O tilintar dos berloques de bronze batendo em conchas do mar é diferente do estanho batendo em sinos de cobre. O vento também tem graus variados de temperamento. Quando ele está bravo, os sinos fazem um som forte e estridente. Quando está alegre, eles tilintam em uma dança animada.

Este som, porém, é diferente. Baixo. Melancólico.

Dou um passo para trás e desço a escada. A fita não oferece resistência, se alongando atrás de mim.

Ouço a voz da minha avó nos meus ouvidos. *Há regras no mundo dos espíritos, Mina. Escolha com cuidado quais você vai querer quebrar.* Existe um motivo para esta cidade estar coberta pela névoa. Existe um motivo de eu só poder perambular seguindo uma fita do destino. Mas o som do sino veio de perto, e a verdade é que eu acho que *já ouvi* esse som antes.

Ele me leva até a porta de uma lojinha no bulevar. Afasto a cortina áspera e entro, fico sem ar diante da maravilha que vejo. A loja está repleta de centenas e centenas de sinos de vento; eles cobrem as paredes e pendem do teto feito lágrimas. Uns são redondos e pequeninos, feitos de conchas, bolotas e estrelas de estanho; outros são grandes cachoeiras de sinos dourados.

No entanto, assim como na névoa branca, não há vento na loja.

Mas eu podia jurar ter ouvido um som. Meus olhos são atraídos para a parede oposta, na qual um espaço no centro exibe um único sino de vento. Uma estrela, uma lua e um sino de cobre pendem de uma fina corda de bambu. É um sino de vento bem simples.

No mesmo instante, eu o reconheço.

Esculpi a estrela em um pedaço de madeira e a lua em uma linda concha branca que encontrei na praia. Comprei o sino de um sineiro viajante, após importuná-lo testando cada sino de seu carrinho, um depois do outro. Não sosseguei até encontrar o som perfeito.

Levei uma semana para fazer esse sino de vento. Queria colocá-lo sobre o berço da minha sobrinha, para que ela pudesse ouvir a brisa.

Mas ela nasceu cedo demais. Se tivesse nascido no outono, teria sobrevivido. Mas todo mundo sabe que as crianças que nascem durante as tempestades nunca sobrevivem à primeira respiração.

Sung ficou de coração partido.

Tomada por uma raiva que nunca tinha sentido antes – e nunca mais senti depois –, levei o amuleto até os penhascos que ficam além do vilarejo e o atirei da borda. Fiquei olhando-o cair e bater nas rochas. Da última vez que o vi, ele estava aos pedaços, sendo arrastado para o mar.

À minha volta, todos os sinos da loja começam a tilintar – balançando no ar sem vento –, até que a loja vira um clamor de sons cacofônicos.

Sinos de vento tocando sem vento significa que há espíritos por perto.

Saio da loja, o som dos sinos abafado em meus ouvidos. Se há espíritos aqui, invisíveis e atentos, o que eles veem quando olham para mim?

Caminho depressa. A noite se estende adiante, e a fita pesa na minha mão. Além do portão, há um pátio após o outro. Não olho para nenhum. Depois do quinto, já estou correndo.

Cruzo o último portão, subo a escada de pedra e entro da sala do trono do Deus do Mar, finalmente parando para recuperar o fôlego.

O luar se infiltra pelas frestas do teto de vigas, direcionando a luz oblíqua para um grande corredor. A penumbra criada pela névoa é mais moderada aqui, mas o silêncio sinistro ainda é o mesmo. Nenhum criado corre para me cumprimentar. Nenhum guarda bloqueia meu caminho. O Fio Vermelho do Destino se agita e lentamente começa a mudar de um vermelho brilhante e vivo para um vermelho-sangue profundo. Ele me conduz para o fim do corredor, onde um enorme mural retratando um dragão perseguindo uma pérola no céu emoldura um trono em um palanque.

Caído sobre o trono, com o rosto escondido por uma coroa magnífica, está o Deus do Mar. Ele usa lindas vestes azuis, com dragões prateados bordados no tecido. Em torno de sua mão esquerda está a outra extremidade da minha fita.

Espero um sinal de reconhecimento na minha alma.

Segundo o mito, o Fio Vermelho do Destino conecta a pessoa ao seu destino. Alguns acreditam que ele conecta a pessoa a quem seu coração mais deseja.

Será que o Deus do Mar está conectado ao meu destino? Será que meu coração o deseja?

Sinto uma dor aguda no peito, mas não é amor.

É algo mais sombrio, mais quente e infinitamente mais forte.

Eu o *odeio*.

Dou um passo à frente. E então mais um. Levo ao peito a mão que segura a fita e saco o punhal.

Como seria o mundo sem o Deus do Mar? Será que ainda enfrentaríamos as tempestades que surgem do nada para destruir nossos barcos e alagar nossos campos? Será que ainda perderíamos nossos entes queridos para a fome e as doenças porque os deuses menores não podem ou *não querem* ouvir nossas orações, temendo a ira do Deus do Mar?

– O que aconteceria se eu te matasse agora?

Enquanto as palavras ecoam pelo vasto salão, percebo que são as primeiras que pronuncio desde que cheguei ao reino do Deus do Mar.

E são palavras de ódio. Minha fúria cresce como uma onda incontrolável.

– Eu poderia te matar agora e cortar os laços do nosso destino.

Minhas palavras são imprudentes. Quem sou eu para desafiar um deus? O problema é que sinto uma dor terrível dentro de mim, e preciso saber...

– Por que nos amaldiçoou? Por que vira as costas quando choramos e gritamos pedindo ajuda? Por que nos abandonou? – Engasgo nas últimas palavras.

A figura no trono não responde. A coroa magnífica se inclina para a frente, cobrindo seus olhos.

Dou os últimos passos até o palanque. Estico o braço e retiro a coroa da cabeça do Deus do Mar. Ela escorrega dos meus dedos e cai com um baque contra o carpete de seda.

Levanto o rosto para olhar o deus de todos os deuses.

O Deus do Mar é...

Um garoto. Não muito mais velho do que eu.

Sua pele é macia, imaculada. Seu cabelo cai sobre a testa e se enrola em volta de suas orelhas delgadas – uma delas perfurada por um espinho dourado. Seus longos cílios escuros, que se projetam em direção às bochechas, estão úmidos. Observo sua boca se abrir, deixando escapar um suspiro suave.

Ele está... dormindo.

Aperto o cabo do meu punhal. Não sei o que esperava, mas certamente não era *isso*, um garoto que parece tão... humano, que podia ser meu vizinho ou meu amigo. Observo enquanto uma lágrima escorre por seu rosto, se demorando em seus lábios antes de seguir para o queixo e deslizar por seu pescoço.

– Por que está chorando? – vocifero. – Acha que suas lágrimas vão me fazer mudar de ideia?

Sinto que estou mudando de ideia. Não sou como Joon, que tem um coração bom. Posso ser teimosa e cruel. Posso ser amarga e rancorosa. Quero ser tudo isso agora, porque essas características me fazem corajosa. Elas me deixam com *raiva*. E eu não mereço estar com raiva, depois de tudo o que ele fez com meu vilarejo e com minha família?

Mas a expressão do Deus do Mar me lembra a de Shim Cheong no barco. Há uma imensa solidão ali, e uma tristeza profunda e insuportável.

Um pensamento traiçoeiro me ocorre, e me pergunto...

É você que faz o mundo chorar, ou é o mundo que faz você chorar?

Minhas pernas cedem e eu desabo no chão.

Aconteceu tanta coisa em uma noite só – descobri que Joon estava desaparecido, saí correndo em busca dele na chuva e mergulhei no mar. A essa altura, ele deve ter voltado ao vilarejo com Cheong, para contar à nossa família o que eu fiz. Minha cunhada deve ter caído em prantos, e meu coração dói de saber que lhe causei mais sofrimento. Meu irmão mais velho vai querer vasculhar o mar à minha procura, sem conseguir aceitar que não pode mais me proteger. Quanto à minha avó, ela acreditará que adentrei o Reino dos Espíritos e que estou prestes a encontrar o Deus do Mar neste exato momento.

– E o que a noiva do Deus do Mar faz quando o encontra?

Eu estava com minha avó no pequeno templo da praia. Era a primeira noite das tempestades, e a chuva tamborilava nas telhas de barro do telhado.

– Ela lhe mostra seu coração.

Franzi o cenho.

– *E como é que ela faz isso?*

– *Se você fosse mostrar seu coração ao Deus do Mar, como seria?*

Meus olhos pousaram na estranha variedade de itens deixados no altar como oferendas pelas crianças do vilarejo: uma concha, uma flor botão-de-ouro, uma pedra de formato curioso.

Estendendo a mão, peguei a pena da cauda de uma pega.

– *Noivas normalmente não viajam com presentes para o Deus do Mar* – me repreendeu minha avó. – *Use sua voz.*

– *Mas não tenho nada a dizer! "Acabe com as tempestades. Proteja minha família. Cuide de nós." Ele não fez nada disso.* – *Lágrimas brotaram nos cantos dos meus olhos.*

Minha avó deu um tapinha na esteira de palha e eu fiquei de joelhos ao lado dela. Ela pegou minhas mãos gentilmente entre as suas.

– *Você me lembra a mim mesma quando tinha a sua idade. Depois de tantas perdas, o sofrimento e a decepção se enraizaram fundo no meu coração. Então minha avó me trouxe a este mesmo santuário. Ela era parecida com você, de uma força sem igual, e devotada às pessoas que amava.*

Não era a primeira vez que minha avó fazia essa comparação, e eu instintivamente procurei meu punhal, me confortando com seu peso no meu peito.
– *Foi ela quem me ensinou a música que vou te mostrar agora.*
Coloco-me de pé no salão do Deus do Mar. E canto para o Deus do Mar a música que minha avó cantou para mim:

No fundo do mar, o dragão dorme
Com o que ele sonha?

No fundo do mar, o dragão dorme
Quando ele vai acordar?

Na pérola de um dragão,
seu desejo vai mergulhar.

Na pérola de um dragão,
seu desejo vai mergulhar.

O eco da minha voz preenche o salão. Lágrimas correm por minha face, e eu as enxugo com o dorso da mão.
Os mitos do meu povo dizem que somente a verdadeira noiva do Deus do Mar pode dar um fim à sua fúria insaciável. Eu posso não ser a noiva escolhida, mas seria demais esperar que uma garota como eu – que não tem nada a oferecer além de si mesma – fosse sua verdadeira noiva?
Na minha visão periférica, noto um movimento sutil. Os dedos do Deus do Mar tremem de leve.
Estendo a mão até a dele. O Fio Vermelho do Destino, como se sentisse a imensidão do momento, se estica. Pergunto a mim mesma, sentindo uma esperança tão singela quanto o bater das asas de um pássaro, se minha vida está prestes a mudar.
Uma voz de aço corta o silêncio:
– Basta.

3

TRÊS FIGURAS MASCARADAS AGUARDAM ABAIXO DO PALANQUE, POSIcionadas em um semicírculo, feito o arco de uma lua crescente. O salão é cavernoso, mas mesmo assim não ouvi sinal da aproximação delas. Nuvens passam acima, encobrindo a luz filtrada pelas vigas e depositando um manto de escuridão sobre o salão. As duas figuras mais próximas do trono lhe escapam, mas não a terceira, afastada das outras. O último vislumbre que tenho antes que ela seja consumida pela escuridão é a curva de uma bochecha pálida.

– O que é isso? – A figura à direita lança uma adaga no ar e a recupera em seguida. – Uma pega perdida na tempestade? Ou outra noiva do Deus do Mar? – Sua voz baixa soa abafada sob a máscara de pano. – Você é uma noiva ou uma ave?

Molho os lábios salgados.

– E você é um amigo ou inimigo?

– Se eu for um amigo…?

– Então sou uma noiva.

– Se eu for um inimigo…

– Você é?

– Talvez eu seja um inimigo querendo ser amigo. – Ele inclina a cabeça, e um cacho escuro cobre seus olhos. – E talvez você seja uma ave querendo ser noiva.

Ele está tão perto da verdade que estremeço. Os anciãos do meu vilarejo têm um ditado: *uma pega pode até sonhar em ser uma grua, mas nunca será*.

– Sei – murmura a figura à esquerda, toda de preto, assim como a primeira. Seu cabelo vai além dos ombros, e seus olhos, de um tom estranho de castanho-claro, vão da minha trança meio desfeita para a minha veste áspera de algodão. – Não era para você ser a noiva do Deus do Mar.

Ao contrário do jovem de cabelo encaracolado, este não tem nenhuma arma, apenas uma gaiola de madeira pendurada no ombro por uma corda – o que é curioso.

– Os anciãos do seu vilarejo escolhem a noiva um ano antes do ritual. Ela é sempre extraordinária, seja em seus talentos ou em sua beleza.

– De preferência os dois – intervém o garoto da adaga.

– Não é uma honra concedida às pessoas comuns, fracas ou impulsivas. Então diga-me, Noiva de Ninguém, quem escolheu *você*?

Se o jovem de cabelo encaracolado empunha uma adaga como arma, o de olhos frios brande palavras. Apesar de todas as minhas muitas bênçãos – uma família amorosa, minha coragem e minha saúde –, não tenho beleza nem talento.

Posso até imaginar os anciãos enfurecidos depois do retorno de Joon e Cheong, sem acreditar no que tinha acontecido, amaldiçoando minha obstinação. Mas eles não estavam ali no barco. Eles não sentiram o jato de água afiado e aquele medo capaz de parar o coração ao ver um ente querido em perigo. Posso ser impulsiva. Comum, talvez. Mas não sou fraca.

– Eu me escolhi.

A terceira figura no fundo se mexe. Desconfiada, noto o movimento singelo. Estranhamente, meus dois interrogadores também percebem, apesar de estarem de costas para ele. Eles inclinam a cabeça, esperando... por um sinal? Ele não fala nada, e eles endireitam a postura.

O primeiro garoto cruza os braços, colocando a adaga ao lado do peito.

– Não acha romântico, Kirin? Uma jovem ave comum espera salvar sua espécie de um terrível dragão e concorda em se casar com ele. Mas logo descobre que ele está preso em um feitiço poderoso que é a raiz de sua natureza destrutiva. Então a ave corajosa e inteligente encontra um jeito de quebrar a maldição e acaba se apaixonando pelo dragão, e ele por ela. A paz é restaurada no céu, na terra e no mar. Certamente é uma fábula extraordinária. Vou chamá-la de "O dragão e a pega".

– Não, Namgi – diz o estranho de olhos frios, Kirin, prolongando as sílabas. – Não acho romântico.

Namgi responde a Kirin com um insulto, e Kirin segue com sua tréplica rude. Essa dinâmica deve ser rotineira, porque a discussão deles logo fica animada.

Eu os ignoro, preferindo me concentrar na história que o primeiro garoto acabou de contar. Minha avó sempre diz que devemos prestar atenção nas histórias, pois as verdades geralmente estão escondidas nelas.

— Então é uma maldição? — pergunto, e Namgi e Kirin encerram a discussão e voltam o foco para mim. — O Deus do Mar não abandonou seu povo, ele está sob uma maldição.

Não posso controlar como os outros vão medir meu valor, mas estou familiarizada com histórias e mitos. Histórias e mitos são meu sangue, são o ar que respiro.

E para esta já posso ver um padrão se formando, como uma melodia tecida através do mito. O dragão parece trazer as noivas do Deus do Mar com segurança a este reino. O mundo está coberto de névoa, mas o Fio Vermelho do Destino as guia até o palácio.

Ainda assim, por que nenhuma delas foi bem-sucedida em sua missão? É como se a melodia fosse interrompida; como se, quando elas finalmente estivessem prestes a terminar a história, um inimigo surgisse para impedi-las.

O Deus do Mar grita. Solto um suspiro de espanto quando uma sensação desconhecida comprime meu coração feito um nó apertado. O Fio Vermelho do Destino esquenta na minha mão. Atrás de mim, uma tábua do assoalho range. Eu me viro.

Namgi e Kirin se moveram. Ainda mantêm a mesma posição, Namgi com os braços cruzados, Kirin imóvel com a gaiola, mas agora estão três passos mais próximos de mim.

Estava tão preocupada em defender quem *eu* sou, uma estranha em um mundo estranho, que esqueci de perguntar quem *eles* são. Que tipo de homem usa máscara? Só os que pretendem permanecer esquecidos. Ladrões.

Assassinos.

— Agora — diz Kirin para Namgi.

Namgi descruza os braços e saca a adaga.

— Sinto muito, pega. Você não devia acreditar tanto nessas histórias.

Ainda estou segurando o meu punhal. Assumo a postura defensiva que minha avó me ensinou, com a lâmina inclinada.

– Para trás.

Ele ataca abruptamente, e cerro os dentes de dor. Não consigo pensar com clareza. Será que eles *mataram* todas as noivas antes de mim? Minha mão está tremendo. Em emergências, posso até saber usar uma lâmina, mas não sou uma guerreira. São dois contra um – três, incluindo a figura nas sombras.

Kirin vira o rosto, me dispensando.

– Você nunca deveria ter vindo, Noiva de Ninguém.

Por que isto está acontecendo? Será que o Deus do Mar... está me rejeitando? Não sou Shim Cheong. Não sou a noiva do Deus do Mar. Tudo isso começou com ela. Joon arriscou a própria vida porque não conseguia aceitar perdê-la, e eu arrisquei a minha porque não consegui aceitar perdê-lo. E Shim Cheong... o que ela não conseguiu aceitar?

Posso vê-la claramente parada no barco, enfrentando seu destino na forma de um dragão se erguendo do mar. Um destino pelo qual ela nunca pediu. Um destino que ela recusou.

No trono, o deus-menino se debate de um lado para outro. Ele ainda está adormecido, seus olhos estão bem fechados. O Fio Vermelho do Destino avança, me queimando.

Com um salto desesperado, alcanço o Deus do Mar. Ao mesmo tempo, alguém grita atrás de mim. Eu ignoro, agarrando a mão do Deus do Mar e segurando-a com força. O Fio Vermelho do Destino desaparece entre as palmas das nossas mãos, e então sou puxada para a frente com tudo, para dentro de uma luz ofuscante.

Deparo-me com uma enxurrada de imagens se movendo rápido demais para fazerem sentido – um penhasco à beira-mar; uma cidade dourada queimando em um vale; vestes vermelhas no chão, manchadas de sangue; e uma sombra colossal.

Olho para cima. O dragão vem descendo do alto, segurando uma pérola com sua garra gigante. É como se ele estivesse segurando a lua.

Então sou levada para longe das imagens, e minha mão é arrancada da mão do Deus do Mar. O terceiro assassino agarra meu pulso, e sinto que ainda estou nos sonhos do Deus do Mar, porque quase posso acreditar que estou vendo o dragão refletido em seus olhos escuros.

E então ele me solta e dá um passo para trás. Esforço-me para lembrar das imagens do sonho – ou seriam lembranças? O penhasco é familiar, se estendendo pela costa. A cidade deve ser a capital, mesmo que todos os mensageiros que passem pelo nosso vilarejo tragam apenas notícias dos triunfos do conquistador, não de guerras nem destruição. E as vestes do Deus do Mar são prateadas e azuis.

– Essas imagens... – Balanço a cabeça, tentando me concentrar. – Pareceu que eu estava vendo através dos olhos do Deus do Mar.

Fico surpresa quando o assassino responde:

– São imagens do pesadelo dele. Todo ano, é igual.

– Então ele realmente tem uma conexão com a noiva do Deus do Mar. O poder de quebrar a maldição vive nela.

– Você queria matá-lo agora há pouco.

Lanço um olhar severo para o assassino. Ele e os outros deviam estar no salão quando cheguei, se me viram erguendo o punhal. Por que não me impediram? Não acho que eles quisessem ferir o Deus do Mar, senão teriam aproveitado para atacá-lo agora, enquanto ele está vulnerável, dormindo.

Assim como Namgi e Kirin, o terceiro assassino está vestido com finas vestes de algodão de um azul tão escuro que até parece preto. Mesmo com a máscara, sua juventude é inegável – ele tem uma pele lisa, um corpo forte e esguio. Ele não deve ter mais do que dezessete anos.

– Não posso estar brava? – pergunto, seca. – Meu povo tem sofrido muito por conta do abandono do Deus do Mar. Por negligência dele, os outros deuses viraram as costas para nós.

Penso na minha avó me chamando para rezar no templo. Penso no sino de vento que fiz para a minha sobrinha, espatifado contra as rochas. E então outra lembrança emerge de dentro de mim: uma floresta escura e um caminho sinuoso.

Balanço a cabeça, afastando as imagens.

– Mas isso aconteceu quando cheguei aqui e descobri que nada é como eu esperava. *Ele* não é como eu esperava. – No trono, o Deus do Mar dorme tranquilamente depois do tumulto que acabou de acontecer. Ele não é a divindade cruel e rancorosa que imaginei, mas um deus-menino adormecido, chorando em seus sonhos.

Não saí correndo para a praia a fim de me tornar a noiva do Deus do Mar, mas para salvar meu irmão. No entanto estou aqui agora e, se existe uma chance de salvar não somente ele, mas todo mundo, preciso tentar.

E talvez, quando tudo isso acabar, eu possa voltar para casa. Para o meu vilarejo. Para a minha família. Meu coração se agita só de pensar.

– Se é uma maldição que o prende, então vou encontrar um jeito de quebrá-la.

O Deus do Mar solta um suspiro suave. Entre nós, o Fio Vermelho do Destino se agita, e um sentimento parecido com esperança se infiltra em meu coração.

– Você é igualzinha às outras noivas – diz o garoto de olhos escuros. Eu me viro e vejo que ele recuou e fala de cabeça baixa. – Humanos inventam mitos para explicar o que não entendem.

Ele levanta o rosto, e seus olhos são como o fundo do oceano, frios e insondáveis. Penso que seus olhos escondem seus pensamentos melhor do que a máscara esconde seu rosto.

– Mas posso explicar para você – continua ele. – Seu povo sofre não pela vontade dos deuses, mas por causa de seus próprios atos violentos. Eles travam guerras que queimam as florestas e os campos. Eles derramam o sangue que polui os rios e os córregos. Culpar os deuses é culpar a própria terra. Olhe para o seu reflexo para encontrar sua inimiga.

Suas palavras ecoam pelo salão com uma verdade de gelar os ossos.

É como se eu estivesse de volta ao mar, a água congelante me puxando cada vez mais fundo.

– Você vai falhar, assim como todas as outras noivas que vieram antes de você – diz ele.

Não há dragão nenhum para me salvar, nem qualquer esperança em que eu possa me agarrar. O mundo acima pisca feito uma estrela.

– É inevitável. – Ele desvia o olhar. – É o seu destino.

Meu destino?

A sensação de afogamento passa.

Para começo de conversa, esse destino nunca foi meu. Eu o tomei para mim quando pulei no mar. Mas, mesmo antes, não fui eu que mudei o curso da história. Foi Shim Cheong, que negou seu destino ao não soltar Joon. Não foi por isso que ela virou as costas para o dragão? Afasto o pensamento. Posso não conhecer os motivos dela, mas conheço os meus.

— Você tem razão — digo. Os olhos do garoto se voltam para mim e se estreitam enquanto eu falo. — Eu *sou* como as outras noivas. Sei como é amar alguém e estar disposto a fazer qualquer coisa para proteger essa pessoa. Quem é você para dizer qual é meu destino? Para me dizer se vou falhar ou não? Meu destino não é uma decisão sua. Ele pertence a *mim*.

O garoto fica me observando com uma pequena ruga na testa.

Namgi assobia baixinho.

— Nunca pensei que veria o grande lorde Shin da Casa de Lótus ficar sem palavras diante de uma noiva do Deus do Mar — diz.

Ele é um nobre. De alguma forma, não fico surpresa. Embora seja sem dúvida o mais jovem dos três, Kirin e Namgi parecem se subordinar a ele em todas as coisas.

— Lorde Shin — diz Kirin depressa, mas numa voz baixa —, a névoa se dissipou. — Seus olhos estão voltados para o céu. O luar se infiltra pelas vigas, banhando o salão com sua luz.

Shin recua.

— Fique com seu destino, Noiva do Deus do Mar. Não tenho nada a ver com isso. — Ele puxa uma espada de sua bainha, na lateral da cintura. O som metálico é ensurdecedor no salão silencioso.

— Meu nome é Mina.

Ele para.

— Não sou a Noiva do Deus do Mar nem a Noiva de Ninguém, muito menos uma pega — digo. — Eu tenho um nome, escolhido pela minha avó para me conferir sabedoria e força. Sei quem sou, e sei o que devo fazer. — Ergo o punhal da minha tataravó. — E não vou deixar você tirar minha vida.

Shin puxa a máscara. O pano escorrega e fica pendurado em seu pescoço.

— Mina — diz ele, e meu coração me trai batendo descompassado. — A noiva do Deus do Mar.

Engulo em seco com dificuldade. Sua voz ressoa clara e calorosa sem a máscara. Ele tem traços bonitos, nariz reto e lábios macios. Com seus olhos escuros como o oceano, ele é deslumbrante.

– Não vou tirar sua vida.

Uma esperança dolorosa brota dentro de mim.

– Só sua alma.

Ele envolve meu pulso com a mão e o torce. O punhal cai no chão. Com a outra mão, ergue a espada e se prepara para um golpe. Eu grito. O som penetrante é interrompido abruptamente quando sua espada acerta...

A fita.

Ele corta o Fio Vermelho do Destino.

Fico boquiaberta, observando a lenta queda da fita cortada como as duas metades de uma pena quebrada. Como isso é possível? Por um breve segundo, tudo fica silencioso e inerte. Então meu grito ressoa de volta, mas o som desesperado não sai da minha boca, e sim *de fora* do meu corpo, no ar. O grito rodopia e se funde em uma massa de cores brilhantes girando juntas. A fita escorrega da minha mão e sobe, seguida de perto pela metade da fita do Deus do Mar. Juntas, elas envolvem o grito, formando uma impressionante esfera de luz.

Shin dá um passo para a frente com a mão estendida.

Há um clarão colorido. Logo depois, estou vendo estrelas. E meus ouvidos captam um som maravilhoso e inesperado neste salão desolado – o alegre gorjeio de um pássaro.

Aninhada no centro da palma da mão de Shin, com as asas dobradas confortavelmente nas laterais, está uma bela pega com as pontas das asas vermelhas.

4

A AVE PIA NA MÃO DE SHIN. AO CONTRÁRIO DAS PEGAS PRETAS E brancas do meu vilarejo, as pontas das asas desta cintilam em um tom vibrante de vermelho – a mesma cor do Fio Vermelho do Destino.

Ela agita as asas, e eu sinto uma pontada estranha no peito.

Kirin se aproxima com passadas largas, cobrindo a curta distância entre nós. Ele ergue a gaiola de madeira, e Shin gentilmente coloca a pega lá dentro. A ave não parece se importar com a prisão, e saltita contente no poleiro que se estende pela pequena gaiola. Enquanto Kirin fecha a portinha com um barbante de bambu, Shin se vira, guardando a espada de volta na bainha.

Aponto para a gaiola.

– *De onde veio essa pega?*

Mas nenhum som sai da minha boca.

– *De onde...*

Nada. Não há som. Não tenho *voz*.

Pressiono os dedos na garganta; minha pulsação está forte.

– *O que está acontecendo?* – Posso *sentir* as palavras, as vibrações familiares. – *Por que não posso me ouvir?*

– Sua alma é uma pega.

Olho para Namgi sorrindo para mim do último degrau, sem máscara.

– *Como assim?*

Ele não precisa me ouvir para ler minha expressão. Ele vem até Kirin e se agacha para espiar a gaiola.

— Quando Shin cortou o Fio Vermelho do Destino, ele levou sua alma. Para você, sua alma está ligada à sua voz. Não é incomum isso acontecer com cantoras e contadoras de histórias.

Minha... alma?

Ele bate o nó do dedo nas barras de madeira, fazendo com que a pega agite as asas de pontas vermelhas.

— É um estado temporário do ser. Nada muito grave. É como se, a cada três batidas, seu coração perdesse uma.

Fico pálida, achando tudo isso *muito* grave.

Kirin puxa a gaiola das mãos de Namgi.

— No final do mês, vá ao portão sul da Casa de Lótus — explica ele com uma voz monótona, como se tivesse falado essas palavras muitas vezes antes. — Um criado vai devolver sua alma. Não nos responsabilizamos pelo que pode acontecer se você não aparecer.

Esforço-me para entender. É muito diferente acreditar nos mitos e viver dentro de um. Se eu *quiser* acreditar neles, devo aceitar que minha alma é uma pega e está de alguma forma *fora* do meu corpo. Porém, sou a mesma de quando acordei neste mundo. Talvez eu esteja um pouco mais salgada e completamente exausta, mas isso não é nada comparado ao que eu pensava que seria perder a alma — um batimento cardíaco a menos por minuto parece um abismo tão grande quanto o mundo que habita você.

— Lorde Shin — chama Kirin. — Com a sua permissão, Namgi e eu vamos voltar para a Casa de Lótus.

Shin, que tinha se abaixado para pegar algo no chão, se levanta.

— Vocês têm a minha gratidão, Kirin. Vou me juntar a vocês em breve.

Kirin faz uma reverência, seguido por Namgi. Eles se viram para sair. A pega dá um grito de advertência.

— *Esperem!* — grito, mas não emito som nenhum.

Eles saem depressa do salão, levando a pega com eles — *minha alma*. Logo os perco de vista.

— *Diga a eles pra voltarem!* — Subo a escada e agarro o braço de Shin. Através do tecido fino de sua camisa, posso sentir o calor de seu corpo, seus músculos se contraindo em resposta a meu toque. Ele se vira, revelando o brilho de uma lâmina em sua mão direita. Cambaleio para trás e levanto o braço. Ele não me ataca, então olho para cima. Ele me observa com uma sobrancelha levantada e devolve meu punhal, oferecendo-me o cabo.

– Depois de todo o trabalho que tive para pegar sua alma – diz ele, zombando –, você acha que vou te matar agora?

Seu tom sarcástico me deixa arrepiada de raiva.

– *Achei que você não se importaria. O que é um corpo sem uma alma para alguém como você?*

Seus olhos imediatamente percorrem meu corpo, e cerro os dentes para não corar. Depois de alguns segundos excruciantes, eles voltam para o meu rosto, pelo visto sem terem encontrado nada de interessante.

Mais uma vez, ele estende o punhal para mim. Agora eu o pego e fico na borda do palanque, querendo colocar o máximo de distância entre nós.

– Fique com isso. Uma arma forjada no reino dos humanos tem um corte afiado no reino dos deuses.

Seu conselho é desnecessário. Eu ficaria com o punhal de qualquer forma, já que é o único item do meu mundo que me sobrou, tirando as roupas que estou vestindo. É a única ligação que tenho com minha família e meus entes queridos.

Shin afirma ter roubado minha alma, mas então por que me sinto assim – como se tivesse sofrido um forte golpe no meu âmago ao pensar na minha família? De onde vem essa dor, se não da minha alma?

– *Minha avó me deu esse punhal.* – Deslizo o polegar pelos sulcos ásperos de uma lua esculpida no cabo de osso. – *Ele pertenceu à avó dela, que ela dizia se parecer comigo.* – Viro a arma para o lado, revelando a cicatriz que abri no meu pulso para fazer o juramento ao Deus do Mar.

– A música que você cantou… foi sua avó quem te ensinou?

Guardo o punhal de volta na minha blusa.

– *Ela me ensinou muitas músicas, lendas e mitos. Ela dizia que, através das músicas e das histórias, eu podia aprender sobre o mundo e as pessoas que vivem nele.*

E sobre meu próprio coração, mas não menciono isso.

Então uma dúvida surge. Como é que estamos tendo essa conversa? Afinal, estou falando sem emitir som nenhum. Estreito os olhos. Será que ele pode ler meus pensamentos? Espero. Sua expressão permanece decididamente neutra.

– *Você consegue ler lábios.*
– Sim.
– *Por que cortou o Fio Vermelho do Destino?*
– Para proteger o Deus do Mar.
– *De mim?* – pergunto, incrédula.

Shin desvia o olhar para o deus-menino em seu trono. Mesmo depois de toda a comoção, ele continua dormindo.

– O Reino dos Espíritos não pode sustentar uma noiva humana. Sua espécie é fraca, e seus corpos são mais suscetíveis aos perigos deste mundo. Qualquer coisa pode efetivamente matar você, se assim quiser. O Fio Vermelho do Destino conecta sua alma ao Deus do Mar. Se você morresse, ele também poderia sofrer o mesmo destino. Para protegê-lo, cortei o laço de vocês.

Tento absorver suas palavras.

– *O que Kirin quis dizer quando falou que eu posso pegar minha alma de volta no final do mês?* – Shin não responde, e percebo que ele não sabe que estou falando porque ainda está com os olhos voltados para o Deus do Mar. Puxo sua manga e, quando ele me olha, repito a pergunta.

– Dentro de um mês, você vai ter passado trinta dias no Reino dos Espíritos. Até lá, você vai ter se tornado um espírito. Como eu disse, corpos humanos são fracos. Sem um laço mais forte para mantê-los neste mundo, eles...

– *Está dizendo que vou morrer?*
– Você morreria de qualquer maneira – diz ele –, um dia.
– *Tenho dezesseis anos. Era pra eu ter todo o tempo do mundo!*

Ele fecha a cara.

– Então você devia ter ficado no seu mundo.
– *Meu mundo, lugar ao qual pertenço, está sendo destruído por causa do seu mundo. Se não quer consertá-lo, então eu vou!*
– Como?
– *O Deus do Mar...*

Seus olhos brilham.

– O que tem ele? Ah, certo, seu mito precioso. Você acredita que só uma noiva humana pode salvá-lo, que ele vai se apaixonar por ela, que ele vai salvar seu povo por amor a ela.

– *Não.* – Cerro os dentes. – *Não sou tão ingênua.*

– É nisso que seu povo acredita. É no que todas as noivas antes de você acreditavam.

– *Você não tem como saber disso, pois cada noiva tem seus motivos, mesmo que não sejam tão grandiosos quanto você gostaria. Talvez elas achassem que, por conta de seu sacrifício, suas famílias seriam cuidadas, alimentadas e vestidas. Talvez elas acreditassem que fizeram tudo que estava a seu alcance para proteger aqueles que mais amavam. Talvez elas pensassem que pelo menos tentaram, quando ninguém mais ousaria!*

Shin franze o cenho, claramente frustrado.

– Mais devagar. Não consigo entender o que você está dizendo.

– *Quem é você para julgá-las? Pelo menos elas tinham esperança. E* você, *o que tem? Uma espada afiada. Palavras cheias de ódio.*

Ambos estamos respirando pesado. Seu olhar vai da minha boca para os meus olhos.

– Para alguém que não pode falar – diz ele lentamente –, você até que tem muito o que dizer. – Há algo em sua voz parecido com... respeito? Ele faz que vai continuar, mas se vira. – Não importa. Em outra vida, quem sabe você encontrasse um lugar mais convidativo do que este. Como vê, este mar é escuro, o Deus do Mar está dormindo, e a praia está longe demais.

Já ouvi a cadência dessas palavras antes. São uma despedida.

– *Espere!* – grito, mas é claro que não solto nenhum som. Estico o braço e agarro somente o ar.

Ele sai da sala depressa, mas seus passos não fazem barulho no piso de madeira. No intervalo de uma respiração, ele desaparece.

O que acabou de acontecer? Minha parte racional *sabe* que posso sobreviver sem minha alma. Afinal de contas, estou viva e respirando neste exato momento. Mas uma parte maior de mim *sente* que, sem a pega, não estou inteira. Eu me sinto mais leve sem ela, mas não de um jeito agradável. É como se uma brisa pudesse me colocar à deriva, como se eu fosse tão insubstancial quanto uma folha ao vento.

O silêncio antes pesado agora parece vazio sem o som familiar da minha respiração. Estremeço. Coloco os braços em volta do meu corpo e me viro para o Deus do Mar.

Ele está exatamente como antes, mas com uma diferença. A mão que segurava a fita está vazia, sem nada que indique que já estivemos conectados.

Não há cor no ar entre nós, nenhum Fio Vermelho do Destino. Se ele acordasse agora, será que me reconheceria como sua noiva?

O Deus do Mar solta um suspiro suave.

Eu me aproximo.

Ouço um estalo estrondoso e sou atirada para trás. Cravo os calcanhares no chão, lutando para me manter no lugar, mas é como se uma ventania me arrastasse. O Deus do Mar vira um borrão distante enquanto uma força invisível me puxa pelo salão, através dos pátios vazios. As portas se fecham uma a uma conforme passo por elas, o som das grandes tábuas de madeira deslizando no lugar atrás de mim.

Sou largada do lado de fora do palácio. Tropeço e quase caio pela escadaria. Um lamento alto sinaliza o fechamento do portão principal. Eu me levanto com dificuldade e jogo meu corpo contra as portas enquanto elas se fecham com um estrondo retumbante.

Bato os punhos contra a madeira grossa. Tudo o que ganho por meus esforços são mãos machucadas e uma dor terrível no peito. Desabo no chão, exausta. Minha pulsação bate descompassada, e tenho que contar minhas respirações para acalmar as batidas selvagens do meu coração.

Fico ali no chão por alguns minutos, atordoada, antes de perceber que algo mudou. O ar está limpo.

Então ouço algo parecido com uma risada sendo trazida com o vento. Levanto devagar e me viro. A névoa misteriosa se dissipou, revelando a noite.

Atrás de mim, se estendendo feito a tela de um pintor, está a cidade do Deus do Mar.

É diferente de tudo que eu já vi – um labirinto de edifícios com telhados curvos e pontes arqueadas, espalhados como sólidas curvas de arco-íris. Uma luz dourada emana de lampiões pendurados em postes de três andares de altura, como velas de navios em chamas. Há mais lanternas flutuando na água, nas ruas do canal que se espalha pela cidade feito galhos de uma árvore magnífica e brilhante.

Peixes de cores vivas nadam pela brisa, como se o céu fosse um oceano. Baleias flutuam preguiçosamente no alto como se fossem nuvens. E a distância, o dragão desliza pelo ar como uma pipa solta na terra.

Nunca vi algo tão lindo. Nunca vi algo tão aterrorizante.

As maravilhas desta cidade revelam uma verdade inegável: estou em um outro mundo – um mundo de dragões, deuses com poderes incompreensíveis, assassinos que se movem pelas sombras sem serem vistos, onde sua voz pode ser transformada em uma ave para então ser roubada, e onde ninguém que eu amo jamais poderá me encontrar.

5

Estou chamando atenção demais do lado de fora do palácio, onde qualquer um – qualquer *coisa* – pode me ver. Mas, por mais que eu não goste de Shin, suas palavras foram um aviso claro: humanos são vulneráveis no mundo dos deuses.

Desço a escada aos tropeços, o corpo dolorido por causa da agitação do mar e do vento, talvez ainda mais forte. Entro sorrateiramente no beco mais próximo e me agacho no recuo de uma porta. Uma lanterna de papel range em cima da moldura de madeira rachada, e sua pequena vela lança sombras sinistras nas paredes. Estou nos fundos de uma peixaria; o cheiro da pesca do dia anterior é inconfundível. Se há pessoas por perto, não vejo sinal delas, e logo fica impossível enxergar, pois lágrimas começam a embaçar minha visão.

Choro em silêncio, enquanto os soluços me torturam e fazem meu corpo todo tremer.

Sei que preciso ser forte como as heroínas da minha avó. Mas estou frustrada. Exausta. E se o que Shin falou é verdade, não tenho mais alma. É estranho, mas era mais fácil bancar a corajosa na frente dele, podendo me amparar na raiva que eu sentia *por* ele. É muito mais difícil bancar a corajosa estando aqui sozinha e com frio.

O que devo fazer agora?

Trago as pernas até o peito e apoio o rosto nos joelhos. Angustiada, tento lembrar de algum dos ditados da minha avó, algo cheio de sabedoria que me traga conforto e força. Mas o desespero tomou conta de mim e não quer me deixar. Só me senti assim uma vez antes – é como se o mundo tivesse se adiantado e me deixado para trás.

Foi na noite do festival dos barquinhos de papel. Eu estava animada porque Joon tinha falado que soltaríamos nossos barquinhos no rio juntos, como fazíamos todos os anos desde que passei a ter idade para frequentar o festival. Eu estava de joelhos na margem, escrevendo as últimas palavras do meu desejo no papel, quando ouvi a voz dele:

– Shim Cheong pode ser a garota mais bonita do vilarejo, mas seu rosto é uma maldição.

Era o começo da história deles, uma história na qual eu não teria participação nenhuma, pelo menos não por um tempo.

Eu estava em uma das extremidades da ponte enquanto Joon seguia Shim Cheong até a outra. Lembro de ficar observando meu irmão, querendo que ele olhasse para trás – um mero aceno já seria suficiente para me mostrar que eu ainda estava em seus pensamentos, que ele não tinha me esquecido. Mas quando ele não fez nada disso, tive um pressentimento de que as coisas nunca mais seriam as mesmas.

Eu tinha doze anos, e senti nossa infância escapando dos meus dedos feito areia no mar.

Naquela noite, meu avô me viu chorando ao lado do lago do nosso jardim. Ele se sentou na grama da margem, com os olhos fixos no reflexo difuso da lua. Parecia que os patos estavam nadando em sua face perolada. Nenhum de nós dois disse nada por um tempo. Meu avô entendia o conforto do silêncio compartilhado.

Quando eu estava pronta para ouvir, ele disse:

– Em toda a minha vida, nunca vi criatura mais maravilhosa que os patos. – Ele fez uma pausa para dar risada diante da minha perplexidade. – Ao nascer, eles registram a primeira coisa que veem, geralmente a mãe, e a seguem com determinação até a maturidade. Sabia disso?

Balancei a cabeça, sem conseguir falar nada. O choro ainda estava preso em minha garganta.

– Você veio a este mundo órfã. – Seus olhos estavam na água, e eu soube que ele estava pensando em sua filha, minha mãe. – Você não parava de chorar e só ficava com os olhos bem apertados. Nada parecia te acalmar. Fiquei com medo de que você se afogasse nas próprias lágrimas. Nem mesmo sua avó sabia como te ajudar. Mas então Joon, que estava esperando no jardim, entrou em casa discretamente. Ele era tão pequeno, não tinha nem três verões ainda. Mas insistiu em te segurar. Então sua avó te colocou com cuidado nos braços dele, e quando você abriu os olhos e olhou para ele pela primeira vez, o sorriso que iluminou seu rosto foi a coisa mais maravilhosa que já vi. Foi como o sol depois de uma tempestade.

— Vovô, está dizendo que sou uma pata? — perguntei, inclinando a cabeça para ele.

Ele levou os dedos até meu rosto para enxugar minhas lágrimas.

— Estou dizendo, Mina, que Joon te ama desde que você nasceu. Ele sempre vai te amar. É o presente dele pra você.

Balancei a cabeça.

— Então por que ele me deixou para trás?

— Porque ele sabe que você o ama o bastante para deixá-lo ir.

No beco frio e úmido da cidade do Deus do Mar, fecho os olhos com força. *Vovô*. Ele sempre sabia o que dizer para fazer eu me sentir melhor.

Faz tanto tempo que ele se foi. *Vovô, tenho tanta saudade. Queria tanto que você estivesse aqui agora.*

— Olha! — Ouço a voz ansiosa de um garotinho gritando por perto. — Tem uma garota chorando atrás da peixaria. O que vamos fazer, Mascarada?

Uma garota responde com uma voz muito mais calma do que a do garoto e ligeiramente abafada:

— Esperar que ela gaste todas as lágrimas, claro. Quando ela terminar de chorar, não vai recomeçar. Essa aí tem um espírito forte.

Levanto o rosto dos joelhos, ofegante, e me deparo com a imagem mais peculiar que já vi.

Uma garota da minha altura está de pé na minha frente, a cabeça inclinada para o lado e o rosto coberto por uma máscara de madeira. Sulcos marcam suas rugas, e as bochechas e a testa têm círculos vermelhos pintados. É a face de uma avó. Sua boca faz uma curva para baixo.

— Como você sabe, Mascarada? Não parece que ela vai parar tão cedo.

Eu me viro e quase encosto o nariz em um garotinho agachado ao meu lado. Ele deve ter uns oito ou nove anos, e está usando calças largas de cânhamo e uma jaqueta fina com botões de madeira. Ele tem cabelos rebeldes e um grande rodamoinho na lateral da cabeça, lembrando uma flor. Nas costas, traz o que parece ser uma mochila de tecido.

– Nem Miki chora tanto quanto ela – diz ele, franzindo a sobrancelha.

A essa frase, se segue um som de bolhas emergindo do oceano.

Os dedos do garoto voam para o ombro, tirando as alças da mochila. Ele agita a bolsa e revela uma criança enfiada lá dentro.

– Ay, Miki. – O garoto dá risada, erguendo a menininha da mochila. – Sorria para a bebê.

Ele a segura diante de mim. Ela não deve ter mais do que um ano. Tem bochechas rosadas e cabelos curtos como os do garoto, só que os dela estão penteados com cuidado para o lado. Pela roupa que está usando – um vestido macio de algodão bordado com florezinhas cor-de-rosa –, sei que é muito amada. Miki e eu piscamos uma para a outra. Não sei se é a magia ou seu sorriso contagiante, mas minhas lágrimas param de cair. Miki dá uma risadinha e estica as mãozinhas para mim.

– Não, não, Miki. – O garoto a repreende, abrindo a mochila e a enfiando de volta gentilmente. – Você vai ficar comigo agora. – Ele faz carinho na cabeça dela antes de colocar a mochila nas costas.

Olho para a garota mascarada. A expressão gravada na madeira mudou, passando de avó irritada para avó sorridente.

– Melhor assim – diz ela. – Tudo bem chorar de vez em quando, mas nunca é bom desperdiçar água.

– Quem... *quem são vocês?* – falo. Ou tento falar. Como antes, não consigo emitir som nenhum.

Ela me surpreende ao responder:

– Somos espíritos. – Sua voz é abafada, vinda de trás da máscara. – Sou Mascarada – diz ela, apontando para si. – Estes são Dai e Miki. – Ela acena para eles despreocupadamente, e Dai abre um sorriso largo. – A gente te viu no beco fazendo barulho silencioso e veio investigar.

Dai olha para Mascarada e então para mim.

– Como sabe o que ela está falando, Mascarada? Você consegue ouvir?

– Claro que não! – responde Mascarada, exasperada. – A voz dela é de uma pega, afinal de contas. Só estou usando a cabeça. O que você acha que uma humana feito ela, sozinha em um beco no meio da cidade do

Deus do Mar, diria? "Quem são vocês? O que são vocês? Por que estão aqui? O que vocês querem?" Respondi a todas essas perguntas. Faça que sim, garota, se eu tiver respondido a pelo menos uma de suas perguntas.

Faço que sim.

Dai bate palmas.

— Pergunte o nome dela, Mascarada! Ela é tão bonita.

— Como você sabe que ela é bonita? Você é só um garotinho!

Ignoro a conversa deles e me concentro nas palavras de Mascarada: *a voz dela é de uma pega.*

Agito as mãos no ar para chamar a atenção deles. Junto os dedões e mexo os outros dedos para imitar uma ave voando.

— Já sei! — Dai estala os dedos. — Sei o que ela está tentando dizer.

Aceno a cabeça para encorajá-lo.

— Ela quer voar como um pássaro. Será que devemos levá-la para a cachoeira mais alta, Mascarada? Podíamos empurrá-la. Daí ela poderia voar!

Engasgo.

— Não, não é isso que ela está falando! — Mascarada dá risada. — Sabia que sua linhagem era inferior!

— Retire o que disse, Mascarada! Peça desculpas.

Eu me inclino para a frente e aceno com as mãos, tentando manter os dois focados.

— *Como você sabe que minha voz é uma pega? Vocês viram o que aconteceu? Sabem para onde a levaram?*

Mascarada e Dai me olham com uma expressão vazia. Ou pelo menos Dai me olha com uma expressão vazia. A máscara de avó da garota continua mostrando um sorriso beatífico.

— Uh… — diz Dai, coçando a ponte do nariz. — Você entendeu o que ela acabou de falar?

Mascarada balança a cabeça.

— Não podemos ler mentes — diz ela com gentileza. — E também não sabemos ler lábios direito. Finja que não podemos te ouvir mesmo se você conseguisse falar.

— *Pega* — digo, mexendo a boca. Ergo as mãos novamente, fazendo uma mímica de pássaro, dessa vez dando um rasante dramático no ar. Parece mais o voo de um falcão do que de uma pega, mas, a esta altura, já não estou me preocupando com os detalhes.

Dai aponta para as minhas mãos.

– Parece um falcão.

– Ah! – exclama Mascarada. – Entendi agora. Pega, certo? A gente viu lorde Kirin e aquele ladrão espertinho do Namgi pegar sua alma, presa em uma pega, e enfiá-la na gaiola. Você precisa recuperá-la, senão o Deus do Mar não vai te reconhecer como sua noiva.

Arregalo os olhos.

– *Você sabe que sou a noiva dele?*

Ela deve entender o que estou perguntando, porque diz:

– O que mais você seria? As únicas humanas que podem entrar no Reino dos Espíritos são as noivas do Deus do Mar... quer dizer, as únicas humanas *inteiras*, não os *espíritos* dos humanos. – Ela aponta para si, para Miki e Dai. – Como nós.

Mascarada inclina a cabeça para o lado.

– Você não está morta, não é?

Mesmo se eu tivesse voz, não saberia o que dizer.

– Todo humano tem uma alma – explica ela. – Quando morrem, eles deixam seus corpos no mundo de cima, e suas almas seguem o fluxo do rio. Espíritos são as almas dos humanos que saíram do rio, teimosos demais para seguir para a outra vida. Então a gente fica aqui no Reino dos Espíritos, causando confusões e nos empanturrando com rituais ancestrais. – Ela dá um tapinha na barriga e Miki solta uma risadinha.

Fico olhando para eles de olhos arregalados. Se o que ela está dizendo é verdade, eles estão mesmo *mortos*.

– Vamos ajudá-la, Mascarada – diz Dai, estremecendo quando Miki morde seu ombro. – Posso colocá-la dentro da Casa de Lótus. É pra lá que Kirin e Namgi estão indo. Podemos falar para quem estiver no comando que ela está procurando trabalho. – Ele dá tapinhas carinhosos na minha cabeça. – Você é tão quietinha. Tenho certeza de que vão te contratar.

– A não ser que descubram que você é uma humana, e não um espírito. – Mascarada dá risada. – Daí vão querer te comer!

Fico pálida. Ela deve estar brincando.

Mascarada me oferece a mão, e eu a aceito. Ela me coloca de pé e me vira para poder limpar a sujeira na parte de trás do meu vestido. Temos a mesma altura.

Com ela de perfil para mim, posso observá-la à vontade. A máscara que ela usa está amarrada na nuca com um fio grosso. Seu cabelo castanho tem tons dourados e está preso em uma longa trança, o que simboliza sua condição de donzela solteira. Isso e a curva de seu pescoço sugerem que ela tem mais ou menos a minha idade.

– Então vamos! – diz Dai.

Miki está rindo em suas costas. Mascarada endireita a postura para se juntar a ele. Hesito. Geralmente não sou tão desconfiada, mas o encontro com Shin e os outros me deixou cautelosa. Ainda assim, sinto uma estranha afinidade com esses espíritos, tão simpáticos e cheios de vida – mesmo estando *mortos*.

Meu irmão mais velho, Sung, dizia que a confiança deve ser conquistada, pois concedê-la a alguém é como oferecer uma faca para te ferir. Mas Joon retrucava, afirmando que confiança é um ato de fé – que confiar em alguém é acreditar na bondade das pessoas e no mundo que as moldou.

Estou à flor da pele demais para acreditar em qualquer um neste momento, mas acredito em mim mesma, no meu coração dizendo que eles são bons e na minha mente dizendo que eles são a ajuda de que preciso para encontrar a pega e recuperar minha alma.

– Você vem? – grita Dai por cima do ombro. Apresso-me para alcançá-los e sigo Mascarada, Dai e Miki beco afora, para o coração da cidade do Deus do Mar.

6

Saindo do beco, nos deparamos com um grande bulevar. Fico impressionada instantaneamente. Nunca coloquei os pés para fora do meu pequeno vilarejo, onde no máximo cerca de vinte ou trinta moradores se reúnem nos dias de feira – e talvez chegue a cinquenta nos dias de festival. Aqui na cidade do Deus do Mar, há centenas, *milhares* de pessoas vestidas em cores vibrantes de pedras preciosas, como se a cidade fosse um enorme recife e as pessoas, o seu coral.

Prédios magníficos com telhados em camadas estão dispostos pelas ruas, empilhados quase um em cima do outro, até onde a vista alcança. Lampiões brilhantes pendem dos beirais dos edifícios, iluminando as sombras das figuras se movendo atrás das janelas de papel. Carpas gigantescas e fantasmagóricas perambulam serenamente sobre os telhados, enquanto luminosos peixes dourados voam para dentro e ao redor dos lampiões.

Uma porta se abre para a rua, deixando escapar luz e risada. Uma jovem equilibrando uma bandeja de chá habilmente na cabeça desaparece entre a multidão.

Ouve-se um silvo e um estalo. Olho para cima. Uma fogueira explode, iluminando a noite e afugentando um cardume de peixinhos.

– Olhe por onde anda!

Mascarada me puxa a tempo de evitar sermos pisoteados por um menino empurrando um carrinho de anêmonas.

– *Você*, olhe por onde anda! – retruca Dai, erguendo o punho. – Ela é a noiva do Deus do Mar, sabia?

— Ah, claro – o menino fala por cima do ombro. – E eu sou o Deus do Mar!

Ele ganha algumas risadinhas dos que estão por perto.

As ruas de pedra são pavimentadas com mosaicos de criaturas marinhas. Seguimos os golfinhos azuis e cinzentos rua abaixo até uma avenida de caranguejos vermelhos e, por fim, damos em uma grande praça central, representada por uma grande tartaruga cor de jade.

A praça está lotada. Há grupos de garotas agachadas em um círculo, atirando e recolhendo pedrinhas, e velhos sentados em mesas baixas brigando sobre jogos de tabuleiro.

Todos devem ser espíritos, mas, assim como Miki e Dai, parecem saudáveis – *vivos*.

Mascarada desvia da praça, nos conduzindo por uma rua estreita repleta de carrinhos de comida.

Passamos por carrinhos cheios de bolos de arroz e peixes secos amarrados pelas caudas. Outros contêm castanhas torradas e batata-doce com açúcar. Dai se esquiva de um carrinho que se aproxima pressionando as costas em outro repleto de pasteizinhos dentro de vaporizadores de bambu. Enquanto ele se afasta, Miki estende a mão e pega um.

— Ay, Miki! – grita Dai. – Ladrões é que roubam! – Ele enfia a mão no bolso e tira uma cordinha com moedas de estanho e cobre. Desfaz o nó de uma moeda de estanho e a atira para o dono do carrinho, que a apanha no ar com facilidade. – Vamos levar quatro, por favor!

Ele pega os pasteizinhos e os oferece para cada um de nós. Curiosa, fico observando Mascarada com o canto do olho para ver se ela vai tirar a máscara para comer, mas ela entrega seu pastelzinho para Miki. A menina o devora em impressionantes três mordidas.

Um vapor delicioso sobe do meu pastelzinho. Sigo o exemplo de Miki e praticamente o inalo. A combinação da maciez e fofura da massa com o salgado do recheio de alho-poró e carne de porco é extraordinária. Depois de lamber os dedos, Miki e eu nos juntamos para lançar olhares suplicantes a Dai. Ele suspira alto e pega outra moeda de sua corda de dinheiro.

Demoro-me mais no segundo pastelzinho, saboreando cada mordida.

O beco dos carrinhos de comida dá em outra rua movimentada, e, ao final desta, há uma grandiosa ponte sobre um rio de águas calmas.

Lanternas vermelhas, verdes e brancas flutuam preguiçosamente em sua correnteza. Há barcos atracados na margem do rio e navegando rio abaixo, sendo conduzidos por barqueiros com chapéus de penas.

A ponte é um local importante de passagem. Está transbordando de pessoas, carrinhos, mulas e até mesmo um boi, com uma guirlanda de flores amarrada entre seus chifres. Crianças da idade de Dai sobem nas grades, abrindo caminho pelas finas vigas. A mão de Mascarada agarra o ombro do garoto depressa, antes que ele se junte aos outros.

No meio da ponte, ouvimos o som de tambores rufando. Uma procissão se move lentamente por entre a multidão. Somos empurrados em direção à borda com o resto das pessoas para abrir espaço.

Um grupo de soldados passa armado com lanças. Eles escoltam quatro homens que carregam uma grande caixa ricamente decorada. Dois de cada lado levam a caixa em varas equilibradas sobre seus ombros largos.

Já tinha ouvido falar de caixas sendo carregadas dessa maneira, tão comum na capital, usada para transportar mulheres da nobreza por curtas distâncias. As grossas paredes do palanquim protegem a ocupante dos olhares curiosos.

Sussurros animados acompanham a procissão. Eu me inclino para a frente, querendo saber quem está dentro da caixa dourada.

– É a noiva de Shiki.

Viro-me para ver Mascarada seguindo o movimento do palanquim. Ela aponta com a cabeça para os uniformes pretos e vermelhos dos guardas.

– São as cores da casa dele.

Dou um puxão em sua manga e aponto para os meus lábios para chamar sua atenção.

– *Shiki?*

– O Deus da Morte.

Meus olhos disparam para a caixa dourada. A pessoa ali dentro é a noiva do Deus da Morte.

– *Ela deve ser muito linda. Ela é deusa do quê?*

– Você falou deusa? Ela não é muito diferente da gente. É só uma garota. Uma ex-noiva do Deus do Mar.

Ex-noiva do Deus do Mar. Giro a cabeça na direção da procissão.

Uma mão quente e bronzeada afasta as cortinas da caixa, e eu vislumbro um rosto redondo e doce antes que um guarda bloqueie minha visão.

Hyeri.

Um ano atrás, a noiva do Deus do Mar foi uma garota do vilarejo vizinho. Ano após ano, as noivas chegam de todos os cantos com caravanas que se estendem por quilômetros e quilômetros. Às vezes elas vêm de pequenas cidades, outras vezes, de cidades maiores, e algumas até da capital. Mas Hyeri chegou à noite, com apenas uma bolsa pendurada no ombro e o cabelo trançado nas costas.

Ela ficou com a família do chefe dos anciãos por três noites antes de baterem na nossa porta. Ela precisava de ajuda para se preparar para o casamento.

Foi estranho estar no mesmo cômodo que uma garota que eu nunca tinha visto na vida, ajudando-a a se vestir com as cores de uma noiva – cores alegres que significam amor, felicidade e fertilidade –, sabendo que, pela manhã, ela estaria se afogando, e o vestido não faria outra coisa que não puxá-la para baixo das ondas.

– Você podia fugir. – As palavras saíram da minha boca antes que eu conseguisse impedir.

Hyeri se virou para mim com lábios rosados de pétalas esmagadas de azaleias. Seus olhos estavam escuros de carvão da lareira.

– E para onde eu iria?

– Não tem mais ninguém pra cuidar de você? Nenhum parente?

Hyeri balançou a cabeça devagar.

– Só tenho uma irmã, e ela foi embora há cinco anos.

– Foi embora? – Inclinei-me para a frente, encorajada pela informação, pensando que ela podia procurar a irmã. Na capital, talvez. Em algum lugar seguro. – Para onde?

Hyeri se virou. A janela da sala dava para os campos de arroz e, além deles, o mar. Não dava para vê-lo no escuro, mas era possível ouvi-lo – no vento soprando incansavelmente a brisa quente que atravessava o cômodo. Também era possível senti-lo – no sal formando uma camada espessa na pele, feito pó.

Hyeri falou baixinho:

— Sempre fui uma boa nadadora, muito melhor do que a minha irmã, que tinha medo da água. Amanhã, quando eles me jogarem no mar, eu só vou nadar. Vou nadar e nadar até não aguentar mais.

— Mas a sua irmã...

— Já faz cinco anos. Dizem que todas as noivas do Deus do Mar são iguais. Mas eles estão errados. Como não conseguem ver?

Então sua voz adquiriu uma urgência. Ela agarrou meus pulsos e me puxou para perto, os olhos cintilando, febris.

— Algumas noivas são escolhidas, mas também existem aquelas que *escolheram* ser noivas. — Ela soltou meus braços e fechou os olhos. — Eles se perguntam por que alguém escolheria desistir da própria vida. Mas eles nunca entenderiam.

— Eles quem? Os moradores do vilarejo? — perguntei.

Ela assentiu.

— Algumas garotas escolhem ser noivas porque querem levar prosperidade para a família, já que o vilarejo paga bem. Outras escolhem ser noivas porque querem a glória de ser uma das poucas jovens bonitas tragicamente sacrificadas. Existem até aquelas que de fato acreditam que tudo isso é verdade e que não vão se afogar, pois serão salvas pelo Deus do Mar. — Hyeri abriu os olhos e ficou observando a janela e a noite. — E existem garotas como a minha irmã, que querem ser a noiva do Deus do Mar porque é doloroso demais ser elas mesmas.

Eu me aproximei dela, colocando suas mãos frias entre as minhas.

— Toda essa maquiagem vai sair na água — disse Hyeri, segurando uma risada. — Até lá, vai parecer que estou derramando lágrimas pretas.

— Vou tirar. — Peguei um pano, que mergulhei em uma tigela de água e passei sob seus olhos.

— Você é gentil, Mina. Posso parecer confiante, mas estou morrendo de medo. Quero viver. Existe um jeito de morrer e continuar vivendo?

Naquela época, eu não tinha resposta para a sua pergunta. Era noite, e ela partiria para ser sacrificada logo pela manhã. E, por um ano, não entendi por que ela *escolheu* ser noiva do Deus do Mar.

Até o momento em que eu estava na proa daquele barco, com a fúria fazendo uma tempestade na minha alma, prestes a saltar no mar.

– Você chora muito. – Dai me olha, colocando a mão em concha debaixo do meu queixo para apanhar as lágrimas que escorrem pelo meu rosto.

– *É mesmo?* – pergunto, dando risada. Sinto uma alegria radiante se espalhando pelo meu corpo ao ver Hyeri aqui agora, viva e bem. Aponto para a procissão se movendo devagar. – *Conte-me mais. Conte-me qualquer coisa.*

– Quer saber sobre a noiva de Shiki?

Assinto energicamente.

– Não sei muita coisa a respeito dela. – Ele faz uma pausa. – Shiki, por outro lado...

– *O que tem ele?* – Sorrio para encorajá-lo.

– É um canalha sem coração!

– Veja como fala – Mascarada o repreende. – Shiki não é tão ruim, só é um pouco sério. E, mesmo se ele for um *pouquinho* ruim, ouvi boatos de que ele adora sua nova noiva. O casamento foi uma grande celebração.

Arregalo os olhos, fazendo movimentos exagerados entre ela e a caravana.

– *Como foi?*

– Não fui convidada! – diz Mascarada. – Somente as pessoas mais importantes da cidade foram convidadas: os lordes da Casa do Tigre e da Casa do Grou. Os Grandes Espíritos. Os deuses menores que têm templos com seu nome. – Mascarada coça a bochecha de madeira. – Pensando bem, várias pessoas foram convidadas.

– Só a gente que não! – grita Dai.

– O Deus do Mar, claro, mas como ele não sai do palácio há cem anos, foi um convite desperdiçado! Ah, e acho que lorde Shin. Apesar de eu duvidar que ele tenha ido. Considerando a situação.

– Eles tiveram uma grande desavença – me explica Dai. – Sabe por quê? – pergunta ele para Mascarada.

– Pela mesma coisa de sempre.

– Comida? – sugere Dai.

Penso nos senhores da guerra, que estão sempre disputando terras no meu vilarejo.

– *Poder?*

Apesar da expressão de Mascarada permanecer amável, sinto uma certa hostilidade emanando dela.

– Quem criou vocês dois? Não lhes ensinaram nada? *Amor* é o que os separou, e amor é o que vai juntá-los, se eles não forem teimosos demais para se perdoarem!

– Shin também estava apaixonado por Hyeri? – pergunta Dai.

Mascarada joga as mãos para o ar, claramente frustrada. Ela dá meia-volta e caminha pela multidão que se dispersou ao redor da caravana de Hyeri, que está partindo. Nós nos apressamos atrás dela.

Por que Shin e Shiki brigaram, se não pelo amor de Hyeri? O que eles fizeram um para o outro que deve ser perdoado? Tendo conhecido Shin, não acho difícil acreditar que ele se envolveu em uma disputa com ninguém menos do que um deus. Aquele garoto de olhos escuros é tão irritante – ele roubou minha voz! Ele pode não perceber – ou não se importar –, mas arranjou briga *comigo* também.

Chegamos ao outro lado da ponte.

– Aí está! – grita Dai. – A Casa de Lótus!

O enorme muro de pedra da casa ocupa um quarteirão inteiro. As copas das grandes árvores contornam o perímetro, escondendo o outro lado. A entrada é delimitada por um amplo portão vigiado por guardas vestidos de preto. No momento, eles estão permitindo que as pessoas entrem uma por uma, conferindo os nomes em um pergaminho oficial.

Engulo em seco com força, sentindo a impossibilidade da minha tarefa. Devo não apenas arranjar um jeito de atravessar esses muros *sem nem ter voz*, mas também localizar uma ave e descobrir como fazê-la voltar à sua forma original.

Tive sorte de encontrar Mascarada, Dai e Miki, mas eles logo vão partir, e então estarei sozinha de novo – munida somente de meu punhal e das histórias da minha avó.

Mascarada coloca uma mão quente no meu ombro.

– Pensei que você fosse corajosa! Não precisa ter medo. Você é uma noiva do Deus do Mar, não é? Você tem um propósito e não vai desistir até conseguir o que quer, ou pelo menos tentar o máximo que puder. Ou você já deu tudo de si tentando?

Balanço a cabeça em negativa.

– Que bom!

Ela me puxa para longe do portão, virando uma esquina. Dai está esperando diante de uma entradinha lateral que dá em uma rua muito menos movimentada. Ele tira a mochila e dá um beijo em Miki antes de entregá-la para Mascarada.

– Deixa comigo – ele diz.

Dai se aproxima da porta com confiança e dá pancadas sonoras no batente de madeira.

Eu o sigo depressa, chegando por trás assim que a porta se abre. Uma garota que parece ter a minha idade nos encara de boca aberta e carrancuda. Ela tem olhos sagazes e aguçados e seu cabelo está preso em um coque bagunçado. Cachos se agitam ao redor de um rosto familiar em forma de coração.

Suspiro, perplexa.

– *Nari?*

7

Quando eu era criança, havia uma garota no vilarejo que eu admirava mais do que todas as outras, em parte porque eu morria de medo dela. Ela era amiga de Joon, dois anos mais velha do que eu. Era tão luminosa quanto o dia, e tinha um coração destemido. Joon tem uma natureza gentil, e por ser alto demais para sua idade, ele sempre era alvo de provocações das outras crianças.

Era Nari quem o defendia. Quando ela se colocava entre os valentões, eles a ouviam. Quando ela recriminava a crueldade deles, eles imploravam perdão. Cair nas graças de Nari era como ter o sol brilhando consigo. Ou pelo menos era isso que eu imaginava; ela nunca ligou muito para mim. A última vez que a vi foi um ano atrás, quando ela pulou no rio inundado pela tempestade para resgatar os barcos que tinham sido arrastados da doca. Mas o rio subiu e levou tudo – incluindo Nari – para o mar. Nunca pensei que fosse vê-la de novo. E aqui está ela diante de mim, sorrindo e chorando.

– Mina, não pode ser! – Ela me faz cruzar a soleira e me envolve em um abraço apertado. Ela cheira a flores silvestres e juncos resistentes que crescem ao lado do rio. – Se está aqui, significa que... que você está morta!

Ah, claro que ela ia pensar isso. O único jeito de entrar no Reino dos Espíritos é morrendo ou sendo trazida pelo dragão. Mas, assim como todo mundo no vilarejo, ela sempre soube que Shim Cheong era a noiva deste ano.

– *Estou viva, só que...* – Suspiro. Ela não pode me ouvir.

– E Joon! Coitadinho do seu irmão! Perder você e Cheong na mesma noite... ele deve estar arrasado. Me conte, como aconteceu? Você se afogou no meio da tempestade? Foram atacados por bandidos do norte?

– Você não entendeu nada! – interrompe uma voz alta e indignada. – Ela não está morta! Ela é a noiva do Deus do Mar.

Nari me solta e se vira para Dai, parado do lado de fora da porta, sozinho. Mascarada e Miki desapareceram.

– Quem é este garoto, Mina? – pergunta Nari, franzindo o cenho. – Ele está te incomodando? É só falar e eu me livro dele. – Ela pega uma longa vara com uma lâmina curva na extremidade que está encostada no muro. Não tinha percebido, mas ela usa as mesmas vestes e armadura pretas que os guardas do lado de fora do portão principal.

– Sou amigo de Mina! – grita Dai. – Ao contrário de você, que a acusa de estar morta quando ela claramente é a noiva do Deus do Mar.

Nari arregala os olhos.

– Noiva? Mas... em que ano estamos? Faz cem anos que o imperador desapareceu. Eles iam sacrificar Shim Cheong, se me lembro direito. E todas as noivas têm dezoito anos. Você deve ter dezesseis agora, a mesma idade que eu tinha quando morri. Mina, por que não está falando nada?

– *Não consigo falar.*

– Ela não consegue falar – explica Dai. – Sua voz foi roubada e transformada em uma ave!

Eu acharia bastante difícil acreditar nessa história.

– Ah – diz Nari. – Faz sentido. No ano passado, houve uma baita confusão depois que lorde Shin cortou o Fio Vermelho do Destino de Hyeri e a alma dela virou um peixinho. Seu amante, Shiki, o Deus da Morte, exigiu que ela fosse devolvida. Mas lorde Shin se recusou e rolou uma grande batalha aqui mesmo nesta casa.

Dai inclina a cabeça para o lado.

– Quem ganhou?

– Não se sabe ao certo. Quem assistiu à batalha acha que lorde Shin tinha vantagem e teria ganhado se Hyeri não tivesse interrompido no último minuto.

O que significa que Shin *perdeu*. Sinto uma certa satisfação presunçosa ao saber disso.

– Mas ainda resta uma pergunta. – Dai se aproxima e fala em um tom conspiratório: – Você se oporia aos desejos do seu senhor?

– Claro que não. – Nari segura sua vara firmemente. – Sou uma serva leal da Casa de Lótus.

Dai agarra meu braço.

– Vamos embora, Mina.

– Esperem! – Nari agarra minha manga. – Se você é mesmo a noiva do Deus do Mar, então veio recuperar sua alma. – Ela faz uma careta, franzindo as sobrancelhas enquanto reflete. – Eu lembro de você, Mina. Lembro que você costumava seguir Joon e eu para as praias e pelas trilhas da floresta. Tenho que admitir que te achava irritante. Nunca fui muito paciente, sempre queria sair correndo na frente.

Ela faz uma pausa. Seus olhos escuros ficam pensativos.

– Eu não era como Joon. Eu costumava pensar "Então é assim que é ter uma irmãzinha?". Eu não tinha como saber, sendo filha única. Joon sempre caminhava mais devagar, sabendo que você estava nos seguindo.

Meu peito aperta.

– Ele te amava, Mina. E eu o amava como um amigo verdadeiro. Tenho uma nova vida aqui que eu planejo prolongar o máximo que puder, mas *vou* te ajudar. Por você e pelo seu irmão. Pode confiar em mim.

Dessa vez ela oferece uma mão e eu a aceito. Dai sorri, observando da porta.

– Qual era o plano para entrar? – pergunta Nari para ele.

– Pensei que ela podia se passar por criada.

Nari dá um passo para trás a fim de me avaliar, e depois assente, satisfeita.

– Acho que vai funcionar.

– Maravilha! Vou deixá-la em suas ótimas mãos. – Dai me empurra pela soleira. – Boa sorte, Mina! – Ele sai andando pela rua, falando por cima do ombro: – Quando nos encontrarmos de novo, vou querer ouvir sua voz!

Coloco a cabeça para fora da porta e aceno até ele desaparecer na esquina. Volto para dentro e dou uma olhada ao redor. Estamos em um pequeno pátio de pedras. Um portão aberto à direita revela um caminho que leva ao terreno da casa. No meio do pátio, há uma cerejeira com flores brancas e cor-de-rosa. De seus galhos elegantes pendem amuletos de papel, que balançam e giram lentamente com a brisa suave.

– Este é o pátio dos criados – diz Nari, se colocando ao meu lado depois de fechar a porta. – Vamos passar despercebidas por um tempo. – Ela gesticula para que eu me sente em uma pedra esculpida na forma de uma tartaruga. Então vai até a árvore, pega um raso balde de metal e o coloca perto dos meus pés. Dou uma espiada e vejo que ele está cheio de água da chuva. – Lave-se enquanto tento arranjar umas sandálias pra você.

Obedeço imediatamente, mergulhando os pés na água morna e esfregando a sujeira e a fuligem das ruas. Nari volta e me entrega um avental, que amarro na cintura, e um pano branco, que amarro no rosto, cobrindo o nariz e a boca.

– É raro alguém ficar doente no Reino dos Espíritos – explica ela –, mas qualquer um ia querer esconder o rosto após uma noite de bebedeira pesada. – Por fim, Nari me entrega um par de sandálias resistentes. Depois que as calço, ela me avalia. Devo parecer uma criada aceitável, porque ela assente, se vira e gesticula para que eu a acompanhe pelo portão leste.

Do pátio dos criados, seguimos por um largo caminho de terra. Em ambos os lados, há grandes cozinhas; os saborosos aromas de molho de soja e vinho de arroz escapam pelas janelas. Uma porta à esquerda se abre e nos pressionamos contra a parede mais próxima, observando os criados em uniformes azul-claros saírem, cada um carregando uma bandeja coberta. Contamos nossas respirações conforme eles passam e, em seguida, deslizamos silenciosamente por um caminho de grama ladeado por grandes vasos de barro, emergindo perto da parede externa.

– Chamamos de casa – explica Nari enquanto subimos um pequeno morro repleto de pereiras floridas –, mas na verdade o terreno engloba vários prédios com jardins, campos e lagos entre eles. Se nos separarmos, você deve procurar um pavilhão a nordeste de onde estamos agora. Ele fica em um lago e só pode ser acessado por barco ou por uma ponte no lado sul. Deve ser lá que estão guardando sua alma. A área não é muito frequentada e deve estar ainda mais vazia esta noite, com grande parte das atividades acontecendo perto do pavilhão principal.

Enquanto subimos o morro de onde é possível ver o terreno da Casa de Lótus, paro para recuperar o fôlego.

Há um lago magnífico logo abaixo, se estendendo por quase todo o comprimento do terreno. Flores de lótus se exibem pelas águas escuras, e no centro há uma pequena ilha com um pavilhão brilhante. Este parece ser o ponto de encontro para a celebração desta noite. Figuras vestidas com cores vivas se movem pelas grandes colunas de pedra, e sons de música e risadas escapam das varandas do andar superior. Duas pontes dão acesso ao pavilhão. Na oeste, vejo nos ombros dos carregadores pelo menos quatro palanquins cobertos. Na leste, as tochas estão apagadas.

Pergunto-me por que estão aqui esta noite. Lembro que os guardas do portão estavam desde cedo verificando a entrada de cada indivíduo.

– Eles estão aqui para servirem de testemunhas – diz Nari, seguindo meu olhar. – Todo ano, as grandes casas do reino se juntam para garantir que a fita entre o Deus do Mar e sua noiva tenha sido cortada. Enquanto ele dorme, vários na cidade gostariam de tomar o controle. – Ela acena para as duas maiores procissões passando pelo portão, uma toda decorada em vermelho e dourado, e outra, em azul e prateado. – Aqueles são os lordes da Casa do Tigre e da Casa do Grou, os líderes das duas casas mais ambiciosas. Ao cortar o laço que tornaria o Deus do Mar mortal por meio de sua conexão com você, lorde Shin mantém o Deus do Mar imune a ataques e os grandes senhores sob controle, pelo menos por mais um ano.

Ela vira as costas para o lago.

– Agora chega de enrolar. Venha, Mina. Estamos perto.

Então Shin *estava* falando a verdade no salão do Deus do Mar. Ele cortou o Fio Vermelho do Destino para proteger o deus daqueles que poderiam tentar tomar o poder. Em qualquer outra pessoa, tal demonstração de lealdade seria considerada honrosa, mas meu peito aperta com uma sensação desagradável ao pensar naquele lorde de olhos escuros.

Afastando-me do lago, desço pelo lado oposto da colina, onde Nari já desapareceu em um bosque. Eu a encontro agachada atrás de um arbusto baixo, espiando uma clareira.

– O lago fica do outro lado deste prédio. – Ela aponta para um grande templo todo aberto, derramando sua luz sobre a grama molhada. Posso ver os contornos das pessoas lá dentro, sentadas em mesas baixas. Pelos sons de risadas e xícaras de porcelana tilintando, elas devem estar bebendo.

Olho para as árvores atrás do templo; em algum lugar além dele está o lago, o pavilhão e minha voz.

— Nossa vantagem é a escuridão – diz Nari. – Você vai primeiro. Eles não vão reparar em uma criada. Está pronta?

Verifico se minha máscara está bem presa ao redor da boca e avanço pelo caminho. Estamos visíveis, mas está escuro e as pessoas lá dentro estão entretidas. Um músico marca uma batida rítmica em um tambor enquanto um palhaço – usando uma máscara de noiva, com a face branca e esferas vermelhas e brilhantes nas bochechas – circula ao redor das mesas como se acompanhasse os movimentos de uma enorme onda.

Passo depressa pelo templo em direção às sombras da floresta do outro lado. As árvores assomam diante de mim, um matagal denso com uma pequena trilha em meio à escuridão. Meus passos vacilam ao vê-lo, mas respiro fundo e seguro a saia para correr.

— Espere!

Reconheço a voz. Uma imagem de alguns momentos antes surge na minha mente. Cabelo encaracolado. Sorriso torto. *Você é uma noiva ou uma ave?*

Namgi.

8

LEVO A MÃO AO ROSTO PARA VERIFICAR SE A MÁSCARA ESTÁ COBRINDO minha boca e meu nariz e avalio a distância até as árvores. Ouço os passos de Namgi se aproximando; uma pedrinha saltita à frente dele e bate na parte de trás de minha sandália.

– Já tomamos todas as bebidas alcoólicas – explica ele devagar com uma voz baixa e áspera, claramente pensando que sou uma criada. – Um ou dois jarros a mais deve...

Então seu tom animado esvanece.

– Por que está indo pra lá? Não há nada pra você ali.

Não consigo responder, pois não tenho voz! E, mesmo se tivesse, o que eu diria? Faço uma reverência breve, fixando os olhos no chão. Sua sombra está quase sobre a minha. Praguejo por dentro.

– Lorde Namgi! – Nari chama com uma voz alta e confiante. – Deixe a garota em paz. Ela já tem as próprias tarefas para terminar sem o peso das suas.

Durante a breve pausa que se segue, não sou capaz de me mover nem de respirar. Até que Namgi dá uma risadinha, e sua voz se distancia enquanto ele se vira para Nari.

– Sua língua afiada nunca me decepciona.

– Pode ir, garota – diz Nari com a mesma confiança de antes. – Não ligue pra este senhor bêbado.

Aproveito a oportunidade e saio caminhando com determinação.

– Eu estou bêbado? – Ouço Namgi perguntar enquanto me esgueiro por entre as árvores. – Nunca sei. O mundo me parece igual quando estou bêbado e quando estou sóbrio.

– Vamos fazer um teste – brinca Nari. – Quer apostar um jogo de cartas?

Deixo o templo para trás e adentro a floresta. A inebriante vitória proporcionada pela minha fuga vai se dissipando enquanto eu vou andando pela trilha escura e sinuosa. Ao contrário do pátio dos criados ou do pavilhão ao lado do lago, as árvores aqui são numerosas; suas copas densas obscurecem o luar. Um silêncio sinistro paira sobre a floresta. Fico tentada a voltar, mas ouço mais vozes.

Quando eu era criança, me perdi na enorme floresta que fica além do nosso vilarejo. Eu estava seguindo Joon e Nari quando vi uma raposa e me afastei da trilha. Fiquei perambulando por horas, até que me abriguei nas raízes de uma grande canforeira. Sentei-me toda encolhida com os joelhos contra o peito e chorei com vontade, temendo ficar perdida para sempre – ou pior, ser devorada por um demônio.

Não lembro se fui encontrada ou se achei a saída sozinha, mas finalmente consegui sair dali. Eu devia ter uns cinco ou seis anos, e a lembrança está meio escondida, coberta de névoa, como se minha mente quisesse me proteger de algo ruim. Tudo o que me lembro é do medo.

Uma luz surge no meio da escuridão, piscando entre as árvores. Aliviada, sigo-a até me deparar com os limites da floresta. O pavilhão é exatamente como Nari descreveu: está localizado em uma ilha no centro de um lago e é acessível apenas por uma ponte estreita de madeira. A luz vem de um lampião carregado por uma figura solitária atravessando a ponte lentamente. No mesmo instante, reconheço quem é. A Deusa da Sorte está rindo de mim esta noite.

Escondo-me atrás de uma árvore enquanto Kirin se aproxima. Quase dou um salto de susto quando uma segunda figura aparece da escuridão para se juntar a ele – uma mulher, vestida com a mesma armadura de Nari.

Ela faz uma reverência.

– Meu senhor.

Kirin a cumprimenta, abaixando a cabeça elegantemente.

– Tem alguma novidade para reportar?

– Todos os convidados foram revistados. Não descobrimos nada que chamasse atenção, além de algumas armas pequenas entre as sacerdotisas da Casa da Raposa, mas permitimos a entrada delas por ordens de lorde

Shin. A maioria reclamou, mas se submeteu à revista. Os lordes da Casa do Tigre e da Casa do Grou, no entanto, foram mais... difíceis. Eles protestaram muito e acusaram a Casa de Lótus de desonrar seus convidados.

Com isso, Kirin rosna:

— Tal insolência não deve ser permitida. Lorde Shin é complacente demais.

Quando a guarda não responde à altura, Kirin fala:

— O que foi? Você parece querer dizer algo.

Ela hesita, então continua:

— Há boatos circulando entre os convidados de que o poder do Deus do Mar está diminuindo, assim como o do lorde Shin. Menos de um ano atrás, ele foi derrotado por Shiki, e a amizade deles foi destruída irremediavelmente. Sem um aliado convicto e poderoso, muitos acreditam que o papel de lorde Shin como guardião desta cidade está chegando ao fim. E o Deus do Mar, sem a proteção do lorde Shin...

A voz da guarda se dissipa quando ela e Kirin se afastam da árvore. Mantendo-me rente ao chão, eu os sigo, querendo ouvir mais da conversa. Só que, quando os alcanço, consigo apenas ouvir Kirin dispensando-a.

— Mande os outros ficarem de olhos bem abertos. Eu não me surpreenderia se o Grou ou o Tigre criassem problemas esta noite.

Ela faz uma reverência, dando um passo para trás.

— Sim, meu senhor. — Então ela sai como chegou, se misturando à escuridão. Logo, ela é apenas um borrão se movendo na minha visão periférica.

Agora sozinho, Kirin suspira, olhando para o lago. Uma garça solitária desliza pela água, roçando a superfície com a ponta da asa.

— Proteger o Deus do Mar é um fardo muito pesado para carregar. Até mesmo para alguém como você, Shin.

Recuo um pouco e um galho se quebra sob meu pé. No mesmo instante, Kirin se vira e eu me abaixo tremendo, assustada com minha falta de jeito. Através de um buraco entre a folhagem, espio Kirin espreitando a floresta. Por um momento, seus olhos parecem emitir um brilho prateado, mas então um esquilo pula do matagal, subindo pelo tronco de uma árvore. Quando o encaro novamente, seus olhos voltaram ao tom castanho.

Ele vai caminhando devagar em direção ao lago pela mesma trilha que a guarda percorreu. Quando ele desaparece, saio de trás das árvores e sigo para a ponte.

Aquela sensação desagradável que experimentei mais cedo volta a apertar meu coração – talvez eu tenha julgado mal esse tal de Shin. Ainda não entendi completamente os problemas deste reino, mas eles lembram meu vilarejo, onde, por causa de um governante fraco e covarde, chefes militares disputam territórios e derramam sangue em nome de reivindicações mesquinhas. Deve acontecer o mesmo aqui. Na ausência do Deus do Mar, os habitantes deste reino pressentem sua fraqueza e tentam desequilibrar a balança do poder a seu favor.

E Shin parece ser o único se esforçando para conter a maré. Como as pessoas do meu vilarejo. Como eu.

Balanço a cabeça, tentando mudar o curso dos meus pensamentos. Mesmo que eu entenda como ele se sente, tenho meus próprios desafios, a começar pela minha alma roubada.

O pavilhão está envolto em trevas. Se Nari não tivesse tanta certeza de que a pega está presa ali, eu provavelmente a procuraria em um lugar mais vigiado, e não em um local como este, que parece até abandonado. Abro a porta, e o luar atrás de mim inunda a madeira escura. Há aposentos em ambos os lados do corredor estreito; as sombras das nuvens se movem pelas paredes de papel grosso.

Assim que fecho a porta, outra se abre no corredor. Eu me escondo em um canto, me agachando nas sombras. Duas figuras vestidas de preto cruzam o corredor. Eu só as vejo por um instante – uma é robusta e carrega uma espada na cintura, a outra é magra feito uma doninha e tem uma grande besta pendurada no ombro –, antes que elas desapareçam pela porta oposta. Ladrões?

Quanta ironia – eles estão roubando de Shin, que roubou de *mim*. Em todas as histórias, as pegas nos alertam sobre ladrões.

Mas não esta noite.

À minha direita, há uma escadaria. Subo depressa, tomando cuidado para não fazer barulho. No andar de cima, há outro corredor estreito, mais curto que o de baixo. Há apenas uma porta. Lá dentro, ouço algo se agitando – algo como asas inquietas. A pega! Abro a porta, entro e a fecho atrás de mim.

Vasculho o quarto com os olhos, ansiosa, e me decepciono logo em seguida. A pega não está ali. A fonte do barulho é uma brisa fresca roçando o papel da janela. O quarto é escassamente mobiliado. Há uma prateleira baixa sob a janela em frente à porta. Na parede da direita, há um armário velho, e, à esquerda, um biombo de papel, o único outro objeto do recinto.

A pega deve estar em um dos aposentos do andar de baixo. Mas como vou conseguir evitar os ladrões?

Coloco a mão no punhal, envolvendo o cabo com os dedos. Ouço um ruído no corredor. Passos se aproximando. Vou para trás do biombo e me abaixo no mesmo instante em que a porta se abre.

9

Uma figura entra carregando uma vela. A luz da chama projeta sua silhueta no biombo. A sombra do invasor não coincide com a de nenhum dos homens que vi lá embaixo. Ela tem uma forma bizarra – uma protuberância estranha irrompe de suas costas.

De repente, a sombra se alonga, abrindo inconfundíveis asas, como se fosse um ser celestial. Ou um demônio. Pressiono as costas contra a parede. Então um som corta o silêncio: o gorjeio suave de uma pega.

Shin.

Ele se move pelo quarto silenciosamente, tira a gaiola do ombro e a coloca na prateleira. Como a Deusa da Sorte está me pregando peças esta noite! Primeiro Namgi, depois Kirin, e agora Shin.

E a pega...

Estamos tão perto que sinto um baque ecoando em meu peito a cada batida de suas asas.

A sombra de Shin volta a se movimentar pelo quarto. Ele está saindo sem a ave! Meu coração dispara diante do triunfo iminente.

Mas então ele para, como se tivesse notado algo. Quebro a cabeça tentando descobrir o que chamou sua atenção. Não toquei em nada ao entrar aqui. Será que deixei pegadas no chão?

Ele ergue a vela e assopra a chama. Sinto um aroma agradável de fumaça e flores de ameixa.

Meu coração bate rápido dentro do peito. O silêncio se prolonga interminavelmente. Quando não aguento mais, dou uma espiada para fora do biombo. Ele se foi. O quarto está tão vazio quanto antes.

Não, há uma diferença: agora há uma gaiola na prateleira. A pega agita as asas, animada com minha presença. Não é hora de hesitar. Atravesso a sala depressa e estico a mão para a gaiola.

— Pensei ter sentido a presença de um ladrão.

Eu me viro. Shin está encostado no batente da porta. Seu cabelo escuro, ligeiramente úmido, está penteado para trás. Ele deve ter vindo da sala de banho. Não está com a mesma roupa que usava da última vez que o vi, exibindo agora uma veste de seda preta, com flores de lótus bordadas com fios de prata no colarinho. Sua espada está presa à cintura.

— Estou impressionado — diz ele, me observando com olhos semicerrados. — Você tem sorte por ter chegado tão longe.

— *Que engraçado, senti que a sorte me escapou a noite toda.*

Ele franze as sobrancelhas.

— Não consigo te ver daqui. Não sei o que está dizendo.

— *Só porque você não ouve as palavras, não significa que elas não estejam sendo ditas.*

Ele endireita a postura e avança pela soleira.

— Acho que nunca houve uma noiva que tenha me dado tanto trabalho quanto você.

— *E Hyeri? Pelo que ouvi, você perdeu uma batalha contra o pretendente dela. Feriu seu orgulho ser derrotado por um humano?*

Ele estreita os olhos.

— Você ainda está falando.

— *Você é o culpado por não conseguir me ouvir. De qualquer forma, é melhor assim. Se soubesse o que estou dizendo, não ficaria satisfeito.*

Ele atravessa o cômodo e se aproxima, parando diante de mim, iluminado pelo luar. Sinto uma pontada de irritação diante de nossa diferença de altura. Meus olhos estão no mesmo nível do tecido bordado com intrincadas flores de lótus em seu colarinho. Estamos tão perto que vejo a pulsação constante de seu pescoço. Posso sentir o cheiro que emana de suas vestes — uma mistura de lavanda, menta e sândalo.

— Pode destilar suas ofensas agora que estou te vendo claramente — diz ele.

Ele está próximo demais; minhas bochechas me denunciam ao ficarem coradas. Cerro os dentes e levanto o queixo.

– *Você que é o ladrão aqui.*

Há uma pausa enquanto ele decodifica as palavras em meus lábios. Depois ele fala tão baixinho que preciso me esforçar para ouvir:

– Eu devia saber que você não desistiria assim tão facilmente. – Seus olhos vão do meu ombro para a gaiola.

Sei o que vai acontecer em seguida: serei expulsa da Casa de Lótus, assim como fui expulsa do palácio, e todas as chances de recuperar minha alma estarão perdidas. Dou um passo à frente, fazendo com que seu olhar volte para mim.

– *Me deixe te ajudar* – digo.

Agora já posso admitir que o julguei mal em nosso primeiro encontro. Suas ações, mesmo que equivocadas, estavam a serviço do Deus do Mar. Se eu puder de alguma forma convencê-lo de que minhas ações também estão a serviço do deus, ele talvez se torne meu aliado – um aliado forte, a julgar pela vastidão de sua casa e pela lealdade de seu povo.

Seus olhos sobem dos meus lábios para os meus olhos.

– Não há nada que você possa fazer para me ajudar.

Respiro fundo.

– *Seu pressentimento sobre a presença de ladrões estava certo.* – Eu o encaro enquanto ele acompanha meus lábios, franzindo as sobrancelhas à medida que vai absorvendo o que tenho a dizer. – *Vi duas pessoas entrando em uma das salas do andar de baixo. Uma era maior, parecida com um urso. A outra era menor, mas... mais perigosa, acho. Talvez elas queiram te ferir por algo que você tenha roubado. Assim como eu, pelo que você roubou de mim.* – Não consigo evitar adicionar essa última parte.

– Por que eu deveria acreditar no que está dizendo?

Ouvimos um barulho do lado de fora.

– *Porque quero que me ajude.*

Seus olhos se fixam nos meus.

Passos suaves e quase inaudíveis se aproximam – agora são mais de duas pessoas.

É a minha vez de ler os lábios dele.

Esconda-se, diz ele, sem emitir um som, acenando com a cabeça para o biombo. Volto para meu esconderijo e me agacho.

A porta se abre.

Os passos ressoam no chão enquanto os estranhos avançam, contornando a sala. Apavorada, vou me movendo junto com o biombo, que está sendo empurrado do outro lado. Meus joelhos batem contra o papel. Um silêncio pesado cai sobre a sala, densa de tensão.

Então ouço Shin desembainhar a espada. Alguém grita, e logo em seguida o bando de ladrões ataca. A sala vira um caos. Aço se choca contra aço. Grunhidos baixos e berros de dor preenchem o ar. Pego meu punhal, indecisa se devo continuar escondida ou me juntar à luta. Não consigo distinguir a voz de Shin das outras, não sei se ele está ferido nem se precisa de ajuda. Algo grande é derrubado no chão, fazendo um estrondo. O armário. Um jato de sangue mancha o biombo de papel feito tinta sobre uma tela.

A pega solta um grito de agonia. Eu me levanto e saio de trás do esconderijo.

O chão está coberto de corpos de uma dúzia de homens. Só dois invasores ainda continuam de pé – um deles é aquele que parece um urso. Eles estão enfrentando Shin.

– Lorde Shin! – exclama ele, apertando uma ferida no ombro. – Seu mestre é fraco e ingrato. Empreste sua força a nosso senhor e será recompensado.

Shin está na janela, segurando a espada. Mesmo após uma luta tão desigual, ele mantém a compostura, com as costas eretas e uma expressão neutra. Então percebo o sangue escorrendo por seu pulso. Ele está ferido.

– E quem é o seu senhor? – pergunta ele com uma voz baixa.

O urso vai responder, mas seu comparsa sibila:

– Não se engane! Ele quer nos fazer revelar a identidade do nosso mestre só para nos matar em seguida. Concentre-se na nossa tarefa. A ave é o nosso prêmio.

Franzo o cenho. Por que eles querem minha alma?

Os olhos de Shin piscam na minha direção, apesar de nenhum deles ter percebido a minha presença. Soltando um rugido, o urso avança. Shin desvia para trás, e a espada do oponente passa perto de sua garganta. Se movendo com uma velocidade impressionante, ele agarra o ombro do outro ladrão, desferindo um golpe em sua barriga. O homem cai no chão. O urso, claramente perturbado, abaixa a espada e sai correndo em direção à porta.

Quando ele atravessa a soleira, o luar ilumina algo no canto mais distante, envolto em sombras. É o homem que se parece com uma doninha, segurando uma besta. Em meio ao caos, me esqueci dele.

Ele tem um virote apontado para o peito de Shin.

Não hesito e saio correndo pela sala. Tudo acontece em um instante. Colido com Shin. O virote da besta zumbe sobre nossa cabeça, estilhaçando a janela. Frustrado, o ladrão-doninha foge. Shin e eu caímos juntos e batemos contra a prateleira baixa. A gaiola oscila na borda e vai ao chão.

O tempo para enquanto a gaiola cai, quebrando-se com o impacto e libertando a ave. A pega bate suas asas de pontas vermelhas, deixando escapar um som agudo e penetrante antes de explodir em um clarão.

Estremeço diante de seu brilho. A escuridão que se segue é ofuscante, e o silêncio que se prolonga após o grito da ave, ensurdecedor.

Até que ouço.

Minha respiração. Pesada e áspera.

Até que vejo.

Entre minha mão e a de Shin há uma fita vermelha.

O Fio Vermelho do Destino.

Nossos olhos se encontram.

– Ah, não – digo.

Minha voz é tão clara quanto um sino.

10

Shin e eu permanecemos imóveis encarando o Fio Vermelho do Destino suspenso entre nós. Ele é o primeiro a reagir – ergue a espada e a mergulha para baixo, só que ela passa *através* da fita e se aloja nas tábuas do assoalho. Ele me olha, perturbado. Em seguida, é a minha vez de tentar. Pego meu punhal e o golpeio de baixo para cima. O Fio Vermelho do Destino permanece intacto, brilhando quase alegremente.

– Como isso é possível? – pergunta Shin, mais para si do que para mim.

Coloco-me de pé, desajeitada, e acabo pisando nas lascas de madeira da gaiola.

– Você disse que a pega era minha alma... Talvez ela tenha se misturado com a sua ao voltar para mim. – É a única explicação em que consigo pensar.

Ele balança a cabeça.

– Não pode ser.

Ofereço uma mão para que ele se levante.

Ele ergue uma sobrancelha em uma expressão cética.

– O que está fazendo?

– Quem sabe se nossas mãos se tocarem, o Fio Vermelho do Destino volte à sua forma original e desapareça, devolvendo nossas almas.

Ele franze o cenho.

– Isso parece... improvável.

Bato o pé no chão.

– Precisamos tentar tudo o que pudermos. Quando toquei o Deus do Mar, o fio *desapareceu* por um momento. A não ser que você esteja com medo.

Como eu pretendia, sua expressão muda, e abro um sorriso convencido. Mas enquanto ele estica o braço para pegar minha mão, de repente lembro de algo – será que vou ser arrastada por suas lembranças, como aconteceu com o Deus do Mar? Será que ele vai ser arrastado pelas minhas?

Um barquinho de papel rasgado em dois. Minha cunhada aos prantos. Minha avó gritando por mim enquanto eu corro e corro e corro...

Ele segura minha mão com firmeza. Sua pele está seca e quente.

Nada acontece. Agora vejo a estupidez do meu plano. Fico vermelha e tento me desvencilhar dele, mas ele não me solta. Franzo o cenho.

– O que você está...

Ele me puxa para a frente, quase me derrubando no chão. Então se move rapidamente, passando por cima de mim para amparar minha cabeça com a outra mão. Por um momento, fico olhando para o teto, atordoada. Então ele entrelaça os dedos nos meus devagar, aumentando a pressão de sua palma contra a minha. O Fio Vermelho do Destino cintila como uma estrela ardente entre nós. Olho para cima e vejo a luz do fio e meu próprio rosto assustado refletidos em seus olhos escuros.

– Bem – diz ele de maneira arrastada e calculada –, sua alma voltou para você?

Apesar de saber que ele está me provocando, meu coração se agita dentro do peito. Ele solta minha mão no instante que Namgi irrompe pelo aposento, brandindo o punhal.

– Shin! – grita ele. – Ouvi uma barulheira... – Ele se interrompe, notando Shin e eu no chão. Ele baixa o punhal. – Que inesperado.

Shin o ignora e se levanta. O Fio Vermelho do Destino se estica conforme ele se move pela sala e se agacha para revistar um dos ladrões caídos.

– O uniforme deles não tem insígnia.

– Quem ousaria atacar a Casa de Lótus? – pergunta Namgi energicamente. – É só me dizer e vou sair caçando um por um, vou arrancar seus membros, acabar com suas casas, seus filhos, suas cabras, se eles as tiverem...

Interrompo seu discurso:

– Onde você estava? Espero que não bebendo mais do que aguenta.

– Ah. – Namgi aponta para mim. – Você recuperou sua voz.

De repente, Shin, ainda agachado, ergue o olhar.

— Namgi, você não está vendo?

Ele inclina a cabeça para o lado.

— Vendo o quê?

A fita está flutuando no ar, inconfundivelmente vermelha e cintilante. Viro-me para Shin.

— O que significa isso?

Shin faz uma carranca.

— Nada bom.

Atrás de nós, ouvimos um estalido. Os corpos dos ladrões começam a desaparecer, emanando fumaça. Após alguns minutos, tudo o que resta é uma pilha de roupas e armas descartadas. Até o sangue no biombo sumiu.

— Para onde eles foram? — pergunto.

— Voltaram para o Rio das Almas — diz Shin. — A segunda vida deles terminou.

— A última vida deles — acrescenta Namgi. — Não vão mais voltar.

Estremeço. A esta altura, já estou familiarizada com a morte, mas vê-la diante de mim não é fácil.

Shin pega sua espada do chão e a coloca de volta na bainha.

— É melhor nos apressarmos para o pavilhão principal. É quase meia-noite.

Ele olha para a janela quebrada, onde a noite parece pulsar. Sinto um novo aroma no ar, semelhante a enxofre.

— E ela? — pergunta Namgi, olhando para mim.

— Ela vem com a gente.

Namgi levanta uma sobrancelha em resposta, mas não questiona Shin.

Saímos do pavilhão. Lá fora, a agradável noite de verão agora está quente e seca.

Namgi vai atrás de Shin, arregaçando as mangas e revelando braços esguios tatuados com inscrições intrincadas.

— O que você vai fazer em relação à alma? — pergunta ele a Shin, me encarando. — Todo mundo vai querer alguma prova de que você a tem.

— Vou pensar em algo — diz Shin, apertando o passo.

Em vez de seguirmos pela floresta, pegamos a trilha através dos campos verdes que Kirin percorreu antes. Olho para cima, esperando ver estrelas, mas o céu está coberto de nuvens escuras e ameaçadoras. Deve haver alguma fogueira queimando em algum lugar, porque sinto o cheiro da fumaça.

Namgi diminui o passo e caminha ao meu lado. Sua mão está no cabo da espada, e seus olhos, no céu. Ele tem uma expressão sombria e preocupada.

— O que você quis dizer antes, quando falou que vão querer uma prova de que vocês têm minha alma?

— Ah, é parte do nosso ritual anual. É por isso que todos esses espíritos oportunistas vêm à nossa casa, para beber todo o nosso licor. E para comprovar que o Fio Vermelho do Destino foi cortado, garantindo um pouco de paz no reino, pelo menos até o próximo ano. A prova é a alma da noiva. A sua alma, no caso. E agora que ela se foi, não sei o que vamos fazer. — Namgi coça o queixo com a ponta do punhal, desconcertado.

— Há quanto tempo vocês fazem esse ritual?

— Ninguém sabe ao certo. Mas você deve ser a centésima noiva. As coisas estão ficando um pouco confusas no reino do Deus do Mar, onde os espíritos e deuses podem viver para sempre. Um dia é muito parecido com o seguinte. Aliás, um século também. Shin *sempre* protegeu o Deus do Mar. Ele é o líder da Casa de Lótus, e seu dever é servi-lo. Nada motiva Shin mais que seu senso de dever.

Se ele protege o Deus do Mar, por que não ajuda as noivas a quebrarem a maldição? No entanto, não digo nada, apenas engulo minha pergunta.

Shin nos conduz através da escuridão pela ponte leste, que vi mais cedo com Nari, até o pavilhão do lago. Seu interior está todo iluminado e repleto de pessoas reclinadas em almofadas de seda, se servindo de mesas dispostas com frutas e bolos de arroz coloridos. Vejo aqueles que devem ser os líderes da Casa do Tigre e da Casa do Grou, a julgar pelas pequenas cortes que eles reuniram de cada lado do pavilhão.

A música para assim que entramos. Kirin se aproxima, pousando os olhos brilhantes e enigmáticos em mim antes de se fixarem em Shin.

— Eles estão aqui — diz.

Em um primeiro momento, penso que ele está se referindo aos lordes da Casa do Tigre e da Casa do Grou, mas então percebo que todos no pavilhão têm o olhar voltado para o céu acima do lago.

Uma tempestade parece estar se formando, trazendo consigo aquele cheiro de enxofre que senti antes, só que agora mais forte. Dentro do pavilhão, os convidados levam lenços de seda ao rosto. O calor fica insuportável, seco e pesado. Um vento escaldante varre o chão, e o Fio Vermelho do Destino chicoteia para o lado. Acima, o céu começa a se agitar, se dilatando e pulsando como se houvesse um coração gigante na escuridão.

No início, não consigo discernir o que estou vendo, mas então começo a reconhecer formas em meio ao tumulto. São criaturas parecidas com cobras, tão grandes quanto dragões, mas sem chifres nem membros. Elas se misturam com o céu em tons de vinho, índigo e preto.

– Os Imugis – diz Kirin.

As histórias da minha avó nunca mencionaram criaturas assim, do tamanho de um rio, e tão numerosas que parecem engolir a noite.

Sinto uma pressão no ombro.

– Fique aqui – pede Shin, me empurrando de leve para Kirin. – Namgi, venha comigo. – Enquanto Shin se vira, Kirin franze o cenho, mas seus olhos nunca encontram a fita vermelha. Assim como Namgi, ele não consegue enxergá-la.

Juntos, Shin e Namgi seguem para a abertura do pavilhão, que dá na bem iluminada ponte oeste. A multidão abre caminho para eles.

Uma por uma, as criaturas no céu vão descendo para o lago. Ao mergulhar, elas provocam rajadas de vento, que apagam os lampiões da ponte. Só o pavilhão está iluminado agora. Então ouvimos uma explosão retumbante, e a água do lago espirra pelo piso de madeira. Vários convidados gritam e são empurrados por outros. No silêncio que se segue, todos os olhos se voltam para o local onde a ponte se encontra com o pavilhão. Na minha imaginação, evoco a horrível face de um dragão com forma de cobra esticando o pescoço pela abertura, os olhos ardentes feito fogo.

A escuridão parece ondular. Os que estão mais próximos tremem de medo. Eu prendo a respiração.

Um homem sai da ponte, seguido de outros dois. Eles são altos e magros, têm cabelos e olhos escuros, e há algo em sua aparência que me é familiar. Eles entram no pavilhão e se movem rápida e silenciosamente pela multidão. Atrás deles, o lago está vazio. Não há sinal das criaturas. Mesmo assim, enquanto os observo se aproximando, tenho a clara impressão de que as grandes bestas não desapareceram – elas estão caminhando entre nós.

O primeiro homem vai até Shin e faz uma reverência breve e sucinta.

– Lorde Shin.

– Ryugi.

– Viemos em nome da Deusa da Lua e da Memória. Onde está a alma da noiva do Deus do Mar?

Shin hesita por um momento, então finalmente fala. Sua voz ressoa pelo pavilhão:

– Não está comigo.

A multidão começa a murmurar. Com o canto do olho, vejo o lorde alto da Casa do Grou se inclinando para sussurrar algo no ouvido do corpulento lorde da Casa do Tigre.

Ryugi franze o cenho.

– Não acredito em você. Você nunca apareceu aqui sem a alma da noiva. – Seus olhos semicerrados percorrem a multidão. – Ela deve estar com você. Onde ela está?

Shin olha rapidamente para o Fio Vermelho do Destino. Mas agora está claro que ele é invisível para todos, exceto para nós.

– Não lhe devo explicações.

Ryugi dá um passo à frente e rosna:

– O que é isso? Está desafiando a deusa?

Tento me lembrar se sei algo a respeito da Deusa da Lua e da Memória, mas, apesar de estar familiarizada com a maioria dos deuses e deusas do reino, não faço ideia de quem ela seja.

Ela deve ser poderosa, para comandar tais criaturas.

Shin não responde de imediato, e Ryugi resmunga, visivelmente frustrado, as narinas dilatadas. Seus olhos parecem emanar uma névoa vermelha.

– A deusa terá uma resposta, lorde Shin.

– Ela não é minha deusa – diz Shin com frieza.

No mesmo instante, os dois homens atrás de Ryugi mostram os dentes e levam a mão à espada. Namgi os imita, sacando uma adaga do cinto com uma expressão feroz e animada no rosto.

A meu lado, Kirin intervém com uma voz calma:

— Não precisamos derramar sangue. A noiva do Deus do Mar está aqui. — Ele me empurra, e cambaleio para a frente.

Um breve silêncio se segue enquanto todos me encaram. Então Ryugi rosna para Kirin:

— Como se atreve a zombar de nós, Prateado? Se ela é uma noiva, então preciso de novos olhos.

Seu comentário arranca risadas nervosas da multidão.

— Se duvida das minhas palavras — diz Kirin —, leve-a à sua deusa. Ela vai ver que a garota é humana e tem alma.

Uma voz baixa de barítono interrompe:

— E o que impediria a deusa de matar a garota e tomar o poder para si? — questiona lorde Tigre.

— Se ela é a noiva, então onde está o Fio Vermelho do Destino? — pergunta lorde Grou, me encarando com olhos desconfiados e perspicazes.

— Por uma série de estranhas ocorrências, a ligação da noiva com o Deus do Mar foi cortada *e* sua alma voltou para ela — explica Namgi. — A mais estranha dessas ocorrências foi um roubo frustrado nesta mesma casa, há menos de meia hora. O responsável por enviar os ladrões ainda não foi identificado, mas se tiverem palpites de quem pode ter nos traído, meus senhores, sou todo ouvidos.

Sua ameaça tem o efeito esperado, e ambos os senhores dão um passo atrás, parecendo não querer alimentar a discussão.

— Lorde Shin é um servo leal — continua Kirin, como se não tivesse sido interrompido. — Ele não deixaria que ela fosse levada se estivesse mesmo ligada ao Deus do Mar.

Ryugi grunhe.

— Vamos levar a garota, mas, se descobrirmos que você mentiu, a ira da deusa cairá sobre todos vocês. — Ele acena para mim, e um de seus capangas se aproxima.

Procuro o punhal da minha tataravó. De alguma forma sei que ir com eles seria pior do que ter minha alma roubada. Ela é uma deusa poderosa, mas nunca ouvi falar dela. Minha avó sempre diz que os deuses mais perigosos são os que foram esquecidos.

Shin se coloca na frente do capanga antes que ele avance sobre mim.

– Kirin, apesar de suas boas intenções, não fala por mim – diz.

Kirin abaixa a cabeça e recua, respeitoso, mas noto sua mandíbula tensionada.

Ryugi fica claramente impaciente com toda essa cerimônia e estreita os olhos.

– Se a noiva do Deus do Mar de fato recuperou a alma, então você não vai se opor se a levarmos.

– Ela não é a noiva do Deus do Mar – diz Shin.

Ryugi resmunga.

– Está brincando conosco, lorde Shin? Estou perdendo a paciência. Se não me der a noiva, eu vou...

– Ela é a *minha* noiva.

Um silêncio de surpresa se segue. Kirin levanta a cabeça, perplexo. Atrás de Shin, Namgi está sorrindo de orelha a orelha.

Ryugi pisca.

– Lorde Shin, não estou entendendo.

– Diga à sua deusa que eu tenho uma noiva. Se ela quiser conhecer lady Mina, ela pode fazer uma visita ou esperar até o casamento. Minha noiva vai ficar comigo, como deve ser e como é mais seguro. Afinal de contas, ela é humana.

– Casamento? – sussurro.

O olhar cauteloso de Shin encontra o meu.

– No final do mês – diz ele, tentando comunicar algo com os olhos. Primeiro, não entendo. Depois, me lembro das palavras que lhe disse antes, antes que os ladrões aparecessem para roubar a minha alma. *Me deixe te ajudar.* Talvez este seja seu jeito de me comunicar que aceita minha ajuda.

Ryugi faz uma carranca.

– Você perdeu a cabeça.

– Acho que ele perdeu foi o coração – diz Namgi.

Se Namgi queria distrair Ryugi, conseguiu. Ryugi se vira para ele quase com uma malícia alegre.

– Ah, irmãozinho. Você sacou sua espada cedo demais. Estava ansioso pra tirar sangue de seu sangue.

Irmão? Olho de Namgi para Ryugi e seus homens. Quando eles entraram no pavilhão, algo na aparência deles me pareceu familiar. Agora que Ryugi está cara a cara com Namgi, a semelhança fica evidente: ambos têm cabelos negros como carvão e olhos brilhantes e ameaçadores.

Se bem que Namgi nem tanto. Seus olhos brilham travessos.

– Ah – suspira ele. – Eu não estava com saudade.

– Nossa mãe está perguntando de você. Você devia visitá-la e prestar suas homenagens.

– Ela arrancaria minha cabeça fora se me visse.

Ryugi desvia o olhar para Kirin enquanto fala para Namgi:

– Vejo que ainda luta ao lado do Prateado. Diga-me, ele chora dormindo, sabendo que todas as pessoas da sua espécie foram assassinadas pelos nossos?

Essa pergunta é recebida com um silêncio pesado e calculado. Dou uma olhada em Kirin, mas seu rosto está inexpressivo, não revelando nada de seus pensamentos.

Namgi encolhe os ombros.

– Não tenho como saber. Não durmo com ele.

Ryugi rosna antes de se virar para Shin e falar com a voz cheia de desprezo:

– Vamos informar a deusa.

Ele faz um sinal para os companheiros, que o seguem para fora do pavilhão em direção à ponte. Eles logo desaparecem na escuridão. Ouve-se o som poderoso do vento rugindo contra o solo, e o céu se enche com o trovão pesado de grandes feras. Os murmúrios da multidão só recomeçam quando os sons se dissipam ao longe.

Viro-me para Shin.

– Um mês, você disse.

A relevância do tempo não me passa despercebida. Se o que ele disse no salão do Deus do Mar é verdade, então depois de trinta dias no Reino dos Espíritos, eu vou me tornar um espírito também.

– Você tem um mês para descobrir como salvar o Deus do Mar – responde ele –, e eu tenho um mês para descobrir como me livrar de você.

— Lorde Shin. — Kirin se aproxima por trás. — Quero parabenizá-lo, mas devo admitir que estou surpreso.

— Diplomático como sempre — diz Namgi. — Só peça para que ele se explique.

Kirin parece mais ofendido agora do que quando Ryugi disse que os Imugis tinham matado todas as pessoas de sua espécie.

— Eu nunca ousaria pedir uma explicação.

— As sacerdotisas da Casa da Raposa ainda estão presentes? — pergunta Shin, ou não ouvindo ou optando por ignorar as provocações de seus companheiros.

— Estão — diz Kirin. — Se bem que, agora que elas testemunharam os eventos desta noite, tenho certeza de que não ficarão muito tempo.

— Diga a elas que vamos nos juntar ao seu comboio — ordena Shin. — Quero me consultar com sua mestra.

Kirin parece querer questionar, mas se contém, fazendo uma reverência e saindo para cumprir suas ordens.

Namgi, que estava observando Kirin com uma expressão confusa no rosto, olha ao redor antes de falar em voz baixa:

— Será que é adequado *todos* nós viajarmos até a Casa da Raposa?

— A Casa da Raposa é a mais antiga das casas, e a mestra de lá é a mais sábia — responde Shin. — Ela vai ter a resposta que procuro.

— Sim, mas é seguro levar *Mina*? — especifica Namgi.

A pergunta de Namgi finalmente o atinge, porque Shin olha para mim com uma expressão inescrutável.

— Por que não seria? — pergunto, desconfiada. Shin pode até ter concordado em me ajudar, mas ainda não confio nele. — O que há de errado com a Casa da Raposa?

— Você é humana — diz Namgi, o que não responde muito.

— E...?

O sorriso de Namgi poderia acender uma vela.

— A líder da Casa da Raposa é um demônio.

11

Dois barcos partem da Casa de Lótus: um levando Shin, Namgi e eu; e o outro, Kirin e três mulheres poderosas usando vestes vermelhas e brancas de sacerdotisas.

As notícias do que aconteceu ali já parecem ter se espalhado pela cidade. Cruzamos com barcos seguindo na direção oposta. Ao ver Shin, seus ocupantes perguntam se os boatos são verdadeiros, se ele realmente vai se casar com uma humana – que é ninguém menos do que a noiva do Deus do Mar!

Shin os ignora, fecha os olhos e se apoia na proa do barco. É Namgi quem responde às perguntas erguendo o remo.

– A Casa de Lótus enfim tem uma dama! – anuncia, recebendo gritos de comemoração em resposta.

Ninguém parece me notar, provavelmente me tomando por uma criada.

– As pessoas da cidade estão sempre interessadas desse jeito nos assuntos das casas? – pergunto, observando Namgi manobrar o barco com dificuldade para passar por uma curva estreita do canal.

Ele só responde depois que enfim consegue retomar o curso.

– Para os espíritos, os dias parecem se misturar, e qualquer pequena mudança os irrita. É por isso que a chegada da noiva do Deus do Mar é uma ocasião tão importante, uma desculpa tão boa quanto qualquer outra para uma celebração.

Mais cedo, quando eu andava com Mascarada, Dai e Miki, parecia que a cidade estava em um clima festivo, com todas as pessoas nas ruas e todos aqueles lampiões, comida e fogos de artifício. Até a Casa de Lótus estava em festa.

Não era como no meu vilarejo. Será por isso que os deuses nos abandonaram? Será que eles não se importam com as dificuldades do mundo mortal porque o Reino dos Espíritos não sofre suas consequências?

E os espíritos, será que não se lembram de como era ser humano? Será que não se preocupam com os que deixaram para trás? Ou suas lembranças acabam ficando distantes e enevoadas conforme o tempo passa aqui no Reino dos Espíritos, como Namgi sugeriu?

Do lado de fora de uma grande casa de chá construída sobre o canal, uma multidão se reúne. As pessoas se empurram para dar uma olhada no nosso barco. Não tenho certeza, mas penso ver um garoto de cabelo grosso com um bebê nas costas se enfiando entre a multidão.

– É verdade que os assuntos de algumas casas interessam os espíritos mais do que outros – continua Namgi, despreocupado. – Há oito grandes casas na cidade do Deus do Mar, e todas servem a ele. Shin é o líder da mais poderosa, a casa que todos procuram em busca de orientação e ordem. Enquanto casas como a Casa dos Espíritos protegem os interesses dos espíritos, e as do Tigre e do Grou protegem os soldados e os estudiosos, respectivamente, a Casa de Lótus protege os interesses dos deuses.

– E os deuses protegem os humanos – digo.

Sei que ganhei a atenção de Shin quando ele se senta devagar para me observar de perto. O barco mergulha na água e eu agarro o banco, envolvendo as tábuas de madeira com os pés.

Talvez eu não devesse provocá-lo. Nossa aliança – se é que posso chamá-la assim – é, na melhor das hipóteses, provisória. Mas os sons da celebração aborrecem meus ouvidos, com as risadas estridentes e os cantos desafinados. Sobre todos esses ruídos, ouço, alto e bom som, o tilintar de um sino.

O barco balança, nos trazendo para perto um do outro.

– Então você acha que os deuses não devem proteger os humanos?

– Acho – ele fala com uma voz baixa. Suas palavras são tão impiedosas e cruéis quanto as que ele disse no salão do Deus do Mar. – Humanos são criaturas instáveis e violentas. Por temerem a própria morte, travam guerras e não hesitam em varrer da terra rapidamente o que leva anos para crescer.

— Só porque a morte os acompanha de perto — respondo. — Como pode culpá-los, se a morte não tem paciência, invadindo suas casas e roubando o ar de suas crianças?

— Eu culpo os humanos assim como você culpa os deuses pelas tolices dos humanos.

— Mas deveria ser um ciclo, não? Os deuses deveriam proteger os humanos, e os humanos deveriam rezar e honrar os deuses.

— É típico de um humano pensar que o mundo gira em torno de vocês, que os rios são para vocês, que o céu e o *mar* são para vocês. Vocês só são uma das várias partes que compõem o mundo e, na minha opinião, a que estraga todas as outras.

Os olhos de Namgi estão cravados em nós. A poucos metros de distância, Kirin também nos observa de seu barco, atraído por nosso tom de voz elevado.

Levanto a cabeça devagar, sustentando o olhar de Shin.

— Então você protege os deuses — digo — dos humanos.

෴

Passamos o resto da viagem em silêncio, mantendo distância um do outro no banco estreito. O canal deságua em um corpo de água maior, e deixamos os edifícios luminosos da cidade para trás, adentrando as sombras. À frente, uma luz brilhante surge no barco de Kirin. Namgi segue seu exemplo e acende uma tocha, que entrega a Shin.

Logo, não consigo ver nada além da luz das tochas. A escuridão se adensa. Ao me segurar na borda do barco, percebo que a madeira está úmida pela névoa. Então, de repente, sinto uma presença imensa a meu redor, e o ar fica pesado. Da escuridão, vislumbro algo enorme e monstruoso, tão grande quanto o dragão. São centenas, milhares. Pego meu punhal e olho para Shin e Namgi, mas nenhum deles parece preocupado. Então observo com mais atenção. Os grandes objetos são...

Árvores.

Elas surgem da água e parecem se erguer infinitamente para o céu. O barco se aproxima de uma, e Namgi dá um chute no tronco, mudando nossa direção.

Há uma vibração sutil no ar, como se as árvores estivessem sussurrando. Alcançamos os limites de uma enorme floresta, muito maior do que a da Casa de Lótus, mais profunda e sombria. O barco reduz a velocidade, deslizando sobre seixos. Antes que pare totalmente, Shin já está de pé, saltando para o lado.

– A mestra da Casa da Raposa mora *aqui*? – pergunto, olhando para a floresta escura. Não vejo trilha nenhuma em meio às árvores. É como se ninguém colocasse os pés ali há milhares de anos. Ou, pelo menos, nenhum humano.

– Sim – diz Namgi, oferecendo uma mão para mim. – É um lugar adequado para um demônio-raposa, não acha?

Coloco os pés na água rasa, molhando a barra da minha saia. Shin entra na floresta com Kirin e as sacerdotisas.

– Você deu a entender que não seria sensato me trazer para a Casa da Raposa porque sua líder poderia... me comer. – Estremeço. – Mas, nas histórias da minha avó, demônios-raposas são espíritos malignos que atacam somente homens.

– Este demônio não é tão específico assim. Vamos? – Namgi pega a tocha do barco e gesticula para que eu o acompanhe.

Conforme nos aproximamos da floresta, os sons ao nosso redor vão ficando mais altos – o murmúrio dos insetos, o zumbido das árvores. Mas, quando adentramos na floresta, tudo silencia. Fico parada no limiar, incapaz de ir mais longe. Sinto um frio na barriga enquanto aquele medo familiar começa a me dominar. Namgi não parece compartilhar de minha hesitação. A luz de sua tocha já está longe. Saio correndo para não perdê-lo, quase trombando com ele, que parou para investigar alguma coisa na floresta.

– O que foi? Há algo errado? Por que você parou? – pergunto, preocupada.

Ele olha para mim de sobrancelhas franzidas.

– Parece que algo grande passou por aqui. – Ele aponta para a trilha. Há um enorme galho partido em dois no meio do caminho. Ao lado dele, uma pegada de animal no chão. – Faz tempo que não venho a esta floresta. Dizem que as bestas podem ficar imensas, se não forem perturbadas: tigres e cobras, lobos e ursos. – Namgi levanta a tocha, estreitando os olhos para me observar melhor. – Você está bem? Parece pálida.

– Estou bem – respondo um pouco rápido demais.

Ele dá de ombros e segue adiante, caminhando mais depressa do que antes.

– Espere, mais devagar. – Tropeço em uma raiz e me apoio em um tronco.

A luz da tocha de Namgi está cada vez mais distante.

Tento correr atrás dele, mas acabo caindo no chão.

Ele volta para me perguntar:

– Tem certeza de que está bem?

– Não consigo ver nada, preciso de mais luz. É melhor me dar a tocha.

– Não sei, não. – Ele coça a bochecha. – Não sei se é uma boa ideia deixar uma pessoa desastrada ficar com o fogo em uma floresta.

– Por favor.

– O caminho é uma reta.

– Tenho medo de florestas – confesso, envergonhada. Devo parecer tão fraca e humana pra ele... Quando Namgi não responde, sigo em frente, resvalando nele.

Só dei alguns passos quando Namgi enlaça meu braço com o seu.

– Tenho medo de muitas coisas – diz ele –, mas não do escuro. Posso enxergar no escuro, sabe. Deve ser por isso. Na verdade, não preciso dessa tocha, mas você sim, então vou segurá-la pra você. Às vezes sou insensível, e gosto de provocar os outros. Mas pode contar comigo.

Ele fica tagarelando, e me concentro no som de sua voz. A trilha dá em uma clareira onde Shin, Kirin e as sacerdotisas estão nos esperando

– Não temos tempo a perder – diz Kirin.

Os olhos de Shin vão de Namgi para mim, então ele entrega sua tocha a Kirin.

– Vá na frente para iluminar o caminho.

Kirin obedece imediatamente, acompanhado pelas sacerdotisas da Casa da Raposa. Deixamos a clareira para trás, adentrando ainda mais na floresta. Com Kirin na frente e Namgi na retaguarda, agora noto detalhes que não tinha percebido antes: há marcas na terra, e a trilha está bem demarcada devido ao uso.

Depois de alguns minutos, Shin quebra o silêncio:

– Pensei que você não tivesse medo. – Ele segura um galho solto para que eu passe por baixo; suas folhas roçam meu cabelo.

Encaro-o para ver se ele está tirando sarro de mim, mas seu olhar é questionador.

– Então você não tem medo de nada? – pergunto.

– Se eu tivesse – diz ele, soltando o galho –, não os dividiria com você.

Desdenho:

– Porque medos são fraquezas?

– Não tenho fraquezas.

– Assim como o Deus do Mar. – Fico observando atentamente para ver sua reação, mas ele não revela nada. – Ele é sua única preocupação?

Os olhos de Shin encontram os meus, e uma ruga se forma entre suas sobrancelhas. Ainda assim, não vejo raiva. Ele está tentando decifrar algo em mim, assim como eu tento entendê-lo.

– Estamos quase lá – diz ele.

Uma luz cintila no fim da trilha. Provavelmente, caminhamos uma distância razoável sem que eu percebesse. Como aconteceu com Namgi, nossa conversa me distraiu do meu medo da floresta. Ele se afasta de mim, seguindo na frente.

– Eu estava certa ao acreditar no que você disse antes, quando me prometeu um mês? – pergunto. Ele olha para trás. Levanto o braço, e o Fio Vermelho do Destino brilha intensamente entre nós. – Mesmo se nossa ligação for quebrada, você não vai me impedir de cumprir minha tarefa?

– Pelo menos isso eu posso te garantir.

– Mesmo que eu seja um dos humanos que você tanto despreza.

Ele não fala nada por um momento, então diz, hesitante:

– Eu não... desprezo humanos. Afinal de contas, todos os espíritos já foram humanos, e eles formam a maior parte do reino...

– Então por que...

Ele balança a cabeça.

– Você acha que os deuses deveriam amar e cuidar dos humanos. Eu discordo. Não acho que o amor possa ser comprado, nem conquistado, nem suplicado em oração. Ele deve ser oferecido livremente.

Pela primeira vez, não saio argumentando, mas reflito sobre suas palavras.

– Posso respeitar isso – digo por fim.

– E eu posso respeitar sua determinação de salvar seu povo – diz ele. Você não vai conseguir, mas respeito a tentativa.

Fecho a cara.

– Eu fiz um elogio sincero.

Shin dá risada, o que é tão inesperado que, por um momento, ele se parece menos o lorde de uma grande casa e mais um garoto do meu vilarejo.

As árvores ao nosso redor ficam menores e mais distantes umas das outras. A luz da lua se infiltra pelas copas e Kirin e Namgi apagam suas tochas. Uma névoa brilhante cobre o chão da floresta. Figuras vestidas de vermelho e branco se movem graciosamente entre as árvores.

Nosso grupo se aproxima de um pequeno templo com paredes abertas para a floresta. Alguns passos nos levam a uma elegante plataforma de madeira onde duas mulheres esperam.

A mais nova se aproxima para cumprimentar as sacerdotisas que nos acompanharam desde a Casa de Lótus. Então ela se vira para Shin e faz uma reverência.

– Estávamos esperando o senhor, lorde Shin.

Kirin franze o cenho.

– Suas sentinelas avisaram que estávamos vindo?

– Nossa deusa sabe de tudo. – Desta vez é a mulher mais velha que fala. Pelo vestido branco e pelo chapéu de penas, fica claro que deve ter uma posição de honra entre as mulheres. Ela desvia seu olhar gracioso para a floresta.
– Vejam, ali vem ela.

A princípio, tudo o que vejo é o verde profundo da floresta, salpicado pelos pequenos focos de luar. Então um movimento perturba a tranquilidade. Do meio das árvores, surge uma raposa branca com uma cauda longa e elegante dividida ao meio. Ela salta sobre um pequeno riacho com agilidade e sobe os degraus do templo, aproximando-se.

O olhar cintilante da raposa está cravado em mim. Ela é maravilhosa; seus olhos cor de âmbar têm tons de ouro puro. Seu pelo é quase todo branco; suas orelhas pontudas e os tufos de sua cauda dividida são prateados.

De repente, a raposa avança mostrando as presas afiadas.

— Não! — grita a sacerdotisa mais nova. Primeiro, penso que é um aviso para o demônio, mas então percebo que ela está com o braço estendido para Shin. Ele desembainhou a espada e está apontando a lâmina para o pescoço da raposa.

Ela desvia os olhos ferozes e sagazes para ele, então se abaixa, esquivando-se e mordendo o Fio Vermelho do Destino. A raposa o força para baixo, torcendo-o e sacudindo-o de tal forma que, se fosse uma fita normal, teria se despedaçado. E então ela recua, sentando-se e lambendo a pata. O Fio Vermelho do Destino brilha intensamente, intacto.

— Como ousa levantar a espada contra a nossa deusa? — sibila a sacerdotisa mais nova.

Antes que Shin responda, uma voz sonora e profunda responde:

— E por que ele não deveria proteger o que mais importa?

A poderosa voz vem da sacerdotisa mais velha. Seu comportamento mudou. Antes, seus olhos estavam turvos e confusos, mas agora emanam uma luz misteriosa, âmbar com manchas de ouro.

— Então você pode ver — diz Shin, de olho não na sacerdotisa, mas na raposa branca. — O Fio Vermelho do Destino.

— Ele está brilhando bastante — responde novamente a sacerdotisa. A raposa está falando *através* dela.

— Como assim, Fio Vermelho do Destino? — Kirin observa o espaço entre mim e Shin, vazio para ele. — Não pode ser...

A raposa avança para esfregar o topo da cabeça na fita, emitindo um zumbido baixo do fundo da garganta.

— Já vi um destino assim antes, muitos anos atrás. É um tipo muito perigoso de destino, que não pode ser cortado por lâmina nenhuma.

— Deve haver algum outro jeito de quebrá-lo — diz Kirin.

— O único jeito de acabar com um destino assim é se algum de seus portadores morrer.

Após uma breve pausa, Namgi pergunta:

— Então, se Mina morrer, o Fio Vermelho do Destino vai desaparecer?

A raposa balança a cabeça em um movimento assustadoramente humano.

— Há uma chance de que, se um morrer, o outro também morra.

Namgi franze o cenho.

– Mas você acabou de dizer que, se um deles morrer, a conexão entre os dois será quebrada.

– Se ambos morrerem, não há destino.

– Agh! – Namgi puxa o cabelo. – É por isso que nunca se deve consultar um demônio ou uma deusa. Eles nunca dão uma resposta direta.

– É o mesmo que acontece com o Deus do Mar – diz Kirin, ignorando Namgi. – Mas, nesse caso, é a vida de Shin que está em perigo.

– Sim, mas há uma diferença importante.

A deusa não continua imediatamente, e Kirin pergunta:

– Qual?

– Como você pode ver, *ou não*, o destino é invisível, mas não é assim com o Deus do Mar. Embora cada noiva que venha a este reino tenha um Fio Vermelho do Destino, ele não está predestinado a todas elas. Afinal, esse não é o verdadeiro propósito do Fio Vermelho do Destino.

Suspeito que a deusa sinta prazer em reter informações até que a pergunta certa seja feita.

– Então qual é o propósito do Fio Vermelho do Destino? – pergunta Namgi com os dentes cerrados.

A raposa inclina a cabeça para o lado, e seus olhos cor de âmbar cintilam.

– Ele conecta almas gêmeas.

– Almas... gêmeas – diz Kirin, devagar.

– Sim. Ele conecta uma alma a outra, duas metades de um mesmo todo.

Por algum motivo, fico surpresa ao ouvir a explicação dela. Essa é a maneira que os humanos contam o mito, tentando explicar o que acontece quando os destinos de duas pessoas se cruzam e mudam o curso de sua vida para sempre. É isso que justifica a inegável ligação entre amantes – como Cheong e Joon, que se amaram desde a primeira vez que se viram.

– Não é possível – diz Shin, trazendo uma lembrança à tona. Ele disse algo parecido quando o Fio Vermelho do Destino surgiu entre nós.

Minha avó sempre disse que somente as palavras nas quais acredito podem me machucar. Ainda assim, Kirin está me encarando, incrédulo, e até Namgi parece descrente. Quanto a Shin, ele está esfregando os dedos no pulso, como se a fita o incomodasse.

Não quero mencionar as qualidades de que ele carece e que tornam impossível para mim amá-lo: um coração carinhoso e um jeito de olhar para mim não como se eu fosse um fardo ou uma fraqueza, mas uma força.

– Eu não pedi para que nossos destinos se conectassem – digo. – Não quero colocar sua vida em perigo. Eu não sabia o que aconteceria quando libertei minha alma da gaiola, só a queria de volta.

– Mina, você não está entendendo.

– Então me diga. O que eu não estou entendendo?

– Não podemos ser almas gêmeas... – diz Shin. Seus olhos escuros se fixam nos meus. – Porque eu não tenho alma.

12

Como é possível Shin não ter alma?

A pergunta me atormenta durante todo o caminho de volta para a Casa de Lótus. Quando chegamos, sou arrastada por um grupo de criadas para uma grande sala de banho, onde sou despida sem cerimônia, molhada com água quente e esfregada até minha pele ficar em carne viva. Exausta demais para protestar, relaxo enquanto as mulheres cortam e lixam minhas unhas e hidratam meus braços e pernas com óleos perfumados. Só falo de novo quando avisto uma das criadas saindo do quarto com meu vestido surrado.

– Meu punhal! – exclamo.

A criada volta e o coloca em uma prateleira baixa a meu alcance.

Elas me chamam de "lady Mina" e de "noiva de Shin", guiando-me dos banhos de sal em câmaras quentes e inebriantes ao riacho frio do lado norte para relaxar os pés. Elas conversam, emocionadas e admiradas, e suas palavras me cercam feito chuva de verão.

– Ela é tão jovem para ser uma noiva, mal fez dezesseis anos!

– Não é romântico o lorde Shin ter se apaixonado em apenas uma noite?

– O que você acha que o cativou?

– Seu rosto iluminado!

– Seu corpo ágil.

– Seu cabelo grosso. É lindo. – Um par de mãos quentes massageia meu couro cabeludo, enquanto outro passa dedos perfumados de lavanda e hibisco por meu cabelo. Até que enfim fico sozinha na banheira central da câmara; o vapor me envolve, subindo em espirais agradáveis e preguiçosas.

Minha mente vagueia para a conversa de uma hora atrás. O que Shin quis dizer ao afirmar que não tem alma? Ele falou como se fosse uma verdade indiscutível. E nem Kirin nem Namgi negaram. Mas fui ensinada que tudo tem alma, do imperador ao mais humilde dos humanos, dos pássaros às rochas no riacho.

Levanto o braço. A água escorre da minha mão, assim como o Fio Vermelho do Destino, que atravessa a câmara e desaparece pela parede oposta. Onde será que Shin está agora? Ele recebeu uma carta e partiu em um barco com Kirin, enquanto Namgi me conduzia de volta à casa. Lentamente, o Fio Vermelho do Destino começa a se mover em diagonal pela sala. Ele deve estar em movimento.

— Lady Mina?

As criadas voltam e me ajudam a sair da banheira, depositando uma xícara de chá de cevada em minhas mãos para que eu beba enquanto uma delas escova meu cabelo com um pente de casco de tartaruga. Depois sou colocada em um vestido leve de verão com a saia azul-clara e a parte de cima branca com mangas bordadas com flores cor-de-rosa. Tem até um bolso para o meu punhal. Em seguida, deixamos o prédio principal da Casa de Lótus e atravessamos o mesmo campo aberto que cruzei com Shin e Namgi mais cedo.

A aurora rosada se espalha pelo horizonte. Passei a noite toda acordada, e estou meio sonolenta quando as criadas me levam para um quarto com uma cama de palete macia cheia de cobertores de seda. Coloco a cabeça no travesseiro de contas. Pego no sono em segundos.

༄

Uma vez, minha avó me contou a história de quando as tempestades começaram.

Muito tempo atrás, nosso povo era governado por um imperador benevolente, abençoado e amado pelos deuses. Principalmente pelo Deus do Mar. O mundo era próspero.

Diziam que o imperador e ele tinham uma ligação fraternal indestrutível, que um não podia existir sem o outro.

Até que um dia um conquistador chegou ao nosso reino, e, apesar de tê-lo enfrentado, nosso corajoso imperador foi derrotado e seu corpo sem vida, jogado do penhasco, caindo no mar.

Foi a perda do imperador que lançou o Deus do Mar em sua ira vingativa. E o usurpador, exultante depois de matar o imperador e sua família, viu o que era governar uma terra amaldiçoada pelos deuses.

Ironicamente, foi o conquistador quem primeiro sacrificou uma noiva para oferecer ao Deus do Mar e, assim, salvar nosso povo.

Por cinco anos, uma terrível estiagem devastou nossas terras, e todos os rios e riachos secaram. Os esqueletos dos peixes jaziam despedaçados nas margens áridas do rio. O usurpador consultou uma sacerdotisa, que lhe disse que "apenas um amor igual ou maior que o amor do Deus do Mar pelo imperador" poderia acalmar sua ira. O conquistador, que tinha fixado residência no palácio do imperador morto, tinha uma filha. Diziam que ela era a garota mais bonita do reino, com seus lábios vermelho-romã e olhos de lua escura. Mas, mais do que isso, diziam que ela era a única pessoa que o conquistador amava de verdade.

Ela se tornou a primeira noiva do Deus do Mar.

Nas três estações que se seguiram ao sacrifício, o mar permaneceu calmo e as terras, seguras. Até que os meses de verão chegaram novamente. E dessa vez a chuva caiu do céu em torrentes de água gelada, inundando os rios e os campos. Algumas pessoas se afogaram em suas próprias camas, e crianças foram arrastadas por ventos violentos.

Outro sacrifício foi preparado. Mais uma garota foi jogada ao mar.

E o ritual continuou ano após ano.

Ganhou fama. Virou um mito.

Nada acalmava a ira do Deus do Mar, exceto a vida de alguém amado.

～

Acordo com a luz nos meus olhos e a voz da minha avó ecoando em meus sonhos. Reconheço o quarto como o mesmo da noite anterior, onde os ladrões tentaram roubar minha alma. Alguém deve tê-lo limpado enquanto estivemos fora. O piso de madeira está polido e brilhante, e os poucos móveis não estão mais caídos, e sim encostados em um canto. A única evidência da luta é o buraco na janela feito pelo virote da besta, através do qual os pássaros podem agora ser ouvidos cantarolando pelo lago.

Ouço uma batida suave na porta, que então se abre. Duas criadas entram, uma carregando uma bandeja com pratos cobertos, e a outra, um pente e uma fita. A primeira criada coloca a bandeja diante de mim e começa a revelar suas delícias. Fico com água na boca ao ver a sopa saborosa. A corvina amarela grelhada disposta em uma cama de vegetais exuberantes. O arroz com castanhas. O último prato é ovo cozido no vapor, tão macio que parece até uma nuvem na panela de pedra. Assim como aconteceu com os pasteizinhos da noite anterior, devoro a refeição. As criadas ficam me encorajando enquanto como, explicando as propriedades de certos pratos e perguntando se há algum alimento que eu gostaria de comer em futuras refeições. Depois, a segunda criada se senta atrás de mim para escovar meu cabelo e separá-lo em mechas para fazer uma trança.

– Pode me dizer para que este pavilhão é usado? – Olho para a janela, para o lago sereno e tranquilo, perturbado apenas por um pato. – Como ele é chamado?

– Você está no Pavilhão de Lótus, lady Mina – responde a primeira criada, uma garota de bochechas rosadas e sorriso gentil. – São os aposentos privativos de lorde Shin.

Pisco várias vezes.

– Aposentos privativos? Tipo...

– É onde ele dorme, onde passa a maior parte de seu tempo quando não está na cidade.

Olho em volta, me lembrando da primeira impressão que tive ao entrar aqui ontem à noite. Pensei que se tratava de um depósito. O cômodo está vazio, exceto por um armário velho, uma prateleira baixa na janela e o biombo de papel.

A segunda criada termina de trançar meu cabelo e se levanta. Juntas, elas dobram os cobertores com cuidado e os colocam encostados na parede.

– Obrigada – digo.

A primeira criada pega a bandeja com os pratos agora vazios.

— É uma honra servi-la, milady. — Elas fazem uma reverência e saem do quarto.

Aguardo alguns minutos antes de ir abrir as portas do armário. Sei que estou sendo bisbilhoteira, mas Shin deveria saber que, ao me colocar em seu quarto, eu daria uma olhada em seus pertences. Lá dentro há prateleiras repletas de vestes de cores escuras, além de calças e cintos. Eu vasculho tudo, mas não encontro nada de interessante. Fecho o armário e me viro para examinar o recinto. Não há nada aqui que indique uso regular – nada de pergaminhos, pinturas nem jogos de tabuleiro. Vou até a prateleira e dou uma espiada embaixo para ver se há algo escondido lá.

— Não sei se sua família ficaria orgulhosa ou horrorizada.

Olho para trás e me deparo com Nari apoiada na porta.

— Tenho certeza de que eles ficariam orgulhosos por você ter recuperado sua voz – diz ela –, mas, de alguma forma, não consigo imaginá-los felizes pelo seu noivado.

Da última vez que ela me viu, eu estava indo recuperar minha alma com Shin. Agora estou noiva dele. Ela deve estar se perguntando o que aconteceu nesse meio-tempo. Quero lhe contar a verdade, mas temo colocá-la em perigo. Já percebi que há políticas perigosas em vigor entre os deuses e as casas.

— Você viu Shin? Preciso falar com ele. É urgente.

Nari ergue uma sobrancelha, mas aceita a mudança de assunto.

— Ele foi para a Casa do Tigre com lorde Kirin.

Shin deve suspeitar que lorde Tigre está por trás da tentativa de roubo da minha alma.

— Quando ele volta?

— Só à noite.

Vai ser tarde demais, não posso desperdiçar um dia inteiro. Agora que recuperei minha alma, preciso procurar o Deus do Mar. O sonho me lembrou que as respostas que procuro estão com ele.

— Nari, não posso explicar agora, mas preciso sair. Você me ajuda?

— Sinto muito, Mina – diz ela com uma expressão de desculpas –, mas tenho ordens a cumprir. Você está livre para ir a qualquer lugar que quiser, mas só dentro dos limites da Casa de Lótus.

Fico encarando-a chocada. Shin mentiu para mim! Ele prometeu que não me impediria de cumprir minha tarefa.

– Mina... – Ela começa.

Passo por ela e vou até a porta.

Ela me segue escada abaixo.

– Você não está entendendo. É para a sua própria segurança. Você é humana. Seu corpo é mais fraco neste mundo.

Viro-me e pego suas mãos.

– Nari, você precisa me ajudar a chegar ao palácio do Deus do Mar.

– O Deus do Mar... – Ela arregala os olhos e balança a cabeça. – Não posso desobedecer a uma ordem direta do lorde Shin. Ele é o senhor desta casa. Fiz um juramento.

– Diga que eu fugi! Você me ajudou ontem.

– Ah, Nari – fala uma voz baixa, direto das sombras sob a escada. – É por isso que você queria jogar cartas comigo? – Namgi se afasta da parede em que estava apoiado. – E eu pensando que finalmente estávamos nos dando bem.

Coloco-me na frente de Nari. Embora as palavras de Namgi sejam para ela, seus olhos estão em mim.

– Quebrar juramentos, entrar sorrateiramente em lugares aos quais você não pertence – diz ele. – Você pede demais dos seus amigos.

Hesito e digo:

– Eu pediria o mesmo aos meus inimigos.

Ele levanta uma sobrancelha, provavelmente se lembrando das palavras de ontem. *Você é um amigo ou inimigo?*

– Não temos como fugir – diz Namgi. – Eu mesmo vou levar você até lá.

13

*N*AMGI E EU SAÍMOS A PÉ PELO PORTÃO PRINCIPAL, POR ONDE OS CONVIDA-dos da festa chegaram na noite anterior. Os guardas de plantão fazem um aceno de cabeça para ele quando passamos, dando uma olhada rápida em mim. Sei qual é a localização de Shin por causa do Fio Vermelho do Destino, que neste momento se estica atrás de mim, indicando que ele está em algum lugar ao sul. Se eu conseguir me manter ao norte, ele não vai descobrir que deixei a Casa de Lótus, pelo menos por um tempo.

Apesar de ser cedo, a cidade já está toda agitada: os espíritos estão comprando produtos e flores frescos na feira montada em ambos os lados da rua. Até o canal está repleto de vendedores em barcos, expondo suas mercadorias enquanto gritam para as pessoas passando pela costa. Vejo uma jovem jogar uma moeda de estanho no casco de um barco com uma mão, enquanto, com a outra, pega um peixe embrulhado lançado pelo vendedor.

– O que quer fazer primeiro? – pergunta Namgi, caminhando com as mãos na nuca. – Compras? Que tal um passeio? Tem uma casa de chá maravilhosa no distrito do mercado que serve uma variedade de bebidas alcoólicas.

– Leve-me para o palácio do Deus do Mar.

Posso ver, a distância, seu telhado em forma de asa, sob a sombra de uma grande nuvem branca.

– Os portões do palácio não estarão abertos, sabe. Não até o ano que vem, quando outra noiva chegará.

Franzo o cenho. Este é *mais* um obstáculo, mas não posso perder essa oportunidade.

– Vou lidar com isso quando chegar lá.

Namgi dá de ombros e gesticula para que eu o siga. Descemos a rua. Conforme caminhamos, fico observando-o com o canto do olho. Como ontem, ele usa vestes pretas e justas e tem uma adaga na cintura; seu cabelo está puxado para trás, preso com uma presilha de jade. As pessoas o chamam quando passamos, a maioria de maneira muito amigável, embora eu note alguns espíritos se esquivando dele. Isso me lembra a festa da noite anterior, quando os convidados fugiram de medo com a chegada dos homens-cobras ao pavilhão.

– Está gostando do que vê? – pergunta Namgi, ao me perceber encarando-o.

– Ontem à noite, no pátio principal... – Seu sorriso provocador se dissipa. – Aquele homem era seu irmão?

Além do fato de que Ryugi o chamou de irmão, as semelhanças entre eles são muitas para serem ignoradas. Os dois homens – ou melhor, todos eles, na verdade – são altos e magros e têm as mesmas feições marcantes.

– Dois deles são meus irmãos – diz Namgi após um momento de silêncio. – Hongi, que estava atrás, é mais como um primo.

Estremeço, lembrando dos eventos que precederam a chegada deles e do terrível som de corpos longos e sinuosos voando pelo ar.

– Então você não é um espírito?

– Não sou um espírito, graças aos deuses – diz ele. – Não que eu não goste de espíritos. – Ele abre um sorriso para um grupo de jovens que se aproxima de nós. A erupção de risadas que se segue é realmente impressionante.

– Não sou espírito, nem demônio nem deus. – Ele faz uma pausa dramática. – Sou um Imugi. Uma besta de um mito.

Cética, olho para seu cabelo encaracolado e seu sorriso travesso.

Ele dá risada.

– Esta é só minha forma humana, que consome muito menos energia para se mover, acredite em mim. Na forma da minha alma, sou uma poderosa serpente marinha. Ela é como um dragão, só que sem sua magia. Os Imugis são uma raça guerreira. Nascemos na guerra e morremos na guerra. Não adoramos deuses, pois acreditamos que nós mesmos podemos nos tornar deuses, seja vivendo mil anos, seja lutando mil batalhas. Só então poderemos ser elevados de serpentes a dragões.

Namgi sorri timidamente e continua:

– Claro, há um atalho para a divindade, como sempre acontece quando se trata de longas jornadas como essa. A pérola de um dragão pode transformar um Imugi em um deles, se ele assim o desejar. Ouvi boatos de que lorde Shin tinha uma pérola em sua posse. Sendo o tolo de cabeça quente que eu era, tentei roubá-la. É suficiente dizer que falhei. Ela definitivamente não estava em seu quarto. Quero dizer, você viu, não há...

– Nada lá – termino. Nada exceto um armário, um biombo de papel e uma prateleira.

– Exato. É como se ele não tivesse nenhum pertence. Você devia ver o *meu* quarto. Está cheio de todo tipo de coisa que fui coletando durante esses anos.

– O meu também. Minha avó vive enchendo meu saco me mandando guardar minhas coisas. Ela fala: "Mina, como é que você vai ter sua própria casa um dia se não consegue nem manter seu quarto em ordem?". Claro, toda vez que vou arrumar o quarto, descubro que ela já dobrou as roupas e varreu o chão. Ela me pede para ser mais responsável, mas não consegue não me tratar feito criança. Sempre vai me ver como sua netinha mais nova, a única garota da sua linhagem, depois de ter tido somente filhos e netos. Fala que sou sua favorita, mesmo que, como avó, não deva escolher ninguém. Ela diz que eu a lembro de *sua* avó, de quem ela sente muita saudade todos os dias.

– Você é bem próxima dela.

Mordo o lábio, de repente tomada pela emoção.

– E seus pais? – pergunta ele.

– Eles morreram quando eu era criança. Meu pai morreu no mar. Minha mãe, no parto.

– Então foi sua avó quem te criou.

– Ela e meu avô, mas ele morreu. E meu irmão mais velho e sua esposa.

– Não vejo minha mãe há anos – diz Namgi. – Desde que jurei minha vida a Shin. A maioria dos Imugis encontra um mestre para servir, para poder completar as mil batalhas, já que não somos exatamente uma raça paciente. Assim, a maior parte da minha espécie serve a deuses da morte ou deusas da guerra. Eu planejava servir à Deusa da Lua e da Memória, assim como meus irmãos. Mas sempre me pareceu errado servir a um mestre só para lutar suas batalhas insignificantes. Roubar a pérola foi minha forma de me rebelar. Quando me pegou, Shin deveria ter me matado, mas, em vez disso, me ofereceu uma posição como seu guarda. Ele me salvou, e, por isso, devo minha vida a ele. E minha vida mortal é de mais ou menos mil anos.

Olho para ele, levemente impressionada.

– Então quantos anos você *tem*?

Namgi abre seu sorriso, agora familiar.

– Dezenove.

Apesar de estarmos caminhando sem parar, o palácio do Deus do Mar ainda está distante, parecendo mais longe ainda. Namgi me conduz por uma rua, então por outra, até chegarmos a uma estrada que acompanha um canal. Vejo uma casa de chá com deques baixos se estendendo sobre a água. É adorável.

Já vi essa casa antes. Passamos por ela a caminho da Casa da Raposa na noite passada, o que significa que estamos longe demais – agora estamos a oeste do palácio do Deus do Mar, quando antes estávamos a leste.

Namgi se vira lentamente para me olhar, erguendo as mãos em um gesto apaziguador.

– Por favor, não fique brava, Mina. Como eu disse, as portas do palácio estão fechadas. Ninguém jamais entrou ali. É enfeitiçado. Quem sabe se você esperar, o próprio Shin te leve. Se alguém pode ultrapassar os muros do palácio, é ele.

– Vou esperar.

Namgi suspira de alívio.

– Você não vai se arrepender dessa decisão. Há tanta coisa para ver na cidade além do palácio do Deus do Mar. – Ele se abaixa sob um arco em um beco cheio de barracas amontoadas; os espíritos estão se empurrando para pechinchar os preços de uma variedade de itens: sandálias, garrafas de porcelana com ginseng, tinta e pergaminhos. Ele para e avalia um alfinete em forma de cavalo com olhos prateados e diz com uma risada:

– Parece Kirin.

Sorrio.

Preciso despistá-lo, mas como? Não sou tola de achar que posso simplesmente me enfiar entre a multidão. Ele me encontraria em instantes. Ele conhece bem a área, e os moradores da cidade estarão mais propensos a ajudá-lo do que a ajudar uma estranha. Uma barraca está vendendo guarda-chuvas de seda, papel e tecido. Outra tem uma parede inteira coberta de máscaras de raposas, pássaros e aves de rapina. Algumas têm fendas nos olhos, outras buracos nas bocas. Há máscaras brancas com pontos vermelhos nas bochechas para determinar que são noivas; avôs com rugas e sobrancelhas de penas, e uma avó com olhos sorridentes.

Estou olhando para a máscara de avó quando ela de repente pisca para mim.

Depois ela leva um dedo aos lábios e o aponta para o lado. Dai vem correndo através da multidão.

– Mina. – Namgi aparece ao meu lado. – O que está fazendo?

Rapidamente, pego a máscara mais próxima – que, por ironia, é uma pega – e a coloco sobre o rosto.

– Que tal?

Pelos buracos dos olhos, observo Namgi sorrir.

– É horrível.

Olho para os lados. Dai está quase chegando.

– Eu quero. Compra pra mim?

Ele suspira.

– Se insiste. – Ele pega no bolso uma longa corda de moedas e se vira para o vendedor. – Quanto é?

Dai se aproxima, se colocando entre nós. Em um piscar de olhos, ele pega a corda de moedas de Namgi e a máscara da minha mão, colocando-a sobre o rosto. Então vai embora, desaparecendo entre a multidão do mercado.

– Seu ladrãozinho! – Namgi sai correndo atrás dele.

Mascarada surge a meu lado. Ela pega minha mão e me puxa por um espaço entre as barracas.

Tropeço e fico de frente para ela. Olho ao redor e vejo que ela me trouxe para um beco estreito.

— Você apareceu bem na hora — digo, ofegante. — Estava me perguntando como despistar Namgi.

Ela assente, e sua máscara de avó está sorrindo com as bochechas coradas.

— Conheço o caminho para o palácio do Deus do Mar. Vou te mostrar.

— E Dai? — Olho para a rua movimentada. — Namgi vai ficar furioso quando descobrir que foi enganado.

— E quem disse que ele vai ser pego? — pergunta Mascarada. — Bote um pouco de fé em Dai, Mina. Ele pode não ser muito inteligente, mas é rápido!

Mascarada se vira, me conduzindo pelo beco. Em suas costas, Miki está dormindo, com as mãozinhas na bochecha. Ela se curva e coloca as mãos mais firmemente sob o traseiro da bebê, ajustando-a para que a menina fique segura. Ela então sai correndo por ruas e becos, passando por pontes e jardins. Os pedestres abrem caminho para a "avó" com uma bebê.

Não é a primeira vez que fico me perguntando como é o rosto debaixo daquela máscara de avó. Caminhando com as costas voltadas para mim, posso ver os fios de cânhamo da máscara entrelaçados nos fios escuros de seu cabelo. Se alguém olhasse pela janela, poderia achar que somos irmãs.

Logo alcançamos o grande bulevar que dá no palácio do Deus do Mar. Nós nos apressamos, subindo os degraus.

— O portão está aberto! — grito. Namgi disse que ele estaria fechado, mas há uma fenda entre as portas, grande o suficiente para que uma pessoa passe.

Estou quase lá quando percebo que Mascarada e Miki não estão mais comigo. Olho para trás e vejo-as no topo da escada. Miki, agora acordada, espia como uma coruja por cima do ombro da garota mais velha.

— Vá em frente, você está quase lá — diz Mascarada.

Afasto-me da porta.

— Mina? — Ela inclina a cabeça.

Saio correndo até ela e a abraço com força.

— Não sei por que está me ajudando, mas agradeço muito — digo. Miki faz um barulhinho, e eu abro os braços, aconchegando-me no cabelo macio de Mascarada.

Talvez eu devesse desconfiar de alguém que esconde o rosto atrás de uma máscara, mas sinto sua bondade e preocupação comigo em cada palavra que ela pronuncia e em suas mãos gentis fazendo carinho em minhas costas.

– Tenho meus motivos – diz ela, misteriosa. – Agora vá.

Ela me empurra pelo portão do palácio do Deus do Mar.

14

O SALÃO DO DEUS DO MAR ESTÁ VAZIO. O TRONO ONDE ELE DORMIA ontem à noite está desocupado. Não sei por que não estou surpresa, apesar de querer que ele simplesmente estivesse lá para obrigá-lo a acordar e quebrar a maldição. O sol do meio-dia atingiu seu ápice no céu, enviando seu calor para o meu pescoço. Tenho um pressentimento profundo de que ele não está aqui – nem no salão, nem em qualquer um dos vários pátios.

O Fio Vermelho do Destino se agita em minha mão. Olho para baixo e percebo que ele mudou de direção. Enquanto eu atravessava a cidade e Shin estava parado no lugar, ele apontava para a esquerda, mas agora segue em linha reta e... está ondulando. A cor da fita vai de rosa-claro para vermelho-escuro como uma onda vindo em minha direção.

Shin está se aproximando.

Namgi deve ter lhe avisado da minha fuga. Ou ele percebeu a minha movimentação. Ele logo estará aqui para me levar de volta à Casa de Lótus, onde não vou ter como descobrir a verdade sobre o Deus do Mar.

Vasculho o salão. Deve haver alguma indicação sobre o paradeiro de um deus errante. Mas não há portas nas paredes, e, quando vou até as janelas, meus dedos mal tocam as venezianas fechadas. Há apenas o palanque e o trono, e, atrás deles, o grande mural mostrando um dragão perseguindo uma pérola no céu.

O dragão do mural não é realista, com talvez um quarto do tamanho verdadeiro. No entanto, a imagem é fascinante. Cada escama foi pintada em um tom diferente do mar, indo de índigo profundo a verde-jade e verde-água. Eu me aproximo, estendo a mão e a pressiono contra uma de suas escamas lisas e brilhantes.

A parede cede com meu toque, revelando uma porta escondida.

Entro em um jardim.

O canto dos pássaros vibra através das árvores iluminadas pelo sol. Um riacho próximo gorgoleja alegremente. Procuro sinais do Deus do Mar, mas o lugar parece abandonado.

Sigo um caminho gasto coberto de ervas daninhas e grama, passando por paredes de pedra em ruínas e estátuas cobertas de musgo.

Raios de sol cintilam por entre as árvores. A certa altura, avisto ao longe um campo com uma ampla faixa de grama amassada, como se uma grande criatura tivesse acabado de tirar um cochilo.

Percorro uma boa distância até chegar a um pavilhão construído ao lado de um lago. Seu formato lembra o templo da deusa-raposa, com um telhado em forma de asa e quatro pilares em cada canto. Os degraus de madeira rangem quando subo; lá dentro, as tábuas do assoalho estão ásperas de areia e sujeira. Coloco a mão em um pilar aquecido pelo sol, e olho para trás, para o caminho por onde vim. O Fio Vermelho do Destino agora está rosa-claro. Eu me pergunto se Shin chegou ao palácio e encontrou as portas trancadas.

Fecho os olhos. Tudo está silencioso. Tranquilo. O silêncio no salão do Deus do Mar era vazio, mas aqui o silêncio é expectante, como alguém prendendo a respiração.

E, em meio à quietude, ouço o som de um sino.

Sinto o sangue se esvair do meu corpo e me viro na direção do som. Atrás do pavilhão, há um lago cheio de pequenos objetos brancos. Levo um tempo para perceber o que são.

Barquinhos de papel. Centenas deles, subindo uns sobre os outros na água.

Saio da plataforma e caminho pela margem. Meus dedos afundam na lama quente e macia. Há um barquinho preso nos juncos. Eu me inclino e o pego. O papel é áspero contra a ponta dos meus dedos, e seu fundo está encharcado, pingando.

Desfaço a dobradura devagar. Meus dedos tocam a primeira letra rabiscada em tinta preta no papel. A escuridão emerge, me consumindo.

༄

Quando abro os olhos, o mundo está coberto de branco. No começo, penso que é neve. O resíduo fino reveste as folhas das árvores e até a casca de seus galhos. Mas não está frio. E há fumaça no ar, embotando o brilho do sol.

Era meio-dia quando entrei no jardim, mas agora parece ser quase noite. Será que desmaiei no lago?

Um floco branco vem descendo, e levanto a mão para pegá-lo. De perto, posso ver que ele não é branco, mas cinza com manchas pretas.

Cinzas.

Há cinzas por toda parte, caindo do céu.

Ouço uma tosse abafada atrás de mim. Eu me viro e vejo uma jovem ajoelhada em um riacho, embora ele não se pareça com nenhum riacho que eu tenha visto no jardim, com suas águas lamacentas e salobras.

– Por favor, eu imploro – diz ela. – Salve minha filha. – Suas mãos trêmulas vão até a protuberância sob seu vestido áspero. Lágrimas escorrem por seu rosto. Mesmo a distância, posso ver que ele está assustadoramente pálido.

Uma pequena fogueira crepita ao lado dela. Observo-a pegando um graveto da pilha, apagando a chama da ponta. Ela então tira um rolo de papel de dentro de seu casaco curto e o abre no colo. Com o graveto queimado, escreve palavras vacilantes na superfície manchada. Ao terminar, dobra as laterais do papel, fazendo cada dobra com cuidado até que ele tome a forma de um barco. Ela o leva aos lábios ressecados, pousa um beijo suave e o coloca sobre a água.

O barco de papel acumula uma camada de cinzas conforme vai descendo rio abaixo, desaparecendo em uma curva. A garota solta outra tosse de partir o coração e se levanta com movimentos hesitantes e debilitados.

Vou até ela depressa, esticando as mãos para estabilizá-la.

– Espere! Deixe-me ajudá-la.

Ela passa por mim como se eu fosse feita de ar. Eu me viro. Enquanto ela se afasta, seu corpo vai desaparecendo devagar.

É como se a memória em que ela e eu existimos pudesse conter apenas este momento em que ela se ajoelha ao lado da água. Pois é ali que eu devo estar: dentro de sua memória. Este é o instante em que ela despejou toda a sua alma e todas as suas esperanças em um barquinho de papel contendo um desejo para os deuses.

O ar fica denso de cinzas. Elas caem do céu e me sufocam. Não consigo respirar. Estou me afogando em cinzas. Elas me soterram, me oprimem, até que fico cega, com frio e dolorida.

– Mina! – Uma voz me chama da escuridão.

Em minha mente, vejo todos eles. Vejo minha avó fazendo seus rituais ancestrais para homenagear seu filho e sua nora, e depois seu marido. Vejo minha cunhada chorando ao lado do túmulo da filha. E, por fim, vejo essa garota, uma estranha para mim, mas tão familiar quanto as outras, pois em sua dor reconheço a minha.

Por que tudo o que amamos é arrancado de nós? Por que não podemos ter o que amamos na palma da mão – seguros, quentinhos e inteiros?

– Mina! – A voz insiste. – Isso não é real. Você precisa acordar.

Sinto uma pressão na têmpora, um calor ardente e então... vejo uma luz.

Abro os olhos, engasgando com o ar fresco com cheiro de lótus. Olho para cima e me deparo não com nuvens cinzentas e escuras, mas com Shin. Sua testa está coberta de suor, como se ele tivesse corrido uma grande distância.

– Respire, Mina. Está tudo bem.

Estamos no jardim. As cores alegres das árvores e do céu quase me cegam depois do branco e do cinza da lembrança.

– Que lugar é este?

– O jardim do Deus do Mar. O lago é chamado de Lago dos Barquinhos de Papel.

– Todos aqueles barquinhos... são desejos que nunca foram atendidos – sussurro.

Shin assente devagar.

– Por quê? Por que eles foram abandonados?

– São só desejos, Mina.

Eu me sento.

– *Só* desejos? São os desejos mais valiosos dos humanos!

Shin hesita, então diz com frieza:

– Não ligo para os desejos dos humanos.

Eu o encaro com um aperto no peito. Seus olhos estão vazios, como se não tivessem luz alguma. Sou a primeira a desviar o olhar.

– Você saiu mesmo eu a tendo proibido – diz ele. – Não ouviu o que a deusa-raposa disse? Minha vida está conectada à sua. Se você morrer, eu também corro o risco de morrer. Você pode até não se importar com a minha vida, mas devia pelo menos se importar com a sua. Muitas coisas neste reino poderiam matar uma humana frágil feito você.

– Pode ser, mas também existem muitas coisas no *meu* reino que poderiam me matar. A seca e a fome, por exemplo. – Meus olhos vão até o barquinho de papel que eu deixei cair no chão. – Um coração partido.

– Não há nada que você possa fazer.

Shin está certo. Como ele disse, não passo de uma frágil humana. Como é que eu poderia ajudar aquela garota? Mesmo se eu conseguisse encontrá-la, não tenho nada a lhe oferecer além das minhas próprias lágrimas, e ela já tem lágrimas suficientes para durar cem vidas. Suas esperanças estavam no fim; e tudo o que ela tinha era essa tentativa...

Um último pedido para os deuses.

Coloco-me de pé.

– Eu *posso* fazer uma coisa. Nós podemos. Se você me ajudar. – Pego o barquinho de papel do chão depressa e me viro para Shin. – Posso ir com você de boa vontade e prometo não sair da Casa de Lótus durante o mês todo, não sem a sua permissão, mas primeiro vamos realizar o desejo dela.

– Mina... – Shin me olha, cético.

– Este barquinho tinha os deuses como destinatários, mas eles nunca o receberam. A gente só precisa entregá-lo para quem devia tê-lo recebido.

Shin assente devagar, parecendo ter se decidido.

– Que tipo de desejo era? O que estava escrito no papel? – Ele baixa os olhos para a dobradura meio aberta. A tinta está borrada pela água, tornando a escrita ilegível. Praguejo de frustração.

– Não importa – diz Shin com uma voz calma e surpreendentemente reconfortante. – Quando você pegou o barquinho, deve ter visitado o momento em que o desejo foi feito. Pode descrever o que viu?

– Vi uma jovem... – *Ela estava ajoelhada na margem lamacenta. Lágrimas escorriam por sua face quando ela pousou um beijo no barquinho de papel.* – Ela estava grávida.

Shin aperta os lábios, e uma sombra obscurece suas feições.

– O que foi? O que há de errado?

Ele balança a cabeça.

– Vamos à Casa da Lua. Precisamos falar com a Deusa das Mulheres e das Crianças.

15

Saímos do palácio pelo portão da frente, que permaneceu aberto, apesar de Namgi ter falado que ele ficava fechado a maior parte do ano. Se Shin estranhou, não comentou nada. Procuro Mascarada e Miki entre as barracas montadas do lado de fora, mas não as vejo. Alguns espíritos lançam olhares em nossa direção, claramente surpresos de ver dois indivíduos saindo de lá.

– Por aqui, Mina – diz Shin, me conduzindo por uma rua lateral, longe da multidão.

Conforme caminhamos, refaço a dobradura. O pedido pode até estar borrado, mas não vai impedir a deusa de saber a verdade, que nem sempre pode ser expressa em palavras. É por isso que, apesar de celebrarmos o festival dos barquinhos de papel uma vez por ano, qualquer humano pode rezar para os deuses quando bem entender, seja em um templo, seja em algum lugar onde se sintam mais perto deles – em um campo aberto onde os ventos sopram ou perto de uma fogueira crepitante, nos penhascos ou no mar.

Esse desejo devia ter alcançado a deusa, independentemente do barquinho de papel, dado que foi feito com o coração. Mas talvez os deuses não consigam mais ouvir nossas orações, com a conexão entre o mundo mortal e espiritual quebrada por causa da maldição do Deus do Mar.

Caminhar pela cidade com Shin é uma experiência diferente da que tive com Namgi ou com os espíritos. Talvez porque não queira ser parado nem reconhecido, ele vai pegando becos, cortando caminho através de pátios e cozinhas privativas e até subindo a escada de uma casa de chá a fim de saltar da varanda para um telhado baixo. Quando se vira para me ajudar, eu já pulei, pousando um pouco desajeitada, mas em pé. Ele levanta uma sobrancelha, e eu encolho os ombros.

Enquanto descemos a rua estreita, um pensamento me ocorre.

– A Casa da Lua tem alguma coisa a ver com a Deusa da Lua e da Memória?

– Não – diz Shin. – Uma não tem nada a ver com a outra. A Casa da Lua é dedicada às mulheres e às crianças, assim como a Casa do Sol é dedicada aos homens e ao imperador.

– Imperador? Mas não existe imperador. Ele foi morto anos atrás.

– É por isso que a Casa do Sol está vazia.

Shin segue adiante, mas eu diminuo o ritmo. Cem anos atrás, o imperador foi morto e as tempestades começaram. Mas até mesmo um deus, independentemente de seu amor pelo imperador, não puniria uma população inteira pelo crime de apenas uma pessoa. Naquele salão, toquei o Deus do Mar e visitei suas memórias. Talvez elas retratassem o momento em que o imperador foi morto. O que será que aconteceu naquele penhasco, que deixou um imperador morto, dois mundos destruídos e um reino amaldiçoado por cem anos?

– Aí está – diz Shin em um tom sombrio, apontando para o outro lado. – A Casa da Lua.

Estive tão distraída com meus pensamentos que não percebi que estávamos na periferia da cidade. À nossa frente, um canal longo e raso se estende, com entulho flutuando em sua superfície lamacenta. Prédios em ruínas, portas quebradas e janelas com venezianas margeiam os caminhos de terra de ambos os lados do canal. Depois do burburinho e do barulho das ruas do centro da cidade, esse silêncio deserto é enervante, assim como a falta de cor. O Fio Vermelho do Destino é a única coisa brilhante contra os prédios cinzentos e opacos. A desolação paira pesadamente no ar.

Até na cidade dos deuses há lugares assim.

No fim do canal – para além de um portão destroçado, com seu arco partido em dois –, há um grande edifício em forma de lua crescente vista de lado. No centro da construção, a porta que foi arrancada de suas dobradiças, deixando apenas um buraco negro.

Sinto um calafrio descendo pelo pescoço. Enfio a mão no bolso do vestido e pego o barquinho.

A tarefa seria mais fácil se a Casa da Lua não parecesse tão agourenta. Centenas de janelas me observam feito olhos escuros e infinitos. Não consigo enxergar nada além da porta. O ar vai ficando mais frio à medida que nos aproximamos. Uma brisa amarga escapa da porta e se infiltra em minha pele. Respiro fundo, adentrando a escuridão.

O calor me envolve. Pisco, surpresa. Pelo tamanho da Casa da Lua, achei que ela seria cavernosa, úmida e arejada. Mas o cômodo em que entrei é pequeno, tem um teto baixo e paredes apertadas. Não vejo nenhuma porta para as profundezas da construção. É como se a Casa da Lua toda – que, vista de fora, parecia ter vários andares e muitos corredores – consistisse neste pequeno cômodo. Sua única habitante é uma mulher.

Ela está sentada em uma almofada, atrás de uma mesa baixa, nos fundos da sala. Ao lado dela, chamas crepitam na lareira, lançando a mulher nas sombras. Tudo o que posso ver são o branco de seus olhos e a curva de seus lábios vermelhos.

Um som atrai meu olhar para baixo. A mulher tem uma das mãos levantada na direção da mesa. Ela está tamborilando as unhas longas e curvas na superfície.

Faço uma reverência e espero ela falar. Fico encarando o chão irregular, sujo de terra e lascas de madeira. O barulho incessante de suas unhas batendo, batendo e batendo na mesa continua.

O barquinho de papel pesa em minhas mãos.

Então ela finalmente para de tamborilar as unhas.

Olho para cima. Seu olhar está focado em algo além do meu ombro. Ela tem um sorriso triste em sua boca larga.

– O que temos aqui? – pergunta ela com uma voz oleosa e suave, como se comesse corações de amêijoas todos os dias. – Ora, ora, se não é o lorde Shin. O que fiz para merecer tal honra?

– A honra é nossa – responde Shin calmamente. – Nós viemos lhe pedir um favor.

– Nós...? – Ela desvia os olhos para mim. – E quem somos *nós*?

– Meu nome é Mina – digo, dando um passo à frente. – Trouxe um desejo.

A deusa pisca.

– Um desejo?

– Não é para mim. – Ergo o barquinho de papel. – Vim em nome de outra pessoa.

Ela estica uma mão pesada de anéis de pedras preciosas. Quando vou lhe entregar a dobradura, ela estala a língua.

– Primeiro, exijo pagamento.

Fico olhando para sua mão branca e firme com a palma voltada para cima. Lembro das mãos trêmulas da garota colocando o barquinho na água.

A deusa fica impaciente e estala os dedos, me arrancando da lembrança.

– Não vou realizar o desejo, a não ser que receba um pagamento.

Minha garganta está seca, e engulo saliva antes de falar.

– Tenho um punhal que pertenceu à minha tataravó. É a única coisa que possuo.

A deusa faz uma carranca e recolhe a mão de volta para as sombras.

– Isso não vale nada. Não vou realizar o desejo a não ser que receba pagamento em ouro. – Ela vira as costas para mim e para o barquinho que ainda seguro estendido para ela.

– Não entendo – sussurro. – Você é a deusa das mães. Das *crianças*. Com ouro ou não, você devia querer realizar o desejo dessa jovem.

– Não seja tola, garota. Nada neste mundo é oferecido de graça.

Lágrimas brotam espontaneamente dos meus olhos.

– Ela estava chorando na margem de um córrego. Ela colocou todas as esperanças que tinha nesse pedido para *você*. Ela acreditou em você. O que mais você poderia querer?

A deusa nem pisca. Ela só fica me encarando como se *eu* fosse digna de pena. Como se fosse eu que não entendesse.

Shin joga um cordão de moedas de ouro na mesa. Ela o pega e o enfia na manga do vestido.

A deusa estende o braço e arranca o barquinho de minhas mãos débeis. Fico observando seus dedos correndo pelo papel, enquanto suas unhas acompanham a tinta de carvão.

Ela começa a rir, uma risada terrivelmente aguda.

– Onde você pegou esse barco, garota? Sabe quanto tempo esse desejo tem? Meses. Anos. Essa garota está morta. Sua filha está morta. Seu pedido nunca foi atendido. Isso é só uma memória, esquecida há muito tempo. – Ela ergue a mão e atira o barquinho no fogo.

– Não! – Lanço-me para a frente. Enfio a mão nas chamas. Solto um som horrível e gutural, um grito agonizante que tem menos a ver com a queimadura e mais com meu coração partido.

Shin me segura e me puxa para trás. Ele me arrasta pela sala enquanto a risada da deusa ressoa alto em meus ouvidos.

Quando chegamos à rua, ele me solta. Então rasga um pedaço de sua manga e faz uma bandagem improvisada.

– Precisamos te levar de volta para a Casa de Lótus.

– Como ela pôde fazer isso? Por que ela não se *importa*? Ela é a deusa das... das crianças!

Ele tenta pegar minha mão, mas me afasto.

– Mina – diz ele com cautela –, temos que cuidar da ferida, senão ela vai infeccionar.

– Qual é o *problema* deste mundo? O que há de errado com os deuses?

Não consigo parar de gritar. Lágrimas escorrem por minha face, e meu coração bate loucamente. Shin pega minha mão ferida e a envolve com o tecido. Não sinto nada; parece que um estranho torpor tomou conta do meu corpo.

– Eles amam os deuses – falo em voz baixa, e a frase soa como uma acusação.

Shin dá um nó no pano e olha para cima.

– Eles quem?

– Meu povo. Todo mundo. Minha avó. Ela vai ao templo todos os dias para rezar e fica ajoelhada por horas, apesar da dor nas juntas e nas costas. Minha cunhada. Mesmo depois de perder a bebê, ela não culpou os deuses, e fica andando em silêncio e chorando quando acha que ninguém está vendo. As pessoas do meu vilarejo. As tempestades podem destruir suas plantações, e ainda assim elas deixam oferendas para os deuses da colheita. Porque o mundo pode estar corrompido e quebrado, mas, enquanto houver deuses, haverá esperança.

Se eu visse pena nos olhos de Shin, teria me afastado. Indiferença seria pior ainda. Mas há algo em seu olhar que perfura o meu torpor até que eu sinta a dor, o sofrimento. Vejo compaixão ali.

– Mina...

– Eu os amo. – A frase sai como uma confissão, e percebo com relutância que realmente é. Sempre que eu corria pelos campos de arroz, os grous de pescoço comprido balançavam suas enormes asas como se me cumprimentassem; sempre que escalava os penhascos, a brisa me impelia a continuar; sempre que olhava para o mar, com o sol refletindo na água feito uma risada, eu sentia amor. Eu me sentia amada.

Como os deuses podem abandonar quem os ama?

Não percebi que falei em voz alta até que Shin solta minha mão, olhando para o canal desolado.

– Não há nada que você possa fazer.

Ele já tinha falado isso antes. No jardim, ele afirmou que não havia nada que eu pudesse fazer para ajudar a garota. Quando nos conhecemos, ele disse algo parecido, que eu falharia, assim como todas as noivas que vieram antes de mim.

No fim, ele estava certo. Mas, enquanto ele não ganhava nada por estar certo, eu perdia tudo por estar errada.

– Você é tão culpado quanto o resto deles – digo.

Shin ri com dureza.

– Está me comparando com uma deusa que aceita suborno para realizar desejos e ri diante da dor dos outros?

– Não. Você é pior do que ela. – Seus ombros ficam tensos e sinto uma pontada de arrependimento, mas meu sofrimento me faz querer desabafar. – Você faz falsas promessas. Com uma palavra, me dá esperança, e, na palavra seguinte, me oferece desespero.

– Eu te ofereci um lugar na minha casa para te manter segura, criados para que você tenha tudo de que precisa, e guardas para te protegerem...

– Com ordens de me impedirem de sair.

– Porque já houve uma ameaça contra a sua vida! Ladrões nunca tentaram roubar a alma da noiva do Deus do Mar antes. Hoje de manhã, fui confrontar lorde Bom da Casa do Tigre, e ele tinha fugido. Até eu descobrir quem está por trás dessas ameaças, você precisa ser paciente. Dê-me um tempo. Ainda não se passou nem um dia.

— Um dia do último mês da minha vida. — Sei que estou sendo dramática, mas a raiva e o sofrimento estão me queimando por dentro.

— O que você quer de mim, Mina?

— Não quero nada de você. — Fecho a mão machucada e estremeço de dor. — Só o Deus do Mar pode me ajudar agora.

Shin estreita os olhos.

— O que ele tem a ver com isso?

— Quando a maldição for quebrada...

Shin zomba com crueldade:

— Você não entende mesmo, não é, Mina?

— O que eu não entendo? — Aponto para a porta aberta da Casa da Lua. — Você não viu a garota da lembrança. Ela estava sofrendo, chorando. Tudo o que ela tinha era a sua esperança, e, no final, isso não foi suficiente. Quando vai ser suficiente?

Shin se vira de repente, com um misto de raiva e desespero nos olhos.

— Nunca vai ser suficiente! Você não vê, Mina? Não há maldição alguma sobre o Deus do Mar. Ele *escolheu* se isolar porque não conseguiu lidar com a própria dor. Foi ele quem abandonou seu povo. Ele abandonou a todos nós!

Shin desvia o olhar, tremendo. Sua mandíbula dá um espasmo e os cantos de seus olhos estão levemente vermelhos.

— Você odeia o Deus do Mar — sussurro.

Ele fecha os olhos e, sem perceber, leva a mão ao peito.

— O Deus do Mar. A Deusa das Mulheres e das Crianças. Todos nós somos indignos. Todos merecemos ser esquecidos.

Nós.

De repente, compreendo.

— Você é um deus.

A resposta está na maneira como sua respiração fica irregular. Seus dedos, já pressionados contra o peito, se afundam no tecido de suas vestes.

— Shin, você é o deus do quê?

A princípio, acho que ele não vai dizer, mas então ele balança a cabeça.

– De mais nada. – Ele fala tão baixinho que preciso me esforçar para ouvir. – É preciso acreditar em algo para ser seu deus.

~

Já é noite quando chegamos à Casa de Lótus. Shin dispensa os criados que vieram nos cumprimentar e chama Kirin. Vamos juntos até o pavilhão do lago. No quarto de cima, alguém já estendeu as mantas no chão. Caio de joelhos nos lençóis de seda, usando a mão boa para me apoiar. Tento dobrar os dedos da mão esquerda e faço careta ao sentir a dor aguda.

Levanto a cabeça e deparo com Shin me observando.

– Posso...? – pergunta ele.

Faço que sim.

Ele se agacha ao meu lado, pega minha mão e solta a bandagem devagar. Estremeço. Minha pele está em carne viva e há manchas de sangue no tecido.

Ele fica olhando minha queimadura com as sobrancelhas franzidas.

– Por que colocou a mão no fogo? Você sabia que era tarde demais para que ela realizasse o desejo da garota. Era só um pedaço de papel.

– Eu sei, mas... – hesito, tentando lhe explicar algo que nem eu entendi direito. – Naquela hora, não fazer nada me doía mais do que colocar a mão no fogo.

Alguém bate forte na porta.

Kirin irrompe, fazendo uma grande reverência. Seus olhos atentos notam a mão de Shin segurando a minha.

– O senhor me chamou?

– Mina está ferida.

– Ah, estou vendo.

Franzo o cenho para eles. As palavras não ditas pesam no ar. Por que Shin mandou chamar Kirin e não um médico?

Enquanto Shin solta minha mão, Kirin pega de dentro de suas vestes uma pequena adaga de prata. Com um movimento rápido, ele faz um corte profundo na palma de sua mão. Sangue da cor das estrelas jorra da ferida.

Fico boquiaberta por um instante antes que ele agarre meu pulso e coloque sua mão ensanguentada sobre a minha mão queimada.

Seu sangue prateado penetra minha ferida e logo a dor lancinante das queimaduras diminui, substituída por uma sensação refrescante. Ele espera uns dois minutos e depois afasta a mão da minha, revelando a pele por baixo – imaculada e macia.

– Vai ficar dolorido por uns dias, mas vai passar – diz Kirin.

Viro a mão para a luz da vela. A única evidência da queimadura é o vermelho nas bordas da palma.

– Kirin, obrig...

Pisco para o espaço vazio onde ele estava. Ele já saiu pela porta, fechando-a atrás de si.

– Você devia descansar um pouco – diz Shin, acenando para os cobertores. – Deve estar exausta.

Ele percorre o quarto apagando as velas. Em seguida, vai até a parede oposta, pega o biombo de papel e o coloca cuidadosamente sobre os cobertores.

Percebo que vamos dormir juntos, com o biombo entre nós. Estou cansada demais para protestar. Minha mão ainda está doendo, e, para meu grande horror, lágrimas quentes começam a escorrer por minha face. Corro para a beira do palete, puxando os cobertores por cima do ombro.

Do seu lado da tela, Shin apaga a vela, e sua sombra desaparece de vista.

Deito de barriga para cima e fico ouvindo seus movimentos – o barulho que ele faz enquanto se despe, o suspiro que solta quando se ajeita nos cobertores. Hoje de manhã, ele foi até a Casa do Tigre para questionar seu senhor sobre a tentativa de roubo da minha alma. Mesmo ressentido com o Deus do Mar, ele está tentando protegê-lo. O Fio Vermelho do Destino cintila no ar, indo da minha mão até a dele através dos cobertores e do biombo de papel.

Na escuridão e no silêncio, fico repassando os eventos do dia – não só o encontro terrível com a deusa, mas aquele momento no jardim, quando testemunhei o último pedido de uma garota no limite da esperança. Todos aqueles desejos não atendidos, flutuando inertes e esquecidos. Fico pensando nos meus próprios desejos – os que fiz no festival dos barquinhos de papel, e também os que sussurrei no escuro, achando que ninguém estava ouvindo.

Não, não é verdade. Eu achava que havia *alguém* ouvindo. Porque, mesmo nas horas de desespero, eu acreditava que os deuses cuidavam de nós. Eu acreditava que nunca estávamos sozinhos porque eles nos amavam.

Era assim que eu pensava. Era nisso que eu acreditava. A imagem da garota tremendo na margem do riacho está gravada na minha mente. No instante de maior sofrimento, ela de fato estava sozinha.

Quase desejo que minha alma fosse uma ave de novo, para poder fugir daqui, para que ninguém – nem os deuses, nem eu – sinta o que estou sentindo agora. Estou presa em outro mundo por escolha própria, sem esperança de salvar as pessoas que amo.

Horas se passam até que eu finalmente caio em um sono agitado, preenchido por sonhos com dragões e uma voz me chamando a distância, implorando para que eu a salve.

16

Quando acordo, Shin não está mais lá. O biombo de papel está dobrado e encostado na parede. Esfrego os olhos inchados de tanto chorar. Eu me sento, tomando cuidado para não colocar pressão sobre minha mão. Então algo no canto chama minha atenção. Há um pequeno objeto na prateleira baixa da janela. Pisco e me aproximo.

É o barquinho de papel.

Vou até ele depressa. As pontas da dobradura estão chamuscadas, mas ele está inteiro.

Como...?

Apoiada na lateral do barco há uma flor rosa e branca, colhida do lago. É uma flor de lótus com as pétalas abertas, revelando seu centro colorido em forma de estrela. Shin deve ter voltado para pegar o barquinho durante a noite, depois que adormeci.

Levo-o ao coração junto com a flor. Uma estranha sensação me queima por dentro. Olho a fita se estendendo para fora da janela em um tom pálido de vermelho contra o sol da manhã.

Apesar de Kirin ter resolvido grande parte da dor, minha mão leva alguns dias para sarar totalmente. Após aquela primeira noite, Shin não voltou para o quarto. Fico sabendo por Nari que um mensageiro chegou na manhã seguinte à nossa ida para a Casa da Lua, e Shin saiu com Namgi e Kirin em busca dos ladrões. Dois homens que se encaixam na descrição

– um parecido com um urso, o outro com uma doninha – foram vistos saindo da cidade.

Apesar de os dias serem longos, me mantenho ocupada. Presentes de noivado chegam de todas as casas proeminentes – jogos de chá, vasos de porcelana verde, caixas de joias de madrepérola, pergaminhos com pinturas de paisagens e poemas e um grande baú com cobertores de seda bordados. Fico me perguntando o que vai acontecer com esses itens quando a verdade sobre nosso noivado for revelada. As mesmas criadas que cuidaram de mim em minha primeira noite na Casa de Lótus me atendem. São irmãs que servem Shin há muitos anos, apesar de parecerem jovens. Ajudo-as com as tarefas domésticas. Esfregamos cobertores com água do lago e os penduramos para secar nos campos ao sul. Eles balançam feito nuvens imensas ondulando ao vento.

Ninguém me proíbe de sair do terreno, mas me mantenho dentro dos muros da Casa de Lótus. Passo os dias coletando bolotas de carvalho e secando flores para pendurar de cabeça para baixo no quarto de Shin e enfeitar o espaço vazio. A criada mais jovem e eu até tentamos pintar uma paisagem no biombo de papel.

Fico tanto no pé da irmã mais velha que ela finalmente me manda sair. Vou até o pavilhão principal, contornando a beira do lago. Vejo um pequeno barco a remo, empurro-o para a água e subo pela lateral. Deito de costas e fico olhando para o céu. É um dia claro, com apenas alguns peixes e o que parece ser uma baleia jubarte a distância.

Fecho os olhos e acabo cochilando.

De repente, ouço um berro agudo e o barco para.

– Ei, cuidado!

Fico de pé depressa e olho para o lado.

Dai está flutuando de costas na água com Miki na barriga, parecendo uma lontra que pegou um peixe em forma de criança.

– Dai! – grito. – O que está fazendo? Saia da água, é perigoso.

– Estou nadando – diz Dai simplesmente, como se não estivesse flutuando no meio de um lago com um bebê na barriga.

Ouço uma voz atrás de mim.

– Não se preocupe, Mina. Dai não vai deixar Miki se machucar.

Eu me viro e encontro Mascarada sentada à minha frente. Seu rosto de avó tem as bochechas rosadas e um largo sorriso. Ela está completamente seca.

Fico perplexa.

– Você é uma deusa?

– Sou um espírito. Te falei isso no dia que a gente se conheceu.

Olho em volta para o céu limpo.

– Espíritos podem voar?

– Alguns, mas eu não. Sou um espírito menor, lembra?

– Então como...

– O dia está lindo. – Mascarada ergue o rosto. Os círculos vermelhos de sua bochecha parecem crescer sob o sol. Posso ver seu pescoço longo e esguio.

Há uma velha vara de pescar no fundo do barco. Ela se inclina para pegá-la e joga uma linha na água.

– Não temos anzol nem isca – digo.

– Ah, eu não quero pegar nada – diz ela, me deixando confusa.

O barco estava parado, mas agora começou a deslizar pela água, como se empurrado por uma leve brisa.

– Estive te procurando no mercado – diz Mascarada –, mas você não saiu de casa.

– Kirin disse que eu não podia usar minha mão. As queimaduras...

– Hum. – Seu rosto continua mostrando uma expressão agradável, mas há um toque de reprovação naquele ruído evasivo.

– Andei ajudando as criadas com a limpeza – digo na defensiva. – Elas são espíritos como você. Estamos enfeitando o quarto de... o quarto onde estou dormindo. Está vazio demais, sabe. Estou levando umas flores do jardim pra lá. A criada mais nova achou uns jarros de tinta e estamos pintando umas montanhas e umas árvores no biombo de papel.

Mascarada inclina a cabeça para o lado, murmurando:

– Para alguém que queimou a mão, parece que você a está usando bastante.

Fico vermelha.

– É, bem, não está doendo tanto hoje.

Ela assente de leve.

Desvio o olhar, percebendo um movimento na água. Onde estão Miki e Dai? Não estamos indo muito rápido, mas seria difícil Dai nos alcançar tendo que equilibrar uma bebê na barriga.

Olho para o lado e vejo que Dai está segurando a linha que Mascarada jogou na água. Ele e Miki estão sendo puxados.

– Quando chegou, você estava determinada a salvar o Deus do Mar.

Faço uma careta, curvando os ombros.

– Estava. Estou. Eu só... tenho me perguntado se isso é possível.

Ela solta outro murmúrio evasivo, que, por algum motivo inexplicável, me faz querer despejar meus medos em cima dela.

– A gente visitou a Deusa das Mulheres e das Crianças – desabafo. – Levei para ela o desejo de uma jovem grávida. A deusa viu a garota, viu como ela sofria e não se *importou*. Ela deu risada. A garota estava chorando, seu bebê estava morrendo, e a deusa deu *risada*. Ela não tem um pingo de amor e empatia pelos humanos. – Balanço a cabeça. – Não tem jeito. Minha tarefa é impossível. E me fez perceber que... talvez eu não seja a verdadeira noiva do Deus do Mar. Não posso salvá-lo.

Mascarada não fala nada, então pergunto:

– Por que tudo depende de mim?

– Depende?

– O mito diz que somente a noiva do Deus do Mar pode salvá-lo. Se esse não é meu destino, então qual é?

Espero que Mascarada diga algo sábio, mas ela encolhe os ombros e pergunta:

– Me diga, Mina. Se esse mito sobre a noiva do Deus do Mar não existisse, o que você faria? Você desistiria? E se alguém te dissesse que seu destino é ficar sentada o dia todo comendo pasteizinhos?

– Esse parece um destino maravilhoso! – fala Dai de algum lugar ao lado do barco.

Mascarada se inclina para a frente.

– E se alguém te dissesse que o seu destino é subir na cachoeira mais alta e pular de lá de cima? Ou machucar a pessoa que você mais ama no mundo? Ou pior, machucar a pessoa que mais *te* ama no mundo? O destino é uma coisa complicada. Nem você, nem eu, nem mesmo os deuses podem dizer o que ele é... ou não. – Ela pega minha mão e, apesar de não conseguir ver o Fio Vermelho do Destino, seu dedão o toca. Devagar, ela levanta o rosto e olha para o lago. Sigo seu olhar.

Shin está me esperando na margem.

– Não persiga o destino, Mina. Deixe o destino te perseguir.

Eu me viro para trás para descobrir que ela se foi. Procuro Dai e Miki na água, mas eles também não estão mais lá.

Lentamente, o barco muda a direção e segue para a margem.

∽

Shin caminha com dificuldade pelos juncos na água, agarra o barco e o puxa para fora do lago. Quando ele está sobre a terra, desço e dou tapinhas na saia do meu vestido.

Ao me virar, encontro Shin me encarando. O Fio Vermelho do Destino balança no ar entre nós.

Eu o encaro para ver se ele tem qualquer traço de um deus. Penso nos deuses que conheci até agora. Ele é mais alto do que o Deus do Mar. Menos assustador do que a deusa-raposa. E é decente, ao contrário da Deusa das Mulheres e das Crianças. Cada atitude que ele tomou foi para proteger sua casa ou a cidade – até mesmo quando roubou minha alma.

Ele é um deus alto, nada assustador, honrado e sem alma. Como foi que meu destino se conectou com o dele?

– Achou o que estava procurando? – pergunto.

– Não. Perdemos o rastro dos ladrões nas montanhas ao leste da cidade. – Ele me olha tão atentamente quanto eu o observo. – Você não tentou sair.

– Eu prometi que não tentaria. – Prometi que não sairia da Casa de Lótus se realizássemos o desejo da garota. Mesmo que o desejo nunca tenha sido realizado, Shin mantivera sua parte do trato.

– Não encontrei os ladrões, mas encontrei isto. – Ele puxa um pedaço de pano da jaqueta.

Eu o pego e corro os dedos sobre um tigre dando um salto poderoso com as garras à mostra bordado em vermelho, dourado e preto.

Devolvo o pano e olho Shin nos olhos.

— Casa do Tigre.

Ele assente com uma expressão sombria.

— Quando visitei lorde Bom na semana passada, ele negou ter mandado os ladrões. Em vida, ele foi um grande estrategista militar, e deixar para trás um símbolo tão óbvio me parece descuidado ou... deliberado. Seja como for, não posso ignorar.

— Você disse que ninguém jamais tinha tentado roubar a alma de uma noiva antes. Por que acha que estão tentando agora?

— O único motivo que consigo pensar é que eles queriam atingir o Deus do Mar através de você, sem saber que você não está mais conectada a ele. Eu não podia correr o risco de que fossem bem-sucedidos. É por isso que mandei você não sair... se alguém quisesse atacar, meus guardas poderiam te proteger.

Sei que ele só tomou essas precauções pensando primeiro no bem do Deus do Mar, depois em si mesmo. Mas, ainda assim, uma ideia fugaz e imprudente me ocorre: *e se ele quisesse me proteger pelo meu próprio bem?*

— Claro — diz ele devagar, franzindo o cenho —, é possível que, na noite em que vieram roubar sua alma, a intenção deles fosse restaurar o Fio Vermelho do Destino...

— E, fazendo isso, tentar me matar e por consequência matar o Deus do Mar? — Faço uma careta. — Prefiro ficar sem essa ajuda. Minha alma está segura onde está: dentro de mim.

Shin se vira, e me recrimino pelas minhas palavras insensíveis. Afinal de contas, ele disse que não tem alma.

No entanto, quando ele volta a olhar para mim, sua expressão não é de mágoa. Ele está pensativo.

— Vamos dar uma volta?

Contornamos a ponte em direção ao outro lado do lago, onde se concentra a maior parte da atividade da casa. Os criados estão descarregando cestas de arroz e vegetais dos barcos amarrados às docas. Procuro Mascarada e Dai na água, mas eles não estão à vista.

Embora Shin e eu estejamos em silêncio, é um tipo agradável de silêncio. Eu me sinto mais eu mesma do que me senti durante toda a semana — por causa da conversa com Mascarada, mas também porque Shin está aqui.

O Fio Vermelho do Destino, embora fosse um brilho amigável na minha visão periférica, também era um lembrete constante de sua ausência. Algo nele faz eu me sentir mais corajosa, como se eu pudesse ser a pessoa que ele acredita que eu seja.

Não percebo que estou olhando para a fita até que levanto o rosto e vejo Shin também observando-a. Então ele me encara.

– Kirin ficou decepcionado comigo enquanto estávamos nas montanhas. Devíamos estar perseguindo os ladrões, mas eu estava distraído. De vez em quando o Fio Vermelho do Destino se agitava ou brilhava, e eu ficava me perguntando: "O que ela está fazendo? Provavelmente toda sorte de travessuras".

Ele balança a cabeça com um meio sorriso.

– Fiquei surpreso ao voltar e descobrir que você não saiu mesmo de casa.

Meu primeiro instinto é negar, sentindo uma pontada aguda de constrangimento, mas me surpreendo comigo mesma ao falar a verdade.

– Depois do encontro com a Deusa das Mulheres e das Crianças, fiquei desanimada. Minha fé ficou severamente abalada. Tem sido difícil aceitar que uma deusa não se importa com um desejo feito com tanto amor.

A lembrança daquele sentimento horrível volta, e levo a mão ao pescoço. Quando olho para cima, vejo Shin me observando. De repente me sinto vulnerável.

Abaixo a mão.

– Bem, estou *mesmo* contente por você ter voltado – digo, tentando trazer leveza à voz. – Pelo menos com você aqui, meu coração tem mais o que fazer além de ficar se lamentando. – Shin fica imóvel. Percebo tarde demais como isso deve ter soado. – Quer dizer, não tenho tempo pra ficar ruminando pensamentos melancólicos porque estou ocupada demais tentando ganhar alguma vantagem sobre você. É mais fácil ser corajosa quando você está furioso.

Ele levanta uma sobrancelha.

– Só você pra transformar um elogio em um insulto no meio do caminho.

Entramos nas docas e atravessamos as tábuas grossas até alcançarmos seu fim, onde um barco está atracado a um poste. É o mesmo que usamos para ir à Casa da Raposa. Enquanto Shin se inclina para soltar a corda, sinto uma dor estranha no peito.

– Aonde está indo? Você acabou de voltar.

Talvez seja pela sensação intensa e dolorida de antes, mas não quero que ele vá. E a percepção disso faz com que eu me sinta confusa e chateada. Minhas bochechas enrubescem, e fico aliviada por ele estar ocupado com o barco.

– Do lado de fora da Casa da Lua – diz Shin enquanto o barco balança suavemente abaixo dele –, você disse que eu odeio o Deus do Mar. A verdade é que eu não o odeio. Estou ressentido. Sinto pena e duvido dele todos os dias. Mas nunca o odiei. Não sei se acredito que ele é... amaldiçoado, ou que essa maldição não foi ele mesmo quem infligiu sobre si. Mas talvez meus próprios sentimentos tenham me impedido de ver as coisas claramente.

Ele se vira e oferece a mão para mim.

– Por anos, a Casa de Lótus protegeu o Deus do Mar ao cortar o laço que o torna mortal por causa da conexão com sua noiva humana, e, por um tempo, impedindo que a ferida sangrasse. Mas uma ferida que não é tratada adequadamente *vai* acabar abrindo outra vez. Ela deve ser curada.

Aceito sua mão e subo no barco, me acomodando em um dos bancos. Ele se senta de frente para mim e pega os remos.

– Mas o Deus do Mar não estava na sala do trono nem no jardim – digo.

– Ele tem que estar em algum lugar. Vamos procurar todos os dias, se for necessário.

A esperança é inebriante. Sinto-a crescendo dentro de mim, como se a pega estivesse abrindo suas asas. Neste momento, na companhia de Shin, com o Fio Vermelho do Destino brilhando feito uma chama entre nós, tudo parece possível.

17

Deixamos o barco no canal do lado de fora do palácio e entramos no jardim do Deus do Mar pela porta do mural.

Mesmo abandonado, o lugar é lindo. Pétalas de flores esvoaçam pelo caminho de pedras, prendendo-se nas pregas da minha saia. Uma leve garoa preenche o ar, e me pergunto se uma tempestade está se formando em algum lugar a leste.

No lago, o vento fraco soprou todos os barcos de papel para a outra margem, deixando as águas mais próximas vazias. Enquanto Shin inspeciona o pavilhão, desço até a margem e me abaixo para pegar uma pedra.

Meu avô costumava fazer as pedrinhas saltitarem na superfície do lago do nosso jardim. Quando éramos crianças, Joon e eu gostávamos de contar quantas vezes a pedrinha encostava na água antes de desaparecer.

Viro a mão e atiro a pedra na água. Ouço um som alto quando ela afunda. Olho por cima do ombro e vejo Shin contornando a lateral do pavilhão. Ele não parece impressionado.

Quando me inclino para pegar outra pedra, meus dedos tocam algo áspero. Esta é diferente das outras, e exibe o desenho de uma flor de lótus. As linhas são nítidas demais para que o entalhe seja natural. Alguém deve ter esculpido cuidadosamente as oito pétalas ovais e o miolo de cor de estrela com uma faca. Ela me lembra da flor de lótus que Shin deixou ao lado do barquinho de papel na prateleira, flutuando em uma tigela rasa. Enfio a pedra no bolso.

Com o canto do olho, vejo Shin se posicionar debaixo de uma árvore do outro lado do pavilhão, mantendo uma atenção vigilante. Concordamos que busca nenhuma nos faria encontrar o deus, que nossa melhor escolha era esperar.

Durante a meia hora seguinte, fico atirando pedrinhas na água, e só paro quando as nuvens cobrem o céu. Desabo no chão ao lado da lagoa. Meu avô sempre dizia que o momento em que se sentia mais em paz era quando estava sentado à beira do lago no nosso jardim, observando os patos que passavam vagarosamente. Só que não há patos nesta lagoa. Apenas barquinhos de papel. Como um cardume de peixinhos rebeldes, eles lotam a costa norte.

Um barco escapou e desliza até o meio do lago.

Enquanto se aproxima, vejo que ele não é como os outros. Ele é torto, suas dobras são desajeitadas e desiguais, e ele está meio submerso na água. Há um fio vermelho e áspero no centro, como se tivesse sido rasgado ao meio e costurado novamente.

Um arrepio percorre meu corpo. Conheço este barquinho.

Fui eu quem encontrou o papel e o pressionou nos lábios para sussurrar um desejo na folha gelada. Fui eu quem o dobrou com mãos trêmulas.

Este é o *meu* barquinho – o barquinho que contém o meu desejo. Este não é como os desejos infantis que eu fazia no festival. Este eu nunca coloquei no rio.

Saio correndo e entro na lagoa.

– Mina! – grita Shin atrás de mim.

Nem o escuto, afoita demais para pegar meu barquinho. Tento agarrá-lo. Meu pé fica preso na raiz de uma árvore caída. Debato-me na água e afundo.

Subo meio segundo depois. Cuspo água e olho em volta, mas o lago está vazio.

Meu barquinho se foi. Será que foi minha imaginação? Será que a culpa trouxe à tona a memória de um desejo?

Encharcada, caminho de volta para a margem. Preparo-me para a bronca de Shin, que deve estar furioso comigo por eu ter feito algo que até eu admito que foi imprudente. Mas, quando olho para cima, quase caio de volta na água.

Deitado na grama diante de mim está o dragão, e, a seu lado, está o Deus do Mar.

O corpo do dragão está protetoramente ao redor do deus adormecido, e sua enorme cabeça com chifres descansa ao lado da do garoto. Seus grandes bigodes estão emaranhados com os cabelos macios do Deus do Mar, e, quando o dragão solta um suspiro, o cabelo do deus se levanta com a brisa quente.

Os olhos do dragão – escuros feito o mar e reluzindo inteligência – estão abertos, me observando. Dou um passo hesitante para fora da água, tentando antecipar cautelosamente qualquer movimento da criatura, mas, assim como um gato gigante, ele parece contente em só ficar deitado ali. Eu me aproximo devagar, esperando o momento em que ele vai decidir me devorar.

Devo estar demorando muito, porque ele começa a soltar um rosnado baixo e gutural. As pedras tremem sob meus pés. Os olhos do dragão vão de mim para o Deus do Mar, impacientes. Exigentes. Na verdade, o dragão parece estar me impulsionando para ele. Dou os últimos passos e, com um rápido olhar para o dragão, coloco a mão sobre o deus-menino. Como antes, sou arrastada para uma luz ofuscante.

༄

A primeira coisa que noto é que ainda estou no jardim, que agora está coberto daquela mesma névoa de quando acordei no Reino dos Espíritos.

A segunda é...

– Shin!

Ele está imóvel, deitado na margem do lago, o rosto virado para baixo. Eu me aproximo depressa, caindo de joelhos a seu lado. Viro-o para cima e corro os dedos por seus lábios. Sou tomada pelo alívio ao sentir seu hálito quente. Se eu tivesse parado um pouco para olhar ao redor, teria visto o Fio Vermelho do Destino cintilando em meio à névoa e saberia que ele está bem. Enquanto a fita estiver intacta, ambos estaremos a salvo, pois nossas vidas estão conectadas.

Levanto seu corpo do chão e o acomodo em meu colo.

– Ele está bem, só está dormindo.

Olho para cima. Diante de mim está o Deus do Mar. As luxuosas dobras de suas vestes estão encharcadas da lama da margem. Ele parece não perceber. Atrás de si, a névoa se dissipou e consigo ver a sombra do dragão.

Ele desvia os olhos de Shin para mim.

— Minha alma está me dizendo que você é minha noiva.

Pisco, surpresa.

— Você parece adequada. — Ele inclina a cabeça para o lado, e seu cabelo escuro cai sobre seus longos cílios. — Gosto da sua aparência. Seu cabelo tem a aconchegante cor das cascas das árvores, e seus olhos são como o mar noturno. Posso ver a lua neles. Duas luas. Dois oceanos de noite.

Engulo em seco com dificuldade, sem saber o que dizer. Esta é a primeira vez que nos falamos.

— Você é bem romântico, Deus do Mar.

— Não muito — diz ele, se virando e se dirigindo para a margem do lago. Ele coloca um dedo esguio na água, e pequenas ondas se espalham pela superfície. — Só estou solitário.

Não sei nem por onde começar. Assim como aconteceu na sala do trono, sou tomada por uma sensação opressiva que me faz querer proteger esse garoto preso em pesadelos e afundado em sofrimento. Não me parece certo exigir algo dele — salve meu povo, acabe com as tempestades, acorde e seja quem você foi, inteiro e feliz.

Shin grunhe no meu colo, mas seus olhos continuam fechados. Gentilmente afasto para o lado o cabelo que grudou em sua testa.

— Ele está lutando contra o sono. Ele quer acordar — diz o Deus do Mar.

Olho para o deus-menino, dividida entre ficar neste momento com ele e ajudar Shin. De alguma forma, sei que o tempo está acabando; logo o garoto e o dragão vão desaparecer, e eu serei expulsa do sonho.

— Você podia contar uma história para ele — sugere o deus-menino.

Meu coração dá um solavanco. Uma história? Convencer um deus a despertar depois de cem anos parece uma tarefa impossível, mas uma história eu posso contar. Contei centenas de histórias para meus irmãos e para as crianças do vilarejo. Agora vou contar uma história para o Deus do Mar e para Shin. Só não sei qual escolher.

Shin se mexe. Meus olhos vão dele para o deus, e depois voltam para ele, se demorando ali.

Shin protege o Deus do Mar daqueles que querem feri-lo, mesmo ressentido por seu abandono. De repente, a história vem até mim, como se estivesse me esperando esse tempo todo.

Respiro fundo e começo:

– Era uma vez dois irmãos. O mais novo era pobre e morava em uma cabana, mas era gentil e tinha um coração bom, enquanto o outro era rico e morava em uma casa grande, mas era cruel e ganancioso.

"Uma manhã, o irmão mais novo ouviu um triste som vindo da floresta. Ele o seguiu e encontrou um filhote de andorinha que tinha caído do ninho e estava chorando de dor por sua asa quebrada. O garoto o levou para casa, passou bálsamo em suas juntas e fez uma pequena tala com barbante e gravetos para evitar que sua asa ficasse torta. Depois, colocou a andorinha de volta em seu ninho, e, quando o inverno chegou, ela foi embora para o sul.

"Na primavera, a andorinha voltou e deixou uma semente no jardim dele, que se transformou em cinco abóboras gordas. Quando ele abriu a primeira, montanhas de arroz se espalharam. Era muito mais do que ele precisava para a vida toda. A segunda continha ouro e joias. A terceira guardava uma deusa da água, que abriu as outras duas. Uma escondia pequenos carpinteiros e a outra, madeira. Em um dia, eles construíram para ele uma magnífica mansão.

"O irmão mais velho, tendo ouvido sobre a sorte de seu irmão mais novo, foi até a mansão e lhe perguntou como ele tinha ficado tão rico em tão pouco tempo. O mais novo lhe contou sobre a andorinha.

"O irmão mais velho, se achando muito esperto, construiu um ninho e esperou uma andorinha vir botar seus ovos ali. Então decidiu empurrar um filhote, que quebrou sua asinha. Assim como seu irmão mais novo, o mais velho passou bálsamo na asa do pássaro e fez uma tala. No inverno, a andorinha voou para o sul, e ele ficou esperando ansiosamente seu retorno. Assim como o previsto, ela voltou na primavera e jogou uma semente em seu jardim. Como antes, cinco abóboras brotaram.

"O irmão mais velho abriu a primeira abóbora todo feliz, mas o que saiu dela foi um exército de demônios. Eles o espancaram com varas, castigando-o por sua ganância e crueldade. Ainda assim, ele pensou que havia tesouros reservados para ele, então abriu a segunda abóbora. Só que ela estava cheia de cobradores de dívidas, que levaram todo o seu dinheiro. A terceira continha uma torrente de água suja que inundou e destruiu sua casa e levou embora as outras duas abóboras. E ele ficou sem nada.

"Percebendo seu terrível erro, ele saiu correndo para encontrar seu irmão mais novo e implorar por ajuda, apesar de nunca ter sido bom ou gentil com ele. Na verdade, ele se esforçava para ser abertamente cruel e vingativo. Mas, quando chegou à casa de seu irmão mais novo – esperando ser mandado embora, como ele mesmo faria se as circunstâncias fossem trocadas –, ele o convidou para entrar, dizendo: 'Você é meu irmão, e o que é meu é seu'. Ele dividiu metade de sua fortuna com o irmão mais velho, que, entendendo as profundezas da compaixão de seu irmão, conheceu pela primeira vez o remorso e a vergonha. Ele se tornou um homem humilde e bom. Juntos, os irmãos envelheceram felizes, cercados por sua família e seus entes queridos."

Enquanto conto a história, o Deus do Mar permanece no lago.

Ele fala com uma voz baixa:

– Qual é o significado dessa história?

Olho para suas costas, notando o tremor em seus ombros franzinos.

– Não há um significado exato, só um... sentimento, talvez.

– E qual é?

– Que não há lugar longe o bastante para o perdão. Não quando ele vem de alguém que te ama.

Pelo menos, foi isso que entendi quando ouvi essa história. Eu queria acreditar que, mesmo se um de nós cometesse um erro, meu irmão sempre me perdoaria, e eu sempre o perdoaria.

– Eu nunca serei perdoado pelo que fiz – diz o Deus do Mar.

Ele tira a mão do lago e a coloca sobre a testa. A água escorre por seu rosto, passando como lágrimas por seus olhos fechados.

– Estou com dor de cabeça. Me deixe.

– Espere – digo. – Você precisa saber de uma coisa. Meu povo...

O dragão levanta a cabeça em meio à névoa e sopra um vento frio na minha cara.

Perco a consciência e acordo em um jardim vazio com Shin a meu lado.

– Mina. – Ele se levanta com dificuldade, afastando os últimos vestígios de sono. Sua voz está tomada de preocupação. – Você está bem?

– Estou... estou bem – respondo, surpresa com sua presença. Quando Shin estava dormindo, ele parecia vulnerável e me senti protetora. Mas agora sou eu que me sinto estranhamente exposta.

Assim como na manhã em que descobri que ele tinha voltado para buscar o barquinho de papel, um sentimento esquisito se aloja em meu peito. É como se meu coração estivesse preenchido. Algo mudou entre nós naquele dia, ou talvez na noite anterior, quando levamos o desejo para a deusa. Eu só não estou pronta para nomear esse sentimento ainda.

Olho para o lado.

– O Deus do Mar estava bem aqui, Shin. Eu estava em seu sonho.

Shin não fala nada, apenas franze as sobrancelhas.

– O que significa isso? – pergunto.

– Não sei – responde ele, então acrescenta, hesitante: – O Deus do Mar nunca apareceu para nenhuma noiva antes.

Ao nosso redor, a névoa se dissipou.

– Vamos voltar, Mina. Já ficamos aqui muito tempo.

Ele pega minha mão, e parece natural encostar minha palma na dele, me reconfortando em sua solidez constante. De mãos dadas, o Fio Vermelho do Destino desaparece completamente. É como se estivéssemos no reino mortal, onde o destino é invisível aos nossos olhos.

18

Kirin e Namgi estão nos esperando na doca quando voltamos para a Casa de Lótus.

— Chegou uma carta enquanto você estava fora — diz Kirin a Shin, entregando-lhe um pergaminho. — Da Casa do Grou.

Shin desenrola o barbante e abre a carta. A mensagem é curta e foi escrita em uma caligrafia elegante e cheia de volteios.

— Lorde Yu afirma ter informações sobre a traição de lorde Bom. Está pedindo para irmos vê-lo imediatamente — diz ele.

Viro-me para Namgi:

— Na minha primeira noite no Reino dos Espíritos, você me disse que a Casa do Grou era o lar dos estudiosos.

— Isso mesmo — Namgi assente. — A casa do Grou é o lar dos maiores estudiosos que já viveram.

— Então... — Viro-me para Shin: — Posso ir com você? Queria falar com um deles ou com o próprio lorde Yu sobre o Deus do Mar. Talvez alguém conheça o passado dele.

Shin parece hesitar, então Namgi diz:

— Comigo, Kirin e você, Mina estará segura.

Shin concorda, apesar de estar um pouco relutante, e vou depressa até o pavilhão para me trocar, já que meu vestido ainda está cheirando a limo. Coloco um outro mais enfeitado, com a parte de cima azul-clara e a saia cor-de-rosa. Mantenho o punhal da minha tataravó em volta do pescoço e minha pedra entalhada com a flor de lótus, dentro de uma bolsa de seda amarrada à cintura.

Sigo com Shin, Namgi e Kirin para a Casa do Grou, que fica a nordeste do palácio. O sol poente ilumina os edifícios com um brilho dourado e difuso. Espíritos carregando longas varas entram e saem, acendendo as velas de seus lampiões.

Shin e Kirin logo começam a discutir, provavelmente discordando sobre a tática para expor lorde Tigre.

O ar reverbera com um ruído baixo, como se houvesse uma grande cachoeira nas proximidades.

– Como era o Deus do Mar? – pergunta Namgi, caminhando a meu lado.

Lembro da expressão dele olhando para o lago.

– Ele não era nem um pouco como eu esperava. Ele estava... melancólico, como se tivesse perdido algo e esquecido o quê.

Namgi chuta uma pedra solta.

– O dragão estava com ele? Eu daria tudo para vê-lo de novo.

O desejo está evidente em sua voz. Seu perfil se destaca nas sombras das velas. Lembro do que ele me disse antes – que os Imugis, sua espécie, enfrentam batalhas sem fim na esperança de um dia se tornarem dragões.

– Quais são as diferenças entre os Imugis e os dragões? – pergunto.

– São poucas, mas são enormes. Os Imugis são criaturas de sal e fogo, e os dragões, de ar e água. Enquanto a magia de um Imugi arde forte e rápida feito uma estrela cadente, o poder de um dragão é como um rio lento e constante, mas sem limites. Dizem que a pérola de um dragão pode realizar qualquer desejo. Os dragões são três vezes maiores que os Imugis, e são universalmente benevolentes e bons. Não são como os Imugis, considerados criaturas cruéis.

– Mas Namgi, *você* é um Imugi – falo devagar.

Namgi dá risada.

– Sim, eu sou!

Um cardume de carpas se afasta, em pânico. Na nossa frente, Kirin se vira para pousar os olhos prateados em Namgi, atraído por sua risada.

– Talvez a maior diferença – continua Namgi – seja que os dragões são criaturas solitárias, enquanto os Imugis vivem em grupo. Assim como os lobos, nós vivemos e morremos com nossos irmãos, e raramente ficamos sozinhos. Sou o único rebelde que conheço. A maioria dos Imugis não sobreviveria sem um bando.

Namgi deve ter notado minha expressão, porque estica o braço para dar batidinhas suaves no meu ombro.

– Não se preocupe, Mina. Eu tenho Shin e Kirin, e eles são os irmãos de que preciso.

Olho para Kirin para ver se ele ouviu, mas ele está longe.

Chegamos à Casa do Grou, uma imensa fortaleza preta e branca com vários andares e um telhado curvo no formato das asas de um grou. Um criado também vestido de preto e branco nos conduz a uma sala elegante com um piso de carvalho lindamente polido. De ambos os lados de uma longa mesa estão prateleiras forradas de pergaminhos empilhados meticulosamente e livros encadernados com linha.

É uma biblioteca. Deve haver centenas, milhares de histórias aqui – narrativas, mitos, poemas e canções. A memória dos espíritos e dos deuses podem ser nebulosas, já as dos livros, não. As histórias são eternas. Talvez em um desses pergaminhos esteja a história do Deus do Mar, do que aconteceu há cem anos que fez com que ele sucumbisse a esse sono sem fim.

No jardim, ele disse que nunca seria perdoado pelo que fez. Mas o que foi que ele fez? Se ele se sente culpado por ter abandonado seu povo, por que não volta para nós?

A empolgação de ver todos esses livros diminui diante da avassaladora perspectiva de ter que vasculhar cada um em busca de uma pista sobre o passado do Deus do Mar. Mesmo se eu tivesse um ano, seria impossível.

O criado, que saiu para informar lorde Grou de nossa chegada, volta.

– Meu senhor vai recebê-los agora.

Kirin dá um passo à frente, mas Shin balança a cabeça.

– Fique com Mina – ordena ele. – Namgi vai comigo encontrar o lorde Grou.

Os lábios de Kirin se comprimem, mas ele só faz uma reverência.

Shin se vira para mim, suavizando o olhar:

– Depois que lorde Grou e eu terminarmos, vou te chamar para falarmos com ele. Juntos.

– Obrigada, meu senhor – digo, então faço uma reverência, julgando que é o apropriado.

Shin e Namgi seguem o criado para fora da sala. Eu fico ali e vou em direção à prateleira mais próxima, correndo os dedos pelos pergaminhos ora suaves, ora ásperos.

É evidente que Kirin está irritado por ter sido deixado comigo, e ele não abre a boca. Eu também não estou muito satisfeita. Ao contrário de Namgi, todo acolhedor e animado, Kirin é tão frio quanto seus olhos prateados.

Mas seu sangue era quente. Eu me lembro de senti-lo se derramando sobre a minha ferida até a dor passar completamente.

– Nunca te agradeci direito por ter curado minha queimadura – digo, me movendo para ficar de frente para ele. – Obrigada. Sou grata de verdade.

– Não fiz isso por você.

Suspiro, aliviada pelas mulheres da minha família terem uma couraça mais grossa que a maioria das pessoas. De qualquer forma, as palavras de Kirin são muito menos dolorosas do que a queimadura que consegui no fogo da deusa.

– Você é um deus? – pergunto, pensando na magia de seu sangue. – Ou uma besta de algum mito?

– Não sou um deus.

O que significa que ele é uma besta de algum mito. Mas não uma serpente marinha. Na noite em que cheguei, quando os servos da deusa surgiram, os irmãos de Namgi o chamaram de Prateado, dizendo que os Imugis tinham massacrado até o último ser de sua espécie.

Meu senso de autopreservação me diz para não trazer *isso* à tona.

– É estranho pensar que Namgi é da mesma espécie que aquelas serpentes marinhas, que pareciam tão cruéis e horríveis. Namgi sempre foi amável comigo. – Faço uma pausa, acrescentando com um sorriso: – E talvez um pouco travesso.

Kirin balança a cabeça.

– Nunca confie em um Imugi.

Olho para ele.

– Confio em Namgi.

– Então você é uma tola.

Faço uma careta, magoada por Namgi, que meia hora atrás estava falando afetuosamente sobre Kirin.

– Confio em Namgi muito mais do que em você – digo. – Ele é direto e sincero. Ele me contou como conheceu Shin e por que o serve. Já você não me contou nada sobre si.

Hesito, me perguntando se fui longe demais com minhas palavras impulsivas. Kirin parece mesmo chateado. É o primeiro sinal de emoção que vejo nele.

– Só porque sou antipático, você acha que sou desleal – diz ele com uma voz fria. – Mas eu sirvo Shin há muito mais tempo do que Namgi. Nunca houve um momento em que eu não estivesse ao lado dele. Ele é meu líder, mas, mais do que isso, é meu amigo. Confio minha vida a ele.

Ele faz uma pausa, então me olha com uma expressão de horror.

– Não acredito que você me irritou a ponto de eu querer me defender contra as suas afirmações ridículas.

Dou um passo à frente, virando-me para ele e abrindo um largo sorriso.

– É mais fácil falar com você sabendo que é um pouquinho humano.

Sei que disse algo inadequado quando o sorriso relutante em seus lábios desaparece.

– *Não* sou humano – diz ele com frieza.

Durante a meia hora seguinte, nenhum de nós fala uma palavra. Avanço entre as prateleiras, que são muito mais longas do que eu pensava. Seria realmente impossível examinar cada pergaminho e cada livro, mesmo se o método de organização utilizado fosse claro. Enquanto caminho, percebo que a sala é bem maior do que a visão da Casa do Grou sugeria do lado de fora, parecendo mais alta do que larga. Ela é ao mesmo tempo parecida e diferente da Casa da Lua, cuja sala onde a deusa residia era minúscula em comparação com a aparência dela do lado de fora.

Sigo explorando a biblioteca, virando as esquinas que encontro, até que, no final de uma fileira particularmente longa de estantes, vejo uma porta. Fico surpresa, pois pensei que a biblioteca estava toda concentrada em uma sala única. A porta está entreaberta. Dou uma olhada e vejo uma pequena escadaria que leva ao andar de baixo.

Sei que devo voltar. Se Shin me chamar e descobrir que não estou onde deveria, não vai ficar nem um pouco satisfeito. Só que esta é a Casa do Grou, o lar dos estudiosos. Que mal poderia haver em um lugar como este?

Atravesso a porta, desço a escada com cuidado e entro em um corredor estreito e mal iluminado por lampiões com velas de chama fraca. Em ambos os lados, há salas destinadas à leitura e à escrita, e outras atividades similares, repletas de rolos de pergaminho, tinta e pincéis.

No final do corredor, há um escritório privado, maior do que o resto. Nas paredes, pergaminhos de poesia estão pendurados ao lado de pinturas da natureza. A escrivaninha está posicionada no fundo, diante de um biombo de papel.

É um biombo lindo, quatro vezes mais comprido do que o do quarto de Shin, com o dobro de sua altura. Cada painel retrata o estágio de vida de um grou. A primeira tela mostra seu nascimento, e a última, seu voo. O único ponto de cor na pintura é o vermelho vivo de sua coroa.

– Desculpe. Não estava preparado para receber visitas, senão teria me arrumado um pouco.

Eu me viro e me deparo com um estudioso alto e idoso parado na porta.

– Lorde Yu – digo, reconhecendo-o daquela primeira noite na Casa de Lótus. Faço uma grande reverência. – Perdoe minha intromissão. Eu estava esperando na sala de cima e encontrei uma escada...

– Pareço ofendido? – pergunta lorde Yu. – Venha, sente-se, por favor. – Ele acena para a mesa baixa na frente do biombo de papel. Em seguida, vai até um armário lateral e pega uma bandeja com uma garrafa e duas xícaras de porcelana. – Gosta de bebidas alcóolicas?

– Nunca tive a oportunidade de descobrir – respondo, me acomodando no assento diante dele.

Ele ergue a garrafa e despeja o líquido dourado em uma das xícaras. Pego-a com ambas as mãos e viro o rosto para bebê-la de uma vez, como vi meus irmãos fazendo. O licor é amargo.

– Agora – diz lorde Grou –, conte-me quais são as suas perguntas.

Devo parecer surpresa, porque ele acrescenta:

– Você deve ter perguntas para as quais busca respostas, sendo uma jovem de uma pátria em perigo e uma noiva do Deus do Mar com um mistério a desvendar.

— Então você deve saber qual é a minha pergunta antes mesmo que eu a faça.

— Ainda assim, você precisa perguntar para que eu possa responder.

— Como posso quebrar a maldição do Deus do Mar?

— Você não precisava me procurar para encontrar a resposta a essa pergunta. Ela está no mito: *Somente a verdadeira noiva do Deus do Mar pode dar um fim à sua fúria insaciável.* A noiva que compartilhar o Fio Vermelho do Destino com ele é quem tem o poder de quebrar a maldição.

— Não entendo – digo, frustrada. – Toda noiva chega com um Fio Vermelho do Destino.

Lorde Yu enche as duas xícaras e empurra a minha para mim. Ele não fala até que eu tenha bebido todo o líquido dourado.

— Todas as noivas compartilham o Fio Vermelho do Destino com o Deus do Mar, mas isso é só um feitiço para protegê-lo. Senão, lorde Shin não conseguiria cortar o destino, como faz todos os anos. Afinal de contas, o verdadeiro destino não pode ser quebrado com a lâmina de uma espada.

Assinto devagar; a deusa-raposa também disse isso.

Lorde Yu continua:

— A noiva que o amar e que for correspondida será a única com o poder de transformar o mito em realidade. Se esse destino se concretizar, será invisível para todos, exceto para o Deus do Mar e sua noiva.

Instintivamente, meus olhos disparam para o Fio Vermelho do Destino que me conecta a Shin. *Um destino invisível.* Lorde Grou não parece perceber, e me serve mais uma xícara.

— Então não tem jeito – digo. – Até que a noiva predestinada seja lançada no mar, o Deus do Mar não vai acordar.

Mais garotas serão sacrificadas. Mais vidas serão perdidas nas tempestades.

— Não é assim – diz ele. – É possível *criar* tal destino. Afinal, o apego, ou o que os poetas estudiosos chamam de amor, também é uma escolha. Duas pessoas podem se escolher por necessidade. Ou por dever. Dessa forma, até mesmo o Fio Vermelho do Destino pode ser desfeito, se uma parte formar uma conexão mais forte com outra pessoa.

Você tem um mês para descobrir como salvar o Deus do Mar, e eu tenho um mês pra descobrir como me livrar de você. Esta é a resposta que Shin está procurando.

Lorde Grou empurra a xícara para mim. Essa é a terceira ou a quarta dose? Quando vou pegá-la, sou tomada por uma leve vertigem.

— Você já tem sua resposta sobre como quebrar a maldição. Forme um Fio Vermelho do Destino com o Deus do Mar. Isso se ainda não o tiver formado com outra pessoa.

Levanto a cabeça, atenta à mudança em seu tom. Ele estava falando em uma cadência rítmica quase hipnotizante, como a usada por contadores de histórias. Mas agora há algo falso em sua voz, uma centelha de avareza.

Seus olhos pousam em minha mão.

— Ouvi um boato curioso que diz que Shin, assim como o Deus da Morte, Shiki, se viu preso em um destino inesperado.

Ele avança de repente e agarra meu pulso. Tento me afastar, mas sua mão é firme e forte para um idoso. Entretanto, esse foi o meu erro: pensar que ele era outra coisa que não um espírito com uma força desumana.

No mesmo instante, o Fio Vermelho do Destino começa a se agitar. Algo deve estar acontecendo do outro lado. *Shin!* Será que ele também está sendo atacado?

Com o coração acelerado e a cabeça nublada pelo álcool, tento soltar a mão. Por que lorde Grou está aqui comigo quando deveria estar com Shin?

— Enviei uma carta para a Casa de Lótus com a intenção de separar Shin de você — revela lorde Grou. — Fiquei furioso ao descobrir que você veio com ele até aqui. Para minha sorte, você se separou do Prateado. Já se passou muito tempo desde que fui humano. Eu era idiota desse jeito?

— Você ainda é um idiota — solto —, se está pensando em matar Shin através de mim. Afinal, enquanto eu estiver sangrando no chão, Shin estará bem vivo e vai se vingar.

Minhas palavras devem tê-lo atingido, porque lorde Yu parece vacilar. Sua mão em meu pulso afrouxa.

Aproveito a oportunidade, pego meu punhal e golpeio o ar entre nós. Lorde Yu uiva, cambaleando para trás com a mão na bochecha, onde minha lâmina deixou sua marca.

Caio no chão no instante em que alguém grita no corredor e a porta se abre.

19

Shin irrompe na sala. Ele olha para mim, para a mesa tombada e o jogo de chá espatifado no chão, e uma fúria inacreditável parece dominá-lo. Ele agarra lorde Yu pelo colarinho e o joga contra a parede.

– Eu devia matá-lo por isso!

Lorde Yu parece quase contente quando diz:

– Você a encontrou mais rápido do que pensei. É quase como se você tivesse sido guiado por um destino invisível. Não tinha certeza antes, mas agora tenho.

– Mina! – Namgi se aproxima e me ajuda a levantar. – Está ferida?

Do corredor, ouço sons de luta: gritos e aço contra aço. Kirin deve estar enfrentando os guardas.

– Estou bem – digo. – Eu o cortei com o meu punhal. – As bochechas de lorde Yu estão jorrando sangue agora.

– Vamos embora – diz Shin, largando lorde Yu no chão. Ele se vira para mim. Estremeço quando sua mão envolve meu pulso.

Ele arregaça a manga do meu vestido. Um grande hematoma se formou no lugar onde lorde Grou me segurou.

Ele avalia o machucado sem falar uma palavra, mas seus olhos parecem ficar ainda mais escuros. Então se afasta e saca a espada.

Namgi o segura por trás.

– Shin, pare! Lorde Yu é o líder da Casa do Grou. Nem você pode matá-lo sem enfurecer as outras casas. Temos que ir antes de sermos dominados.

Como se para fazer jus às palavras de Namgi, ouvimos um grande estrondo no andar de cima; os guardas da Casa do Grou estão se reunindo para defender seu senhor e seu lar.

Shin se aproxima de mim novamente e pega minha mão.

No corredor, Kirin está parado diante dos corpos inconscientes de cinco guardas. Suas vestes brancas estão imaculadas, como se ele não tivesse acabado de sair de uma briga.

– Lorde Shin... – começa ele, mas Shin passa direto.

Sou tomada pela culpa – se eu não tivesse deixado Kirin, isso não teria acontecido. Ainda assim, não me arrependo por ter tomado as decisões que me levaram até lorde Yu. Embora seja um traidor, ele falou coisas úteis.

Shin e eu atravessamos em silêncio o longo corredor de volta para a biblioteca, saindo sem resistência pelas grandes portas que nos receberam há menos de uma hora.

O rosto dele está rígido e sua expressão é sombria. Ele não solta minha mão até que tenhamos caminhado uma longa distância.

– O que aconteceu depois que você me deixou? – pergunto. Olho para trás e vejo Namgi e Kirin separados, vigilantes.

– Lorde Bom estava lá quando cheguei. – Shin balança a cabeça. – Mas estava com seus soldados. Era uma armadilha. Grou e Tigre estavam trabalhando juntos. Eles queriam me manter ocupado até que pudessem colocar as mãos em você. – Ele grunhe, claramente frustrado consigo mesmo. – Eu devia ter previsto isso. Você está em perigo por minha causa.

Eu deveria lhe contar o que descobri com lorde Grou – que a maldição do Deus do Mar pode ser quebrada se ele formar um Fio Vermelho do Destino com uma noiva. Consequentemente, o destino de Shin e o meu podem ser desfeitos se um de nós formar uma conexão mais forte com outra pessoa.

A resposta parece clara: para que ambos tenhamos o que queremos, eu devo formar um laço com o Deus do Mar. Assim, Shin ficará livre, e meu povo será salvo. O caminho que devo escolher está bem diante de mim.

Então por que me sinto perdida?

Conforme caminhamos, percebo um som baixo e retumbante. Também o notei ao longe a caminho da Casa do Grou. Está mais alto agora; sinto meus ossos vibrando em resposta. O ar fica mais frio e uma névoa pesada sobe até meus tornozelos. Um vento gelado agita os fios da minha trança solta, desfeita no tumulto.

– É uma cachoeira? – pergunto.

Shin para, tira o manto e o coloca sobre meus ombros. Paro de tremer no mesmo instante, aquecida pelo calor de seu corpo.

– É o rio.

A forma como ele fala sugere que não se trata de um rio qualquer. A névoa aumenta e se adensa. Ajeito o manto de Shin em torno de mim, respirando cristais de gelo, que ficam presos na minha garganta. À nossa frente há um rio envolto em névoa. Não é muito largo – posso ver a outra margem –, mas é barulhento, e a corrente forte golpeia grandes objetos na superfície.

– O que é...

Eu me aproximo da margem. Levo um tempo para entender o que estou vendo: uma mão pálida, um rosto exangue. Os objetos não são entulho, mas *pessoas* flutuando no rio, os corpos meio afundados. Conto quatro, cinco, seis indivíduos, e esses são apenas os mais próximos. Outros vão sendo trazidos pela correnteza, e muitos outros já foram levados. Estão todos imóveis. Imóveis demais...

Vislumbro uma agitação. No meio do rio, uma criança está lutando contra a correnteza. Seus gritos são fracos, quase abafados pelo golpe das águas. Seus braços desesperados se erguem, irrompendo na superfície apenas para serem sugados novamente, exaustos demais para se sustentarem.

Inclino-me para a frente, mas Shin me segura.

– Você não pode entrar no rio. A correnteza está forte demais, você vai ser arrastada.

– Preciso ajudá-la.

– É impossível. Só os mortos podem entrar no Rio das Almas.

Já ouvi falar nesse rio; Mascarada o mencionou na noite em que nos conhecemos. Ela também disse que os espíritos podem sair dali se tiverem bastante força de vontade.

Fico observando a garotinha se esforçar para manter a cabeça fora da água. Os outros estão de olhos fechados, como se dormissem, mas ela se recusa a aceitar o curso do rio. Ela quer viver.

Shin pragueja baixinho.

Sigo seu olhar para além da margem. Um homem se aproxima do rio. A distância, não consigo ver seu rosto, mas ele é alto e tem cabelos pretos na altura do ombro. As águas perto da margem se acalmam com sua presença, e ele penetra em suas profundezas. Enquanto a corrente segue com força, um círculo de águas tranquilas o rodeia.

– Quem é ele? – pergunto.

– O Deus da Morte, Shiki – diz Shin. – Um dos mais poderosos. Ele não é meu amigo.

Shiki. *Aquele com quem Shin lutou pela alma da noiva do ano passado, Hyeri.*

Movendo-se devagar, ele avança em direção à garotinha e se mantém perto dela. A menina – sem fôlego e sem forças – o avista. E retoma sua luta, mas, dessa vez, seguindo na direção dele. Ela nada devagar, mas sua vontade é forte. Ela se recusa a ceder à correnteza implacável. Até que finalmente alcança o deus, agarrando suas vestes. Ele a pega em seus braços, embalando-a. Cansada pela provação, ela se entrega.

O Deus da Morte carrega a garota para a margem oposta. No meio do caminho, ele para e se vira para nos olhar. Segurando a criança com um braço, ele usa o outro para indicar uma ponte que cruza o rio, deixando clara sua intenção. Quando Shin acena com a cabeça para mostrar que entendeu, o Deus da Morte continua caminhando pela água.

Kirin e Namgi nos esperam na extremidade da ponte.

– É seguro encontrar o Deus da Morte sozinho? – pergunta Kirin ao nos ver. Se ainda está ressentido pelo que aconteceu antes, não demonstra.

– Shin vai ficar bem enquanto estiver com Mina – diz Namgi. – Shiki tem um fraco pelas noivas do Deus do Mar.

Não sei se Shin concorda com isso, mas não discute, e segue pisando nas ripas de madeira da ponte. Nem Kirin nem Namgi tentam me impedir de segui-lo névoa adentro.

O ar está mais denso aqui do que na margem do rio. Algo me parece familiar, e me pergunto se esta é a mesma ponte em que acordei quando cheguei ao reino do Deus do Mar.

Sigo o Fio Vermelho do Destino até o meio da ponte, onde Shin está me esperando. Ele observa a névoa.

– O que tem do outro lado do rio? – pergunto.

– A Casa da Estrela – diz Shin –, o lar do Deus da Morte. Além dela, montanhas e névoa. A névoa fica mais espessa conforme você se afasta da cidade. Você pode ficar vagando por semanas e acabar onde começou, ou do outro lado da cidade. É por isso que perdi o rastro dos ladrões. Na névoa, é difícil manter o controle. Os espíritos vivem se perdendo, tentando encontrar um jeito de voltar para o mundo dos vivos, mas isso não é possível. Depois de descer o rio, não há mais como voltar.

Estremeço diante da ideia.

— O que você acha que Shiki quer conversar com você?

— Na verdade, não sei dizer. Da última vez que nos vimos, acabamos nos confrontando. Com palavras e armas. Eu tinha pegado a alma da noiva, como todos os anos, mas Shiki, tendo se afeiçoado à garota, exigiu seu retorno. Quando recusei, nós brigamos.

— E a alma foi devolvida a ela — digo, implicando que o resultado foi a favor de Shiki. Na minha cabeça, visualizo Hyeri observando da janela do palanquim com os olhos acesos de curiosidade e divertimento.

— Ela interrompeu a luta. Ela estava... morrendo, por ter passado tanto tempo sem sua alma. E Shiki, o Deus da Morte, não podia fazer nada. Então eu devolvi sua alma só para que ele parasse de reclamar.

— Ah — digo. — Então Shiki ganhou, no final. — Shin faz cara feia. — Por ter um amigo como você.

Shin balança a cabeça, mas não nega.

— Ele me agradeceu adequadamente. Depois que salvei a vida dela, ele me chamou de "imbecil sem alma" e foi embora. Não falei com ele nem o vi desde então.

A história de Shin revelou mais coisas do que ele pretendia. Pelo bem de Shiki, ele salvou Hyeri, permitindo que surgissem boatos e zombaria contra si mesmo.

— Como você tem certeza de que não possui alma? — pergunto.

— Toda criatura tem alma, seja dentro de si, como os humanos, seja em uma forma diferente, como as bestas dos mitos. Deuses também têm alma. A alma da Deusa da Lua e da Memória é a lua. A do Deus do Mar é o dragão do Mar do Leste. A alma dos deuses que têm casas é seu lar. A dos deuses das montanhas, dos rios e dos lagos...

— São as montanhas, os rios e os lagos — termino.

Ele assente.

– Então, quando as montanhas, os rios e os lagos são destruídos, os deuses também são. Quando os rios são poluídos e as florestas, queimadas, os deuses ficam fracos e desaparecem. Sou um deus que perdeu a alma e, com ela, todas as lembranças de quem já fui, do que eu deveria proteger. Dessa forma, eu deveria ter desaparecido há muito tempo.

A dor em sua voz é inconfundível. Ele fecha os olhos. Neste momento, quero confortá-lo, mais do que qualquer coisa, mas não sei como. Quando descobri que minha alma era uma pega, ela continuou existindo, só estava fora de mim. Ela não se perdeu. Não foi esquecida.

Penso nas várias coisas que Shin fez por mim: ele me salvou do lorde Grou, me levou até o Deus do Mar, me trouxe o barquinho de papel. Ele pode não acreditar que tem alma, mas eu acredito.

Levo a mão à cintura e pego a bolsinha de seda, virando-a para que o objeto caia na minha palma. Shin se vira, atraído pelos meus movimentos.

– Olhe, Shin – digo, sorrindo. – Encontrei sua alma.

Ergo a mão. Nela está a pedra com a flor de lótus entalhada.

Ele não diz nada por alguns minutos, e fico me perguntando se o ofendi. Então ele estica a mão, roçando os dedos na pedra e na minha palma aberta.

– Ela pode não ser tão imensa quanto uma montanha nem tão reluzente quanto a lua – digo enquanto ele ergue os olhos para encontrar os meus; vejo uma vulnerabilidade comovente em suas profundezas escuras –, mas é linda porque é como a *sua* alma: forte, resiliente e estável. E teimosa também. – Ele ri baixinho. – E valorosa, assim como você.

Shin prende a respiração.

Meu coração acelera dolorosamente.

– E aí? – digo, erguendo a mão. – Vai aceitá-la?

Só que, em vez de pegar a pedra, ele coloca a mão sobre a minha, e ela fica espremida entre nossas palmas.

– Se a aceitar, não a soltarei nunca mais.

Não é uma pergunta, mas sinto que ele está esperando minha resposta.

Então ele fica tenso, estreitando os olhos para algo além do meu ombro. Ele me puxa para o lado. E a morte surge da névoa.

20

O DEUS DA MORTE É UM JOVEM COM FEIÇÕES BONITAS – TEM NARIZ comprido e lábios grossos. Sua pele é tão branca quanto a lua, bem diferente da vibrante e divertida Hyeri, que, antes de ser sacrificada ao Deus do Mar, era famosa em todos os vilarejos do litoral por ter o sol sob a pele. Há algo de melancólico nele, nas olheiras que sugerem privação de sono, em sua expressão séria. De repente fico feliz por este Deus da Morte ter Hyeri, que costumava ser tão cheia de vida.

Ele para a alguns passos de distância.

– Meus guardas relataram ter visto você nos limites das minhas terras – diz ele com uma voz profunda e sem inflexão. – O que você estava procurando em meio à névoa?

– Ladrões invadiram minha casa – responde Shin. – Eu os segui, mas os perdi de vista nas montanhas.

– O que descobriu?

– Que o Grou e o Tigre se juntaram contra mim. Para me matar e destronar o Deus do Mar.

– Ah – diz o Deus da Morte. – Lorde Yu e lorde Bom são ambiciosos. Quanto mais espíritos chegam a este reino, mais fortes ficam suas casas. Mas a morte nunca deve ser encorajada.

Devo ter emitido algum som ao ouvir isso, porque ele se vira para mim.

– Mas você é o Deus da Morte – digo. – Seu poder não aumenta a cada morte que entra neste mundo?

– Sou um Deus da Morte, mas meu propósito está no equilíbrio entre a morte e a vida. Quando a balança pende para um dos lados, o desequilíbrio quebra a unidade dos dois mundos, o reino dos humanos e o reino dos espíritos. – Ele se aproxima do parapeito da ponte e olha para as águas se agitando abaixo. Seu rosto revela o primeiro sinal de emoção. – O rio está subindo. Ele vai acabar transbordando, trazendo consigo espíritos que não desejam ficar neste mundo. Com tantos espíritos perdidos caminhando pela cidade do Deus do Mar, o Reino do Espíritos se tornará um lugar realmente triste.

Shin franze as sobrancelhas.

– Não há como impedir que o rio transborde?

– A nascente dele fica no reino mortal, onde a vida termina e a morte começa. Como não temos controle sobre o que provoca a morte, ou seja, sobre as batalhas, a fome e as doenças, não podemos fazer muito.

– Mas e o Deus do Mar? – pergunto. – As tempestades já trouxeram tanta destruição... Os senhores da guerra estão disputando o pouco que restou, semeando o caos e deixando em seu rastro apenas ruínas. – Afasto-me de Shin para observá-los, sentindo respingos de água na nuca. – A maldição do Deus do Mar não é mais só um problema do mundo dos humanos, mas também dos espíritos e dos deuses. Precisamos consertar as coisas antes que seja tarde demais. Antes que os dois reinos sejam destroçados.

– Já vi esse olhar antes – diz Shiki. – No rosto de uma pessoa amada. Todas as noivas do Deus do Mar trazem isso consigo? É uma mistura potente: esperança, determinação e fúria.

Hyeri. Ele está falando de Hyeri.

Seu olhar se volta para Shin. Até agora, nenhum dos dois mencionou o incidente que maculou sua aliança e amizade. Instintivamente, dou um passo em direção a Shin, como se pudesse defendê-lo de quaisquer palavras cruéis.

– Temo ter sido injusto com você – começa Shiki, para nossa surpresa. – Você protegeu esta cidade quando ninguém mais podia. Enquanto os outros queriam abandonar, derrubar e até matar o Deus do Mar, você protegeu a ele e a suas noivas, mantendo a paz e a ordem deste reino. Sinto muito por várias coisas, mas principalmente por ter feito o fardo que você carrega ficar mais pesado.

Fico encarando Shiki, perplexa com seu extraordinário pedido de desculpas.

— E acho que — diz Shiki baixinho — talvez agora você me entenda um pouquinho mais.

Olho para os dois, me perguntando o que ele quis dizer com essas palavras.

— Vou me retirar agora — anuncia Shiki. Ao se virar para ir embora, ele diz para mim: — Você será bem-vinda em minha casa...

— Mina — digo.

— Lady Mina. Sei que minha Hyeri vai ficar feliz em ver você.

— Eu também ficarei feliz em vê-la. Será uma honra.

Ele faz uma reverência e desaparece na névoa.

Shin e eu saímos da ponte. Nós nos juntamos a Kirin e Namgi e seguimos para a cidade.

Está completamente escuro agora, e as ruas estão iluminadas por vários lampiões, apesar de o vento enfraquecer a chama das velas. Quanto mais nos afastamos do rio, mais quente fica, até que não preciso mais do manto de Shin. Eu o tiro e olho para ele, que caminha à frente com Kirin. Shin parece estar falando sozinho, enquanto Kirin mantém a cabeça baixa. É evidente que Kirin está sendo repreendido pelo que aconteceu na Casa do Grou.

— Não se preocupe tanto, Mina — diz Namgi, seguindo meu olhar e adivinhando meus pensamentos. — Kirin se sentiria pior se Shin não dissesse nada. Desse jeito, ele sabe exatamente onde errou e vai poder fazer melhor da próxima vez. No mínimo, Shin vai confiar nele ainda mais, já que, para compensar, Kirin ficará mais atento e responsável do que já é — acrescenta Namgi com uma voz arrastada. — Ou seja, ele vai ficar insuportável.

As ruas estão desertas, provavelmente devido ao repentino calor sufocante. As noites aqui costumam ser mais frescas.

— Mas me sinto mal por Kirin — continua Namgi. — Ele nunca se mete em problemas. Não é como eu.

— Você tem um bom coração, Namgi.

— Kirin também. — Devo parecer desconfiada, porque ele se apressa em explicar: — Ele cria laços aos poucos, mas, quando acontece, é o amigo mais leal, feroz e protetor para aqueles com quem se importa. Ele faria qualquer coisa por Shin.

— E você? — pergunto baixinho.

Namgi não fala nada, mas uma sombra cobre seu rosto.

– Quando olho para Kirin, só vejo ele, uma luz brilhando na escuridão. Quando ele olha para mim, só vê a escuridão.

Chegamos ao mercado central da cidade. Do outro lado está o palácio do Deus do Mar, se elevando debaixo de um oceano de estrelas. Centenas de barracas margeiam a rua, mas elas estão estranhamente silenciosas, sem vendedores anunciando seus produtos. Tudo à nossa volta é silêncio, e a quietude é como a morte.

– Namgi... onde estão as pessoas?

Namgi olha para o mercado vazio e para a rua deserta. Ele franze o cenho e leva a mão à espada na cintura.

De repente, uma pesada cortina de escuridão recai sobre nós. É como se uma capa tivesse sido jogada sobre as estrelas.

Olho para cima e solto um grito. Pairando acima de nós, está uma monstruosa serpente marinha com a língua bifurcada à mostra.

21

— MINA, CUIDADO!

Namgi me empurra para o lado, depois dá um salto para fora do caminho, enquanto a serpente marinha lança sua cauda para baixo, acertando os paralelepípedos onde estávamos parados. Namgi se levanta primeiro. Ele sai correndo pela rua na minha direção, mas a cobra o agarra com a cauda e o atira contra um prédio.

— Namgi! — grito, avançando apressada.

— Para trás! — berra ele, erguendo o rosto.

Paro de repente. As íris de seus olhos estão vertendo sangue, e o preto se espalha pelo branco. Uma sombra cobre seu corpo, escondendo suas feições. Sua forma escurece e se deforma, então começa a se alongar. Lanças trevosas brotam de seu corpo, e um grito terrível e desumano surge de suas profundezas sinistras.

Acima, a serpente marinha fica mais agitada, balançando a cauda para a frente e para trás. Eu me escondo atrás de uma parede em ruínas para evitar um golpe capaz de separar meu espírito do meu corpo.

Os sons da batalha reverberam por todo o mercado, onde mais Imugis avançam contra Shin e Kirin.

O rugido de Namgi é abruptamente interrompido. Viro a cabeça com tudo. Lascas de sombra emanam de seu corpo feito fumaça em um incêndio. Onde antes havia um garoto de cabelo encaracolado, agora se vê uma enorme serpente marinha enrolada sobre si mesma. Com um ruído baixo, seu corpo longo e sinuoso começa a se desenrolar e esticar, atingindo seu inconcebível comprimento máximo. Escamas pretas e vermelhas cintilam à luz da tocha.

As palavras que Namgi disse enquanto caminhávamos pelo mercado ficam ressoando em meus ouvidos. *Na forma da minha alma, sou uma poderosa serpente marinha. Ela é como um dragão, só que sem sua magia.* Ainda assim, a alma de Namgi é diferente dos Imugis pairando sobre nós, com suas feições de cobra, buracos no lugar das narinas e olhos vermelhos. As feições de Namgi lembram as de um dragão. Seus olhos são os de sempre, profundamente negros cintilando travessura.

Namgi ergue a cabeça e solta um grito angustiante. Uma luz escarlate vai subindo por sua garganta e irrompe de sua boca em um fogo negro, envolvendo o inimigo Imugi em sua explosão. Em seguida, ele levanta voo, e é como se estivesse sendo carregado pelo próprio vento. Os dois Imugis colidem, abrindo suas poderosas mandíbulas. As presas de Namgi rasgam a pele frágil da criatura menor. Gotas espessas de sangue viscoso escorrem das grandes feridas e chiam quando atingem a terra.

Minha atenção é desviada da batalha. Ouço um som agudo de algo se aproximando rapidamente, zumbindo no ar. Por instinto, me abaixo. O virote de uma besta voa sobre minha cabeça e se aloja em uma tábua de madeira. No topo de um telhado do outro lado da rua há uma figura agachada – é o ladrão parecido com uma doninha que vi naquela primeira noite. Ele me olha com um sorriso de escárnio, presunçoso, embora tenha errado o alvo.

Então me lembro de seu companheiro, o ladrão parecido com um urso. Braços envolvem meu pescoço, me erguendo do chão e me arrastando para as sombras de um prédio. Enfio as unhas nele, mas meu oponente é forte. Esforço-me para respirar enquanto meus braços enfraquecem e minha visão escurece nas bordas.

De repente, o ladrão-urso me solta, uivando de dor. Eu me viro e tenho um vislumbre borrado de Mascarada, pulando para longe das costas dele, onde ela enfiou uma faca até o cabo.

– Venha, Mina! – grita ela, pegando minha mão. Corremos pelas ruas labirínticas. Acima de nós, Namgi e seus irmãos estão travando uma batalha feroz.

Aqui e ali, vejo um rosto espiando atrás de uma janela, que se fecha rapidamente toda vez que Mascarada e eu passamos. Quando estamos longe o suficiente, ela dispara na direção de um prédio, me puxando consigo.

Eu me inclino, apoiando as mãos nos joelhos para recuperar o fôlego. Estamos em uma loja de penhores, e as prateleiras estreitas exibem uma variedade de itens: peças de cerâmica, papel e até fogos de artifício enfiados em cestos de tecido. Mascarada vai até um barril e pega duas adagas.

Ela me oferece uma; a lâmina tem o dobro do comprimento do meu punhal.

– Sabe usar isso?

– Sei um pouco – digo, testando seu peso em minha mão. – Minha avó me ensinou.

Mascarada sorri, estreitando os olhos atrás dos buracos de sua máscara. O som de passos se aproximando do lado de fora nos dá um aviso rápido antes que Dai irrompa na loja com Miki nas costas.

– Você está bem, Mina? – pergunta ele. – Ela está bem, Mascarada?

– Ela está bem. Eu também, obrigada por perguntar!

Miki fica me encarando com os olhos arregalados e cheios de lágrimas.

– É perigoso pra vocês dois estarem aqui – digo. Miki pode ser apenas um bebê, mas Dai também não passa de uma criança. – Se escondam.

Dai não discute. Ele vai até um canto nos fundos da loja, se agacha e murmura uma canção de ninar suave quando Miki começa a chorar. Juntas, Mascarada e eu empilhamos cestas na frente deles para impedir que vejam a batalha.

O Fio Vermelho do Destino vibra pela sala, virando para a esquerda. Shin e Kirin devem estar enfrentando os Imugis, assim como Namgi. Meu estômago se revira, sentindo a punhalada do medo só de pensar em Shin lutando contra aquelas bestas monstruosas.

Ouço um barulho alto na parte da frente da loja. Então a luz de um lampião se espalha pela escuridão do recinto.

– Passarinha – cantarola a voz do ladrão-urso. – Por ter fugido, você vai receber uma morte bem lenta. E sua amiga, uma morte ainda mais lenta que a sua.

Antes, os ladrões queriam roubar minha alma. Agora, o urso e a doninha são assassinos que querem me exterminar totalmente.

Mascarada cutuca meu ombro, chamando minha atenção. Ela aponta para si e para as prateleiras à direita, depois para mim e para a esquerda. Assinto para indicar que entendi. Nós nos separamos e saímos andando silenciosamente pela loja bagunçada. Mantenho-me rente ao chão, escondida por baús de madeira e caixotes empilhados. No final da fileira, pressiono as costas contra uma prateleira e observo ao redor. O assassino está parado em frente à porta, com uma espada em uma mão e um lampião na outra.

— Parece que um número considerável de pessoas deste reino quer te ver morta. Lorde Grou é um, mas também tem a grande mestra dos Imugis. O que você fez, passarinha, para atrair a ira de uma deusa?

Eu também gostaria de saber.

Mascarada solta um grito de batalha, saltando de uma prateleira alta. O assassino-urso se vira e levanta a espada. As armas deles colidem, emitindo um som que lembra um sino.

Logo ela cai no chão e sai rolando, acertando as pernas do assassino com sua adaga. Com um berro, ele solta o lampião, que se estilhaça sobre uma pilha de pergaminhos, incendiando-os. Antes que ela escape, ele agarra sua trança, puxando sua cabeça para trás. Sua máscara escorrega e, por um momento, vejo suas bochechas rosadas e sua boca carnuda formando uma careta.

Também solto um grito de batalha e avanço com tudo. Ele liberta Mascarada para poder me enfrentar. Sinto o impacto de nossas armas em uma dor aguda subindo por meu braço. O fogo se espalha a nosso redor, transformando o lugar em um inferno.

— Mina!

Giro o corpo e vejo Mascarada recuperada, segurando um monte de fogos de artifício, deixando clara sua intenção.

O assassino se prepara para outro ataque. Dessa vez minha adaga emprestada se despedaça ao se chocar com a arma dele. O homem ergue a espada com um sorriso triunfante no rosto.

Dai salta para a frente, agarra o braço do assassino-urso e o morde com força. Com um uivo de dor, ele derruba a espada. Eu a pego depressa, mergulhando-a em suas vestes pesadas, prendendo-o o chão.

— Agora! — grito.

Mascarada acende os fogos de artifício, que explodem fazendo um barulho estrondoso.

Saímos pela porta da frente, meio chamuscados e tossindo por causa da fumaça pesada. A loja está em chamas.

Do lado de fora, abraço Dai e Miki com força. Se não fosse por eles e por Mascarada, eu certamente estaria perdida.

– Rápido – diz Mascarada, nos puxando para uma barraca. – Não podemos ficar aqui na rua. Precisamos encontrar abrigo.

Dai pega minha mão e seguimos atrás dela, que já saiu na frente e está espiando em uma esquina.

Ela se vira de repente com uma expressão de pânico em sua máscara de avó.

– Cuidado! – grita ela.

Uma enorme serpente marinha irrompe entre os prédios à nossa direita. Sua cauda chicoteia em nossa direção, me jogando para um lado, Dai e Miki para o outro.

Sou lançada contra a parede de um prédio, levantando poeira com a colisão. Tusso, desorientada, enquanto meus ouvidos zumbem insistentemente. Um grito de dor me arranca do estupor. Dai. *Miki*. Levanto-me depressa.

A uma curta distância, a serpente encurralou os dois contra um edifício, cercando-os com seu corpo enrolado. Eles não conseguem se mexer. Vejo o instante em que Dai percebe o mesmo. Ele leva a mão ao ombro e retira as alças da mochila, trazendo Miki até seu peito. Ele se vira para a parede do prédio, ficando de costas para a enorme serpente. Fico olhando horrorizada enquanto ele se inclina sobre Miki, protegendo o corpinho dela com o seu.

A serpente levanta o rabo e o lança para baixo.

– Não! – grito.

Dai também grita. Um golpe o atinge com força. Ele cai de joelhos, com Miki ainda firmemente segura em seus braços.

– Não! Por favor, pare! – imploro, avançando na direção deles.

A serpente o golpeia mais uma vez.

– Pare! – Olho em volta, desesperada. – Alguém, por favor, nos ajude…

Ouço um assobio agudo. Uma flecha dourada desce do céu, cravando-se fundo no pescoço da serpente. Ela se contorce, uivando. Outra flecha acerta sua garganta, interrompendo seu grito. Ela treme e desaba, transformando-se em um homem de olhos vidrados e frios.

Uma grande besta surge do céu. A criatura parece um cavalo com cascos de fogo, e está carregando uma mulher. Ela está esticando a corda de um grande arco feito de chifre. Seu cabelo vai até a cintura. Seus olhos são como velas acesas. Um raio de luz explode e lança sua silhueta na escuridão. Ela é o ser mais impressionante, terrível e apavorante que eu já vi. Ela vira sua montaria lentamente, o olhar brilhante fixo em mim.

– Deusa! – grita Shin do telhado do prédio mais próximo, onde está com Kirin. Ambos ostentam sinais da batalha em suas roupas rasgadas e nas espadas pingando sangue. – Chame seus servos – ordena ele –, e saia desta cidade.

Servos? Então *ela* é a Deusa da Lua e da Memória. Mais Imugis surgem acima dela no céu. Mas, se ela é a mestra deles – olho para o homem caído no chão, cujo corpo está desaparecendo devagar –, por que matou um dos seus?

– Me dê a garota – diz a deusa – e vou embora em paz.

– Já falei para o seu servo, Ryugi. Lady Mina não é mais a noiva do Deus do Mar; é minha noiva.

A resposta parece desagradá-la mais do que acalmá-la, e ela segura o arco com mais força.

– Então por que ela caminha pelos jardins do Deus do Mar? Por que ela lhe conta histórias para seduzir seu coração? Sua noiva, noiva do Deus do Mar... não importa. Ela é minha inimiga.

Devagar, ela começa a direcionar a montaria para mim. Atrás dela, Shin sai pulando de telhado em telhado, mas não vai chegar a tempo. A deusa ergue o arco, apontando a flecha diretamente para o meu coração.

Então alguém salta na minha frente e me derruba.

– Dai! – Ele coloca os braços em torno do meu pescoço, demonstrando uma força surpreendente para um menino tão jovem, ainda mais para um menino severamente ferido. Tento afastá-lo, mas ele me segura firme. Do outro lado da rua, Miki está gemendo no colo de Mascarada. – Dai, você precisa me soltar – imploro. Mas ele se recusa. Mesmo ferido e sangrando, ele só pensa em me proteger.

Levanto os olhos para a deusa, que nos observa imóvel de sua montaria. Por um segundo, posso jurar ver uma profunda melancolia em sua expressão, mas então ela abaixa o arco e seus olhos endurecem.

— Que covarde, se escondendo atrás de uma criança. Mas ele não vai estar com você sempre, e quando estiver sozinha, quando menos esperar, vou aparecer diante de você. E vou pegar o que me pertence.

Mordo o lábio para me impedir de responder. *Minha alma pertence a mim.*

O cavalo se eleva no ar. Cinzas douradas emanam de seus cascos e chiam com o vento. Ele sai galopando pelo céu, enquanto as serpentes marinhas se aglomeram ao redor da deusa.

Uma criatura se separa das outras e cai no chão. Seu corpo se encolhe e assume sua forma humana, revelando um Namgi suado e arranhado, mas vivo.

O corpo de Dai cede, e eu o seguro, acomodando-o em meu colo.

Shin se aproxima e se agacha a meu lado.

— Precisamos levá-lo para a Casa de Lótus.

Assinto, e ele o pega nos braços com gentileza.

Partimos juntos, exaustos da batalha. Mascarada carrega Miki, que está inconsolável; seu choro ecoa a preocupação em meu coração. Enquanto corremos pela rua, olho para trás uma última vez. Os lampiões da rua se apagaram durante a batalha. A única luz da noite vem da lua cheia e brilhante, eclipsada pela figura solitária da deusa.

22

Dai é colocado no quarto de Namgi, um dos dois aposentos do piso térreo do Pavilhão de Lótus – o outro pertence a Kirin. Fico esperando no corredor com Miki nos braços. Seu corpinho treme a cada poucos minutos. Começou quando ela foi tirada de Dai pela primeira vez, depois que ele a salvou dos Imugis. No caminho de volta para a Casa de Lótus, ela chorou até cansar, mas o tremor não parou. Quando ela estremece de novo, eu a abraço mais forte.

A porta do quarto de Namgi se abre e Shin sai, seguido por Kirin.

– Como ele está? – pergunto baixinho.

Kirin ajusta as bandagens da mão.

– Ele é forte para um garoto tão jovem. Vai sobreviver.

Shin estende a mão para afastar gentilmente os fios de cabelo que se soltaram da minha trança e grudaram na minha testa e nas minhas bochechas. A suavidade de seu toque quase derrete os muros frágeis que construí em volta do meu coração.

– Pensei que estivesse dormindo – diz ele. Neste momento, a aurora já deve estar despontando no horizonte.

– Quero vê-lo.

Ele assente, dando um passo para o lado. Quando cruzo a soleira da porta, ele fala com bondade:

– Ele vai ficar bem, Mina.

Tento controlar as lágrimas. Olho para ele e depois para Kirin.

– Obrigada.

Kirin hesita, e então faz um aceno com a cabeça.

Entro no quarto e Shin fecha a porta.

Uma luz meio rosada, meio amarelada se infiltra por uma janela fechada, conferindo um brilho difuso ao quarto. Mascarada está sentada no chão ao lado de Dai, o corpo inclinado para a frente enquanto dá batidinhas no cobertor ao redor dele. Eles estão conversando aos sussurros e não notaram minha presença.

— Eu fiz bem, não fiz, Mascarada? — pergunta Dai. — Eu protegi as duas, como tinha prometido.

— Sim — diz ela baixinho —, você foi muito corajoso.

Em meus braços, Miki solta um murmúrio, chamando a atenção dele.

— Miki! — grita Dai, abrindo os braços e tremendo de dor logo em seguida. Então se encolhe nos cobertores.

Avanço depressa, me ajoelhando do outro lado do palete, de frente para Mascarada.

Cubro a boca com a mão.

— Ah, Dai...

Seu cabelo preto está puxado para trás, revelando hematomas ao longo da testa e da mandíbula. Seu rosto está pálido, e ele tem um corte na ponta dos lábios. Os cobertores escondem seu corpo, mas dá para ver que ele está todo dolorido pela maneira como se mantém deitado rigidamente de lado e por não tentar pegar Miki no colo.

— Mascarada estava dizendo que sou muito corajoso — diz ele. — Preste atenção, Mina. Vou precisar que você se lembre disso mais tarde, quando eu estiver melhor e ela estiver sendo malvada comigo de novo.

Mascarada dá uma risadinha, e a expressão de sua máscara é a de uma vovó sorridente.

— Concordo com ela, Dai. Você foi muito corajoso. Foi horrível ver você e Miki debaixo da sombra de um Imugi. Mas você a protegeu. E você não é muito maior do que ela.

— De vez em quando eu esqueço que sou pequeno. Eu não fui sempre pequeno assim, sabe.

Franzo o cenho.

— Não sei se entendi.

— Quando entramos neste reino como espíritos, podemos escolher a forma que quisermos — explica ele. — Se morremos jovens, podemos assumir a forma de um velho, por exemplo. Se morremos velhos, podemos assumir a forma de um garotinho. Miki morreu bebê, e nem teve chance de se imaginar mais velha. Quando decidi qual corpo eu queria, pensei nela. Pensei: "É melhor ser pequeno como ela, para saber o que ela está sentindo". Mas se sou só um garotinho, como é que posso saber como é ser uma bebezinha?

Ele ri de si mesmo. A seu lado, Mascarada solta sua risada abafada, e Miki treme em meus braços.

– Sabe quanto eu amo Miki? – continua ele. – Quando ela faz barulhinhos de alegria, meu coração aumenta umas dez vezes. Quando ela está triste, meu coração parece se partir. Eu daria minha vida por ela, até cem vezes se fosse preciso.

As lágrimas que eu estava segurando escorrem por minha face. Sei que ele seria capaz de fazer isso; hoje, ele quase fez.

– Sabe quanto eu amo Miki? Eu vim do céu pra poder ficar com ela.

– Do c-céu? – pergunto.

Ele sorri com um olhar distante.

– Além deste mundo, há muitos outros. Um deles é o céu. É lá que eu estava, sabe. Eu estava esperando minha esposa, mas Miki... ela é minha bisneta. Minha esposa nunca me perdoaria se eu a deixasse seguir sozinha pelo Rio das Almas. Então eu desci do céu, a tirei da água e nunca mais a larguei. Sei que estou mimando ela. Mas ela é minha Miki. Eu a amo.

Miki estica os braços para ele, e não posso negar seu pedido. Com cuidado, eu a coloco no colo dele.

– Ela não é pesada – sussurra ele. – Ela é bem levinha. E, se minha esposa for direto para o céu, ela só vai ter que esperar. Mas ela não vai se importar, porque sabe que eu estarei com a nossa Miki.

Do outro lado de Dai, Mascarada pega minha mão, e ficamos observando Miki apoiar a cabecinha no ombro dele. Segura em seus braços, ela para de tremer. O pequeno sulco no meio de sua testa desaparece, e ela cai em um sono tranquilo.

– Sabe quanto eu te amo, Miki? – sussurra Dai. – Nem eu sei. Meu amor por você é infinito. Profundo e infinito, assim como o mar.

De manhã, acordo com o sol no meu rosto e Dai babando na minha manga. Mascarada e Miki não estão aqui, apesar de termos pegado no sono todos juntos no pequeno palete. O rosto de Dai recuperou a cor. Ajeito seus cobertores, tomando cuidado para não acordá-lo.

Do lado de fora, vejo Miki no colo de Mascarada, observando Namgi e Nari jogarem um jogo de tabuleiro com pedras brancas e pretas. Namgi pega uma pedra preta em uma tigela e a segura acima do tabuleiro. Mascarada estala a língua em repreensão. Ele mexe a mão. Quando ela acena com a cabeça, ele a coloca no tabuleiro.

— Isso é injusto — diz Nari, pegando uma pedra branca de sua tigela. — Pensei que ia jogar com um jovem Imugi, não com uma avó.

Olho para Namgi e Mascarada. Na noite passada, vi Namgi se transformar em uma monstruosa serpente marinha, e Dai disse que ele e Mascarada não eram como suas aparências poderiam sugerir. No entanto, ao sol da manhã, eles parecem como sempre: familiares e bons.

Acomodo-me ao lado dela, e faço cócegas nos pezinhos de Miki.

— Onde estão Shin e Kirin?

— Foram até a Casa do Grou — responde Nari. — A esta altura, lorde Grou já deve estar arrependido de todos os seus erros.

Namgi dá risada, mas, conforme o dia vai passando e Shin e Kirin não voltam, fico me perguntando o que poderia estar acontecendo. Será que lorde Grou revelou a Shin o que disse para mim?

Até mesmo o Fio Vermelho do Destino pode ser desfeito, se uma parte formar uma conexão mais forte com outra pessoa. Como Shin vai reagir a isso? Desde que nosso destino se conectou, ele quis destruí-lo, temendo colocar sua própria vida em risco. Por isso ele não vai querer formar laço nenhum com ninguém. O que significa que só eu posso quebrar nosso laço ao escolher o Deus do Mar, esperando que ele também me escolha.

Logo, o dia vira noite e todos se dirigem para os próprios aposentos — Miki e Mascarada se juntam a Dai no quarto de Namgi; Namgi segue para o quarto de Kirin, onde ele vai ficar nos próximos dias, até Dai se recuperar; e eu sigo sozinha para o quarto no andar de cima.

Vou até a parede dos fundos, apanho o grande saco de dormir e o coloco no meio do chão, dando tapinhas nos cobertores até que fiquem lisos e macios. Hesito antes de pegar o biombo de papel e arrastá-lo sobre os cobertores para dividir a cama. Depois, tiro minha blusa de seda e desamarro os cordões da saia. Deixo as roupas caírem no chão antes de chutá-las para o lado. Em minha veste branca e fina, me enfio debaixo dos cobertores. Fico acordada por um tempo, prestando atenção em todos os sons do lado de fora, mas quando uma hora se passa e ninguém aparece, adormeço.

Estou sonhando com o dragão emergindo do mar com os olhos sobre mim, escuros e insondáveis, quando um ruído me faz despertar, assustada. Pisco, desorientada. A luz da lua se infiltra pela janela. As sombras das nuvens vagam lentamente pelo biombo de papel. Não deve passar muito da meia-noite.

Escuto o ruído mais uma vez. E um inconfundível grito de dor. *Shin*!

Levanto-me de uma vez, afastando o biombo. Shin está se revirando, as vestes desarrumadas. Ele deve ter chegado e se deitado sem se trocar. Verifico se há feridas visíveis, mas não encontro nenhuma. É só um pesadelo, então? O suor escorre por sua testa e seu corpo treme, como se tomado por um calafrio.

Agacho-me ao lado dele e agarro seus ombros, sacudindo-os com firmeza.

– Shin, acorde!

Ele abre os olhos.

– Mina?

Coloco o dorso da mão em sua testa.

– Você não está com febre. Como está se sentindo?

Ele começa a sentar, e eu o ajudo a se ajeitar. Depois, vou até a prateleira e pego a tigela que está lá, colocando o barquinho com gentileza ao lado. Verifico a temperatura da água com a ponta dos dedos e fico aliviada por encontrá-la gelada. Volto para Shin, mergulho um pano na água e o levo até sua testa.

– Você estava tendo um pesadelo – digo, limpando o suor. – Se lembra com o que era?

Ele balança a cabeça devagar, os olhos fixos em mim.

– Falei com lorde Grou. Ele sabe que estamos conectados pelo Fio Vermelho do Destino e confessou ter enviado ladrões para roubar sua alma. Tendo falhado nisso, ele os contratou para te matar.

Um calafrio toma meu corpo. Mascarada, Dai e eu podemos ter derrotado o assassino-urso, mas o assassino-doninha ainda está por aí.

Mergulho o pano na água mais uma vez e o levo até seu pescoço.

— Ele falou mais alguma coisa?

Ele deve ter dito a Shin que o Fio Vermelho do Destino pode ser quebrado.

— Não.

Levanto a cabeça. Os olhos de Shin encontram os meus; sua expressão é inescrutável. Será que ele está... mentindo? Mas por que ele mentiria, sabendo a verdade?

— Ele também me falou umas coisas... Disse que, para quebrar a maldição do Deus do Mar, é preciso formar uma conexão predestinada com ele, a mesma que ocorre entre amantes. Quanto ao Fio Vermelho do Destino que compartilhamos, ele disse...

— Você se enganou — ele me interrompe. — Acho que estou com febre.

Acordei desorientada, mas agora já me sinto desperta. Segundo Nari, espíritos e deuses não ficam doentes.

Shin esfrega a mão no rosto. O movimento chama minha atenção para seus antebraços e suas vestes desarrumadas, que afrouxaram durante o sono e agora revelam seu pescoço. De repente, meus ombros parecem bastante expostos sem minha blusa. Nenhum de nós está vestido adequadamente para ter essa conversa.

— Vou buscar Kirin.

Levanto-me e quase tropeço quando minha saia fica presa em algo. Olho para baixo e vejo Shin segurando-a por trás. Ele também percebe e me solta abruptamente, desviando o rosto para o lado.

Hesito, e então me ajoelho nos cobertores.

— Quer que eu fique aqui?

Ele olha para mim, e seus olhos desejosos me dão a resposta.

Eu me movo para alisar seu travesseiro. Então ele se inclina em minha direção, eu me aproximo dele, e seus braços me envolvem. Sinto sua respiração em meu pescoço enquanto ele me puxa para perto.

Parece impossível pegar no sono agora, com a tensão vibrando sob a minha pele e me causando dor, mas, por fim, sou embalada em um sono tranquilo, e cada batida do meu coração é um eco da batida do coração dele.

23

Acordo com um trovão retumbando a distância e *sabendo* com todo o meu coração o que devo fazer.

– Shin – digo, me virando para encará-lo.

Hesito. Ele está dormindo. Ao contrário da agitação da noite passada, agora ele parece em paz, as sobrancelhas relaxadas e os lábios levemente abertos. Eu daria tudo para que seu sono pudesse se prolongar um pouco mais. Mas não posso fazer isso sozinha.

– Shin – repito.

– Mina? – Ele pisca, sonolento. – O que há de errado?

– Preciso sair.

Ele franze o cenho, me observando com atenção.

– Para onde?

– Para o palácio do Deus do Mar.

Seus olhos obscurecem, mas ele concorda:

– Tudo bem.

Ele se levanta, pega um conjunto limpo de vestes no armário e sai do quarto. Apressada, visto uma saia coral e uma blusa branca e desço a escada correndo. Shin está me esperando do lado de fora com Namgi e Kirin, e o ar está coberto por uma névoa pesada. Ao leste, nuvens escuras pairam sobre as montanhas.

– Algo não está certo – diz Kirin. – Aquela tempestade não parece natural.

– Se ela está vindo das montanhas do leste – fala Namgi –, é porque vêm do mundo dos humanos. – Eles trocam um olhar inescrutável.

— Vamos — diz Shin.

A névoa se estende por toda a cidade, pairando sobre o chão feito nuvem. As portas do palácio do Deus do Mar estão fechadas, então Namgi escala o muro e joga uma corda para Shin e Kirin; eu vou agarrada às costas de Shin. Além do muro, o jardim do Deus do Mar está estranhamente silencioso. O nevoeiro nos envolve feito gavinhas fantasmagóricas estendendo-se para nos engolir.

Shin vai na frente e Namgi segue a meu lado, como sempre. Para minha surpresa, Kirin me escolta do outro lado.

— Então você decidiu o que quer — diz Kirin em um tom esquisito.

Sua animosidade é palpável.

— O que está tentando me dizer? — pergunto.

— Ontem à noite, lorde Grou estava ansioso para nos relatar o que tinha lhe contado, que o Fio Vermelho do Destino que liga você a Shin pode ser desfeito se você formar uma conexão com o Deus do Mar.

Então Shin *sabia*. Olho para ele, caminhando na frente. A névoa é tão densa que é improvável que ele esteja nos escutando.

— Não é uma decisão só minha. Shin também pode formar uma conexão com outra pessoa.

— A modéstia não combina com você. A escolha está em suas mãos.

— Meus sentimentos não são assim tão simples — sussurro.

— A indecisão também não é.

Vacilo, mas não culpo Kirin. Agora vejo sua lealdade a Shin.

— Isso não é justo com Mina — Namgi o repreende. — Não é tão fácil assim para ela seguir o coração. Ela tem um dever para cumprir com sua família, seu povo.

Kirin grunhe.

— Então eu deveria elogiá-la por seu senso de lealdade e condenar você por não o ter.

Namgi fica tenso.

— Eu sou leal.

— É por isso que você abandonou seus irmãos, sua família, seu *sangue*? Isso não o torna menos monstruoso, Namgi. — A voz de Kirin é fria e implacável. — Só o torna um traidor.

Namgi fica completamente imóvel. Depois, seus ombros se curvam, e ele parece se entregar. Ele diz, em um tom derrotado muito diferente de seu tom cordial:

– Às vezes a família não está no sangue, mas em outro lugar.

E, apesar de as palavras duras terem sido proferidas por Kirin, é Namgi quem desvia o rosto, como se estivesse magoado.

Namgi se afasta e a névoa o engole. Espero alguns minutos, e quando ele não volta, pergunto, preocupada:

– Será que devemos ir atrás de Namgi? Ele pode ter se perdido no meio da névoa.

Das profundezas nebulosas, ouvimos um grito abafado.

– Namgi! – grita Kirin, levando a mão à espada em sua cintura.

– Vá procurá-lo – digo. – Eu vou seguir o Fio Vermelho do Destino para encontrar Shin.

Ele me olha, acena com a cabeça e desaparece na névoa.

A chuva volta a cair, e logo minha roupa está encharcada. Talvez tenha sido um erro querer procurar o Deus do Mar em vez de esperar a tempestade passar, mas, no fundo, desde o instante em que acordei esta manhã, eu soube que, se eu não o procurasse agora, provavelmente nunca mais o procuraria. Posso acabar me desviando do caminho que escolhi para mim quando pulei no mar e, em vez disso, seguir meu coração.

A chuva se transforma em um chuvisco leve. Sigo o Fio Vermelho do Destino névoa adentro, vibrando no ar úmido até o pavilhão do Lago dos Barquinhos de Papel. É ali que encontro Shin, no centro da elegante estrutura de madeira. Com ele, está o Deus do Mar.

Se Shin está surpreso por vê-lo acordado, ele toma o cuidado de não demonstrar. Talvez ele tema – como eu – que o deus possa fugir, levando consigo a chance de resolver o mistério desse feitiço.

– Veio me contar mais uma história? – pergunta o deus-menino.

Ele está usando as mesmas vestes grandiosas do primeiro dia em que o vi, com dragões bordados em prata no peito. Mais uma vez, fico perplexa por ele se parecer tanto com uma criança, querendo ouvir uma história em vez de enfrentar a verdade.

No mesmo instante, me repreendo. Minha avó me daria uma bronca por pensar assim. Às vezes a verdade só pode ser ouvida através de uma história.

— Se for o que você quer — digo, apesar de não saber qual história contar.

Encontro o olhar de Shin por sobre o ombro do deus-menino. Escolho uma história de amor, a favorita de Joon.

— Muito tempo atrás, havia um lenhador que vivia nos limites de uma grande floresta. Ele era jovem, forte e bondoso. Também era bastante solitário. Uma noite, ao voltar para casa, ouviu risadas em meio às árvores. Curioso, seguiu os sons adoráveis. Debaixo de uma magnífica árvore dourada, encontrou duas donzelas celestiais nadando em uma pequena lagoa formada por pedras. Seus lindos vestidos brancos flutuavam atrás delas. Ambas haviam tirado suas asas e as pendurado em um galho baixo da árvore dourada.

Gotas pesadas começam a tamborilar no telhado do pavilhão. Levanto a voz para me fazer ouvir.

— O lenhador contou três pares de asas pendurados no galho, mas só havia duas donzelas no lago. Então, algo branco no meio da mata verdejante chamou sua atenção. A terceira donzela estava se aproximando por entre as árvores. Ela foi até o lago, mas não entrou na água. Em vez disso, olhou para as árvores, para as estrelas e fechou um olho para enxergar melhor. O lenhador se apaixonou ali mesmo. E decidiu roubar suas asas.

Tanto Shin quanto o Deus do Mar franzem o cenho, mas nenhum deles fala nada, ouvindo a história com atenção.

— Quando suas irmãs voltaram para o céu, usando suas fortes asas para subir, a donzela mais nova ficou sozinha sem suas asas. Foi aí que o jovem lenhador se aproximou, oferecendo-lhe seu manto. Ela o aceitou, encantada por sua humildade e por seu amor por ela. Eles construíram uma vida juntos. Não podiam ter filhos, já que ela não era deste mundo, mas foram felizes por muito tempo.

O Deus do Mar vira o rosto para o jardim, como se estivesse distraído.

— Mas, assim como a vida, o lenhador ficou mais velho e mais sábio. Ele percebeu que o amor que sentiu em um instante não era nada comparado ao amor construído ao longo de uma vida toda. Embora a decisão pesasse em sua alma, ele sabia o que tinha que fazer. Pois sabia que, se realmente amava a donzela celestial, ele teria que deixá-la ir.

Enquanto falo, olho para Shin. Ele tem uma expressão pungente no rosto. Respiro fundo para terminar a história.

— De noite, ele foi até a floresta e desenterrou as asas dela no local em que as escondera, debaixo da árvore dourada. Ele as colocou ao lado da esposa enquanto ela dormia e voltou à floresta para chorar.

"Na noite seguinte, ele foi para casa e descobriu que sua donzela celestial não estava mais lá, assim como suas asas. Com lágrimas nos olhos, ele saiu para olhar para o céu. Havia mais uma estrela entre as outras. E, apesar de chorar pelo que tinha perdido, ele também estava feliz. Porque soube que sua donzela celestial tinha voltado para seu lar."

À medida que pronuncio as últimas palavras, o Deus do Mar ergue o rosto para olhar para a tempestade. Ele leva a mão ao peito e enfia os dedos no tecido de sua roupa.

— Estou sentindo uma pontada na alma. — De repente, ele salta para fora do pavilhão e sai correndo em direção à chuva.

— Espere!

Vou atrás dele. Ouço Shin gritando às minhas costas, mas a chuva abafa tudo. A névoa me cerca e logo estou perdida. Tento voltar para o pavilhão, mas não faço ideia se estou indo na direção certa. Mal consigo ver o Fio Vermelho do Destino em meio à neblina pesada.

Meu pé se enrosca em algo no chão e eu cambaleio para a frente, caindo diante de uma grande escadaria — a mesma que subi quando cheguei a esta cidade. Acima dela estão os portões do palácio do Deus do Mar, cujas portas estão abertas agora. Como é que vim parar aqui, se estava no jardim?

Atrás de mim, ouço o inconfundível som de cascos batendo na pedra. Viro-me e deparo com uma figura se aproximando em meio à névoa — a Deusa da Lua e da Memória. Assim como antes, sua montaria é um grande cavalo com chamas no lugar de cascos.

— Eu avisei o que aconteceria quando te encontrasse sozinha — diz ela.

— Você disse que iria me matar.

Ela me observa com olhos frios e impassíveis.

– Não está com medo?

– Estou. Mas, me diga, você ainda ia querer me matar se eu não fosse a noiva do Deus do Mar? Se eu fosse uma criança, como Dai? Se eu fosse alguém que acreditasse que você poderia me ajudar?

– Você não é nenhuma dessas coisas.

– Sou a última.

Por um momento, seus olhos cintilam, então ela vira o rosto.

– Você está enganada.

De suas largas mangas, ela tira dois barquinhos de papel. Eu reconheço imediatamente o que está em sua mão esquerda, com pontos vermelhos e tortos. É o meu desejo.

– Como conseguiu isso?

– Sou a Deusa da Lua e da Memória. Este barco guarda a memória de um desejo que você fez.

– Você viu qual é o desejo?

Ela me observa com atenção.

– Não. Não consigo ver esta memória, porque ela está intimamente ligada à sua alma. – Estico o braço, mas ela afasta o barquinho. – O que você ofereceria por este pedaço da sua alma?

Olho para ela sem falar nada. Se esta é uma batalha de vontades, ela já ganhou, pois eu daria tudo para ter essa memória de volta, para atirá-la no fogo, onde é seu lugar. Ela enfia o primeiro barquinho na manga de sua veste e me oferece o segundo, que eu tinha momentaneamente esquecido, pensando em meu desejo.

– Este pertence a alguém que você conhece. Talvez você possa devolvê-lo.

A deusa olha por sobre o meu ombro, e eu sigo seu olhar. A chuva está tão pesada que, por um instante, não reconheço a jovem caminhando no meio do aguaceiro.

Shim Cheong.

24

Shim Cheong está usando um vestido de noiva elaborado. Suas longas mangas se arrastam no chão, e círculos vermelhos estão pintados nas bochechas pálidas da garota. Seu cabelo preto foi penteado para trás e preso com um enfeite de jade e ouro. *Por que ela está aqui?* As noivas são sacrificadas apenas uma vez por ano. Até as tempestades recomeçarem no verão seguinte, não há necessidade de mandar outra noiva, quanto mais *Shim Cheong*, que eu quis poupar com meu próprio sacrifício.

Eu me viro, mas a deusa não está mais ali para responder às minhas perguntas. Cheong solta um grito agudo ao tropeçar em seu vestido longo.

– Cheong! – Vou correndo até ela.

Ela suspira em choque.

– Mina?

Enfio o barquinho na blusa e puxo Cheong pelos braços.

– Você está bem? Está ferida?

Ela fica me olhando com seus olhos escuros e luminosos cheios de lágrimas.

– Ah, Mina... Estou tão feliz de te ver. Joon ficou arrasado quando você pulou no mar.

– Cheong, por que está aqui?

Uma palidez fantasmagórica toma seu rosto.

– Fui sacrificada.

Por um momento, só consigo encará-la, incapaz de pronunciar uma palavra.

– Mas... por quê?

– A gente pensou que tinha acabado... – Seus lindos olhos estão vidrados, aterrorizados. – Mas as tempestades voltaram muito piores do que antes. Vilarejos inteiros foram varridos pelo mar. Maridos foram separados de suas esposas, e crianças, de suas mães. O conselho dos anciões se reuniu e concluiu que acabamos enfurecendo o Deus do Mar quando você tentou me substituir. Enviaram soldados para nossa casa. Sua família lutou bravamente para me proteger. Seu Sung, sua cunhada, sua avó, a mais destemida de todos. E Joon.

Cheong engasga ao pronunciar o nome dele, e acho que ela não vai conseguir continuar, mas então ela respira fundo e segue com o relato.

– Mas eu fui levada, vestida como você me vê e jogada no mar. Quando fui capturada e levada pelas ondas, eu soube que era um erro. Uma ira como essa não pode ser amenizada com apenas uma vida. A fúria do Deus do Mar é grande demais, poderosa demais. Temo que, dessa vez, a tempestade vá destruir todos nós.

Fico olhando para ela, querendo apenas refutar suas palavras, mas sabendo que ela não falaria coisas tão terríveis se realmente não acreditasse. Penso em Namgi e em Kirin, que esta manhã disseram que a tempestade parecia sobrenatural, vinda das montanhas do leste, onde o mundo dos humanos termina e o rio começa.

Sou tomada por um pensamento horrível.

– Mina? – chama Cheong.

– Espere aqui – digo. Não quero deixá-la, mas preciso ter certeza. Seguro as saias e saio correndo para o rio.

Logo ouço o rugido de corredeiras violentas. Além da névoa, o rio aparece, bradando alto e furioso. Shiki está na margem, os olhos vazios de tristeza. Vejo famílias inteiras sendo arrastadas – mães, pais e crianças. Ao contrário da garota da noite anterior, nenhum deles luta contra a correnteza. Estão todos imóveis, como se tivessem perdido as esperanças. Por que isso está acontecendo? Por que as tempestades voltaram?

O Deus do Mar. Meu corpo é tomado pela fúria.

Viro na direção do palácio e subo a escadaria correndo até os portões abertos. Cheong grita meu nome, mas não me detenho. Disparo pelos pátios. A chuva está mais fraca aqui. Sinto-a escorrer por meu rosto e queimar meus lábios. A água tem gosto de sal. Sigo até o último pátio e entro no salão.

A chuva vaza pelos buracos no telhado e bate nas pedras geladas. O Deus do Mar está no chão ao lado do trono, as mãos segurando o peito. É o mesmo gesto que ele fez quando saiu apressado do pavilhão. *Estou sentindo uma pontada na alma.* Seria o Fio Vermelho do Destino? Só que não há nada em seu pulso, tampouco no de Shim Cheong. Se eles compartilhassem um destino de verdade, ele seria visível para ela – e ela teria notado algo tão estranho assim.

O Deus do Mar solta um grito agonizante. Corro até ele e hesito antes de tocá-lo. Da última vez, fui arrastada para suas memórias. Respiro fundo e coloco a mão em seu ombro. Uma luz ofuscante se ergue e me engole por inteiro.

Há uma parede de som, como uma floresta ao vento, e então sou libertada abruptamente.

Estou na beira de um penhasco de frente para o mar. O sol poente forma um caminho dourado de luz na água, que vai ficando cada vez mais escura.

Eu me viro lentamente, observando tudo a meu redor. O ar cheira a madressilva fresca. Uma brisa quente roça minha pele, afastando o cabelo de meu rosto.

Também temos nossos próprios penhascos, que ficam a um quilômetro e meio do nosso pequeno vilarejo. Joon e eu sempre competíamos para ver quem chegava primeiro no topo, sem fôlego e rindo.

No caminho de volta, às vezes a gente via Shim Cheong subindo, a mão agarrada com força na de seu pai. Eles levavam horas para alcançar o pequeno campo do topo, mas iam mesmo assim. A bela Shim Cheong e seu pai eram pacientes. Os olhos turvos dele nunca puderam ver o pôr do sol, mas ele adorava aqueles passeios diários ao lado da filha, e sorria quando ela lhe descrevia o mundo, tingido pela luz de seu amor.

Pisco, dissipando a lembrança.

Então o vejo encolhido na beira do penhasco. O Deus do Mar. Corro até ele e caio de joelhos. Suas vestes estão rasgadas e sujas de terra. Passo a mão pela seda, e meus dedos encontram algo quente e molhado.

Sangue. Toda a parte de trás de suas vestes está coberta de sangue.

– O que aconteceu? Quem fez isso com você? – pergunto aos gritos.

O Deus do Mar, que estava encarando o oceano, vira o rosto para mim. Seus olhos estão vidrados, e sua bela face está contorcida de dor.

– A dor não é nada – sussurra ele, com uma voz que não é a de um deus, mas a de um menino, frágil e trêmula. – A dor não é nada comparada ao que eu fiz. Eu falhei com todos eles.

– Não – digo, afastando o cabelo molhado que caiu sobre seus olhos. – Você pode consertar as coisas. Vou te ajudar. Tem que haver um jeito...

De repente, o Deus do Mar estica o braço e segura meu pulso. Seus olhos encontram os meus, e dou um suspiro de susto. Neles vejo as chamas, uma cidade inteira pegando fogo. Ele me solta, e sou arremessada para trás, e bato a cabeça no chão. Quando volto a mim, estou no salão do Deus do Mar.

Olho para cima, para o mural de dragão na parede. Então me lembro. A chuva. *A tempestade.*

Eu me levanto e vou cambaleando até ele. Examino suas vestes em busca de sangue, mas elas estão limpas, apenas molhadas da chuva.

O Deus do Mar grunhe e se senta. Avanço para ajudá-lo, mas ele levanta uma mão para me impedir.

– O que está fazendo aqui?

– Vim falar com você. Onde estávamos? O penhasco... Era no mundo dos humanos? Por que você estava sangrando?

– Pare! Sou eu que faço as perguntas aqui. Por que você me contou essas histórias tristes? – grita ele. – Quer partir meu coração? Você devia saber que ele já está quebrado há muito tempo.

– O que aconteceu naquele penhasco é o motivo de as tempestades terem começado? Foi um humano que fez aquilo com você? Foi por isso que você parou de nos proteger? Foi por isso que nos abandonou?

Ele se encolhe todo, como se quisesse bloquear minhas palavras. Então fala com uma voz baixa e cansada:

– Você diz que é a noiva do Deus do Mar, mas como pode ser, se suas palavras me enchem de vergonha? Quem está me machucando... é você.

Lá fora, um trovão estrondeia sobre o palácio. A chuva continua a cair pelos buracos no telhado, fazendo barulho no piso de madeira. Parte de mim quer ir embora, quer deixar o Deus do Mar com sua tristeza e seu destino. Mas outra parte quer ficar, porque, mesmo que eu esteja brava e frustrada, meu coração está dolorido por ele. Por vários motivos, ele me lembra Joon quando era mais novo – ele pode até ser um guerreiro agora, mas, quando pequeno, era maltratado pelas outras crianças do vilarejo. Ele tinha um coração grande e era gentil demais. Eu costumava gritar com as meninas e os meninos que gostavam de provocá-lo e ofendê-lo. Como ousavam machucar meu irmão, a pessoa que eu mais amava no mundo?

Gentilmente, me aproximo e envolvo o Deus do Mar em meus braços.

– O que você está... – protesta ele.

Eu o abraço com firmeza, emprestando-lhe meu calor e minha força.

– Quando eu era criança, eu rezava para você. Quando as tempestades surgiam e as ondas se quebravam contra a costa, eu ficava com medo, mas mesmo assim acreditava em você. Quando o mar estava calmo e meu irmão e eu brincávamos em segurança nas ondas, eu ficava feliz, e acreditava em você.

– Mas não acredita mais – murmura o deus-menino.

– Eu ainda acredito em você. Às vezes é difícil... eu duvido até de mim mesma, mas nunca duvidei de você. Como posso duvidar do mar, do vento, das ondas? Queria poder aliviar um pouco o seu fardo. Te abraçando agora, posso sentir como ele é pesado.

Ele começa a chorar, e coloco os braços ao redor de seu pescoço, como se pudesse acalmá-lo apenas com minha força.

– Queria que você soubesse que, mesmo depois de tudo, mesmo depois das tempestades e do sofrimento, meu povo sente sua falta. Nós amamos você – digo. – E sempre vamos te amar, porque você é nosso. Você é nosso mar, nossas tempestades, nosso sol raiando a cada dia. Você é nossa esperança. Estamos te esperando há tanto tempo. Por favor, volte para nós. Por favor.

Minhas vestes, que já estavam encharcadas com a chuva, agora recebem as lágrimas quentes do Deus do Mar. Através dos buracos no teto, a chuva cai a nosso redor, uma sinfonia sem fim nos embalando em nossa dor.

25

Shin, Namgi e Kirin estão me esperando na escada do palácio. Lembro da minha primeira noite aqui, quando eles estavam diante de mim no salão do Deus do Mar. Eram inimigos. Estranhos. Shin parecia tão distante... assim como agora.

– Onde está Shim Cheong? – grito, para me fazer ouvir através da chuva.

– Shiki lhe ofereceu abrigo na Casa da Estrela – responde Namgi. – Ela estará segura ali.

– Precisamos sair dessa chuva – diz Kirin.

Shin se vira e desce a escada. Olho para Namgi, mas ele apenas balança a cabeça. Será que Shin está bravo comigo por eu ter corrido para dentro da névoa?

As ruas estão inundadas. Nós quatro contornamos carrinhos tombados e barcos-lanternas apagados. Shin e Kirin vão na frente, tirando os destroços do caminho, enquanto Namgi e eu seguimos atrás. A água chega até nossos joelhos; se estivesse mais alta, correríamos o risco de sermos arrastados. Felizmente, a corrente não é tão forte quanto no rio. Arfo quando um corpo passa flutuando, é uma mulher de olhos fechados e mãos na barriga, como se estivesse dormindo. Namgi agarra meus ombros e me empurra para a frente.

Quando chegamos à Casa de Lótus, Shin nos conduz ao pavilhão principal. O primeiro andar já está inundado, então subimos a escada para o segundo andar. Todos estão ali, todas as pessoas que consideram a Casa de Lótus seu lar. Vejo minhas criadas, as lavadeiras, os cozinheiros e os guardas. Mascarada está sentada em uma almofada ao lado de Dai, que segura Miki no colo. Nari está escoltando uns espíritos mais velhos para um canto, servindo-lhes chá quente para aquecer seus corpos. Vou para a varanda. As águas do lago cobriram as pontes. A única luz que se vê em quilômetros vem das tochas acesas por todo o perímetro. Visto de longe, o pavilhão deve parecer um candelabro em um vasto oceano.

Quando coloco a mão no parapeito, algo cutuca minha manga. Pego o barquinho de papel que a Deusa da Lua e da Memória me deu. O que contém o desejo de Shim Cheong.

O barquinho é leve. Suas dobras são perfeitas no papel liso. Desfaço a dobradura devagar, esperando a familiar confusão de ser arrastada para dentro de uma lembrança. Só que nada acontece.

O barco se abre, revelando apenas uma frase curta.

Eu esperava ler algo como "Que eu não tenha que me casar com o Deus do Mar" ou "Que eu fique com Joon" ou "Que as tempestades terminem para sempre", mas tudo o que está escrito na elegante letra de Shim Cheong é: "Por favor, que meu pai tenha uma vida longa e feliz".

Refaço a dobradura com cuidado e a coloco de volta na manga de minha blusa.

– Esta tempestade não é natural – diz Kirin, se dirigindo a todos no pavilhão. – O rio transbordou e os mortos estão flutuando pelas ruas. Algo deve ser feito urgentemente.

– Precisamos enviar nossos barcos para recolher os mortos – insiste Nari – e mandá-los de volta para o rio.

– Enquanto isso – acrescenta Namgi –, precisamos impedir que o rio transborde para o nosso mundo. Se conseguirmos represar a fonte, podemos bloquear a entrada dos mortos.

– Isso vai fazer com que os fantasmas permaneçam no mundo dos humanos – diz Mascarada energicamente. – Sem receptáculos para contê-los, os espíritos inquietos vão assombrar os vivos, espalhando medo e pânico. Mais mortes virão.

Kirin balança a cabeça.

– Não podemos evitar que isso aconteça.

— Não — digo, chamando a atenção de todos os presentes. — Essas soluções são apenas temporárias. A verdadeira fonte das mortes são as tempestades. Elas são a causa de tudo. Precisamos impedi-las.

Namgi corre os olhos pela sala e então os volta para mim.

— Não nego que suas palavras sejam verdadeiras, Mina — diz ele com gentileza. — Mas se o Deus do Mar não parou com as tempestades em cem anos, o que faz você pensar que ele vai parar agora?

Sinto uma pulsação dolorosa na base do meu crânio, o que torna difícil transformar meus pensamentos em palavras.

— Naquela noite na Casa do Grou, lorde Yu compartilhou algumas informações comigo. — Tomo o cuidado de não olhar para Shin. — Para quebrar a maldição do Deus do Mar, a noiva deve formar um laço verdadeiro com ele.

— Um laço verdadeiro? — Namgi franze o cenho. — Como assim?

Esqueci que ele não estava com Shin e Kirin quando eles questionaram o lorde Grou.

— Um laço de almas gêmeas — digo.

— E você acredita que é a noiva dele — fala Kirin.

A sala toda fica em silêncio, na expectativa. Espero pelos murmúrios e os olhares de escárnio. Quem eu penso que sou para acreditar ser a verdadeira noiva do Deus do Mar? Não sou muito bonita, nem particularmente talentosa em nada.

— É possível que você seja — continua Kirin, e fico surpresa. De todas as pessoas, eu imaginaria que ele seria o mais cético. — Antes de você, nenhuma noiva tinha falado com o Deus do Mar. E apesar de essa tempestade ser terrível, é uma mudança em uma rotina que permaneceu a mesma por cem anos.

— A noiva que acabou de chegar, Shim Cheong, não tinha o Fio Vermelho do Destino — acrescenta Namgi.

Finalmente, os murmúrios começam, mas não como eu esperava. Os espíritos se viram uns para os outros animados, encantados com a possibilidade de o mito da noiva do Deus do Mar enfim se tornar realidade.

— Não importa — diz Shin, pronunciando suas primeiras palavras desde que entrou no pavilhão. — Você não o ama.

A pulsação na base do meu crânio se intensifica.

— E você seria uma tola se pensasse que ele poderia amar você algum dia.

Um silêncio cai sobre a sala. Sei que Shin está desabafando seu próprio ressentimento, mas um calor doloroso se acumula atrás dos meus olhos. Talvez fugir seja uma atitude infantil, mas não consigo evitar. Disparo pela sala; os espíritos abrem caminho para eu passar. Desço a escada correndo até o primeiro andar. A chuva atinge meu rosto quando saio do pavilhão. A água do lago subiu até a metade da colina. Não cruzo a ponte, mas vou escorregando pela grama da margem até meus pés tocarem a água.

Acho que finalmente entendi o que significa ser a noiva do Deus do Mar. Não é um fardo nem uma honra. Não é ser a garota mais bonita do vilarejo nem a que vai quebrar a maldição. Para ser a noiva do Deus do Mar, é preciso fazer uma única coisa: amá-lo.

Não sou a noiva do Deus do Mar.

Falhei com meu povo. Falhei com minha família. Minha avó. Meus irmãos. Minha cunhada. Cheong. Eu falhei com todos eles.

Não há esperança, porque o amor não pode ser comprado, nem conquistado, nem suplicado em oração. Ele deve ser oferecido livremente. E eu já ofereci meu coração a alguém que não é o Deus do Mar.

A chuva continua a açoitar a terra. A água do lago sobe mais, encharcando minhas sandálias. Dou um passo para trás no instante em que algo passa zunindo por mim. O virote de uma besta se finca a meus pés. Um galho se quebra embaixo da ponte. Instintivamente, levo a mão ao meu punhal.

Da escuridão, surge uma figura familiar. O assassino-doninha. Saco minha arma, mas é tarde demais. Ele carrega outro virote, mira e atira.

Eu desvio para o lado, mas não sou rápida o suficiente. O virote perfura meu ombro. Eu berro de dor.

Ouço um grito vindo do pavilhão. *Nari*. O assassino deve ter ouvido também, porque foge de volta para a escuridão.

Caio no chão, com o rosto virado para a terra molhada. Meu braço inerte se estende na lateral de meu corpo. O sangue forma uma poça e se espalha feito um cobertor quente. A fita vibra e lentamente começa a desaparecer.

– Não – sussurro. O Fio Vermelho do Destino conecta minha alma à de Shin. Se eu morrer, ele também...

A chuva se mistura com as lágrimas em meu rosto. Minha respiração fica irregular e minha visão escurece nos cantos.

Meus últimos pensamentos são uma mistura de imagens: meu irmão se afastando de mim na ponte; o Deus do Mar chorando em um penhasco à beira-mar; e Shin esta manhã, a luz do sol escorrendo feito água por seu rosto.

26

Durante toda a minha vida, eu acreditei no mito da noiva do Deus do Mar, passado de avó para avó desde que as tempestades surgiram, quando o reino foi destruído pelos conquistadores do Ocidente e o imperador, atirado dos penhascos. O Deus do Mar, que amava o imperador feito um irmão, enviou as tempestades para punir os usurpadores – diziam que as chuvas violentas eram suas lágrimas, e os trovões, seus gritos. As secas correspondiam aos anos em que ele sentiu o vazio de seu coração.

Mas quanto de um mito é verdade? E o que fazer quando se deixa de acreditar nele?

– Não posso fazer mais nada. – A voz de Kirin está abafada, distante. – Fechei a ferida, mas ela perdeu sangue demais e sua pulsação está fraca.

– E o assassino? – pergunta Namgi com uma voz rouca, como se tivesse gritado.

– Fugiu quando ela berrou. Lorde Yu deve tê-lo mandado em uma última tentativa de matar Shin.

Estou no quarto de Shin, olhando para o meu corpo de cima. Eu me pergunto se é assim que a pega vê o mundo. Questiono a mim mesma se eu *sou* a pega, flutuando no ar. Mas acho que não. Ninguém parece me notar pairando sobre suas cabeças.

Namgi e Kirin estão a meu lado. Estou deitada em um palete de cobertores de seda. Shin não está com eles. Será que está bem? Namgi e Kirin estariam mais chateados se ele estivesse ferido, não?

Olho para o meu corpo e vejo que o Fio Vermelho do Destino não está mais na minha mão. Lembro que a fita desapareceu. A deusa-raposa disse que ela só poderia ser cortada se Shin ou eu morrêssemos.

Será que eu... morri sangrando no lago? Mas, se estou morta, meu espírito deveria estar no rio, não aqui flutuando acima do meu corpo...

Vou até a janela. Há um lindo arco-íris no céu. Distraída, minha alma voa para cima. Será que se eu voar alto o suficiente consigo chegar ao céu?

Sinto cócegas no ouvido, então ouço a voz de Dai:

— Não vá longe demais, Mina. Se você for muito longe, não vai conseguir voltar.

Eu me viro e retorno para o quartinho.

Namgi e Kirin não estão mais ali. Agora é Dai quem está ao meu lado, com Miki no colo.

— As tempestades acabaram — diz ele. — Estão dizendo que acabaram para sempre.

Eu flutuo até Dai e observo seu rosto. As feridas do ataque do Imugi estão quase curadas; os hematomas não estão mais tão escuros, e sua face recuperou a cor. Miki choraminga com o punho na boca enquanto me olha dormindo.

— Não se preocupe, Miki — diz Dai. — Mina vai ficar bem. Ela vai acordar quando estiver pronta.

Olho para a janela e vejo que já é crepúsculo. O tempo parece funcionar de um modo estranho nesse estado intermediário. Quando torno a olhar para o quarto, Dai e Miki não estão mais lá.

A porta se abre e Namgi entra. Ele fica parado na soleira, e eu flutuo até parar a seu lado, espiando o cômodo. Além do armário e do biombo de papel, agora há outros móveis ali: um baú para as minhas roupas, uma mesinha e um espelho para os meus enfeites de cabelo. A prateleira abaixo da janela está repleta de coisas que coletei nos jardins: flores secas, pedrinhas e cascas. O barquinho de papel flutua em uma tigela rasa de água.

— Este quarto estava vazio antes — diz Namgi —, e você o encheu com todas essas coisas. Será uma metáfora para a forma como você preencheu nossas vidas?

Ele se move pelo quarto devagar.

— Se estivesse acordada, você me provocaria. Você diria: "Namgi, como você é esperto". — Ele para ao lado da cama, olhando para o meu rosto imóvel. — Eu realmente pensei que você acordaria depois dessa.

Ele pega o cobertor e o leva até meu queixo, então se abaixa para pousar um beijo em minha testa.

— Durma bem, minha amiga, mas não por muito tempo. Alguns de nós não são tão fortes quanto você.

Franzo o cenho. Como assim? Mas então minha mente fica nublada e o tempo parece me escapar. A luz da manhã está se infiltrando pelo quarto quando volto à consciência.

Fico surpresa ao ver Kirin a meu lado. Ele está segurando um pano frio em minha testa e tem uma ruga entre as sobrancelhas. Mesmo quando estou dormindo, ele está descontente comigo. Suspiro, querendo fugir de sua frustração. Até que ele coloca o pano de lado e se levanta, indo para o outro lado do palete. Ele hesita, então adentra o raio de sol que ilumina meu rosto.

Eu me aproximo do meu corpo para descobrir por que ele estava com as sobrancelhas franzidas. Minha testa está suada.

Não sei quanto tempo Kirin fica ali, me observando sem falar nada, bloqueando o sol com seu corpo.

Ele não se move até alguém bater na porta. Então ele vira a cabeça.

A neblina de antes emerge novamente, mais escura e ameaçadora dessa vez, e sou arrastada para um vazio. Entro em um buraco negro inescapável. Um lugar sem tempo nem significado, sentindo uma dor no coração por estar morrendo e não haver nada que eu possa fazer para me salvar.

Quando retorno, já é noite, e Shin está a meu lado. O quarto está escuro, e a lua se esconde atrás das nuvens.

— Matei o assassino — diz ele, com os olhos nas sombras. Franzo o cenho para sua voz vazia, sem emoção. — Eu o arrastei pelas ruas enquanto ele implorava para que eu o poupasse. Ele estava em uma agonia terrível. Mas ele te feriu, e eu sabia que dor nenhuma seria suficiente para ele.

Ele para de falar. Eu me aproximo, querendo ver seus olhos atrás das sombras.

– Mas, quando cheguei ao rio, percebi que nada disso importava. Estava chovendo, e você estava morrendo... – Lentamente, ele estica o braço e pega meu pulso inerte, abaixando a cabeça até encostar a testa nele. – A deusa-raposa disse que o Fio Vermelho do Destino quebraria se um de nós morresse. Eu acreditei nas palavras dela feito um tolo. – Ele respira fundo. – Eu deveria estar feliz por ele ter desaparecido e eu ainda estar vivo. Mas é estranho, Mina. Por que me sinto assim? Não preciso de um Fio Vermelho do Destino para me dizer que, se você morrer, eu também vou morrer.

Não! Quero lhe dizer que a deusa deve ter se enganado, mas a neblina escura me envolve de novo, me arrastando para uma inconsciência tão profunda que parece o fim do desespero. Parte de mim sabe que eu não devia estar aqui – que, se eu me deixar levar, estarei perdida para sempre. Mas não sei como encontrar o caminho de volta. Não existe mais um Fio Vermelho do Destino para me guiar.

Mergulho mais fundo no nada, com as pernas no meu peito e a cabeça curvada sobre os joelhos. Nunca me senti tão sozinha. É assim que o Deus do Mar se sentiu durante cem anos?

Da escuridão, ouço uma voz. É estranho, mas parece a *minha* voz cantando.

No fundo do mar, o dragão dorme
Com o que ele sonha?

No fundo do mar, o dragão dorme
Quando ele vai acordar?

Na pérola de um dragão,
seu desejo vai mergulhar.

Na pérola de um dragão,
seu desejo vai mergulhar.

Só minha avó conhecia essa canção. Sua avó lhe ensinou quando ela era uma garotinha, muito tempo atrás.

Minha avó.

Uma mão macia aperta a minha.

— Mina, você precisa acordar. Como é que você pode salvar o Deus do Mar e não se salvar? — Sua voz é clara. É como se ela estivesse bem ao meu lado, sussurrando no meu ouvido.

É diferente, quero dizer. *Eu fui gravemente ferida. Perdi muito sangue.*

Ela estala a língua.

— Não tem desculpa, Mina. Acorde. Acorde agora!

Abro os olhos.

— Mina! — Meia dúzia de vozes gritam meu nome. Olho ao redor e descubro que estou cercada. De um lado estão Mascarada, Dai e Miki. Do outro estão Namgi, Nari e Kirin.

Dai é o primeiro a se mexer, se abaixando para me abraçar pela cintura.

— Você nos assustou! — diz ele.

— Cuidado! — Kirin o repreende, puxando Dai pela manga. — Eu fechei a ferida dela, mas vai levar um tempo até ela se curar completamente.

— Está com fome? — pergunta Nari. — Quer que eu busque algo para você comer?

— Quer beber algo? — sugere Namgi. — Licor é bom para a dor. — Agora é a vez de Namgi ser puxado para longe da cama por Nari, que o segura pela orelha.

— Que bom que você voltou — diz Mascarada, sentada ao meu lado com Miki no colo. Ela estica a mão e gentilmente afasta uma mecha de cabelo do meu rosto.

Corro os olhos pelo quarto, e consigo dizer:

— Onde está Shin?

Todos ficam em silêncio, olhando uns para os outros.

— Ele estava aqui até uns minutos atrás — diz Namgi finalmente. — Ele mal saiu do seu lado.

Não entendo. Então onde ele está?

— Não se preocupe com ele — diz Mascarada. — Ele vai voltar logo. Enquanto isso, descanse um pouco. — Ela se vira e começa a dar ordens para trazerem comida e prepararem meu banho. Todos se apressam para obedecer-lhe, tomando o cuidado de não me olhar nos olhos.

Cerro o punho, com as mãos no colo. Onde antes o Fio Vermelho do Destino cintilava, não há mais nada. É como se o laço entre mim e Shin nunca tivesse existido.

27

Sob ordens de Kirin, devo ficar confinada no quarto pelo resto do dia, apesar de poder receber visitas. Mascarada, Dai e Miki vêm me ver de manhã e, de tarde, Namgi e Nari, separadamente. Mas nada de Shin. Os motivos possíveis são vários e ficam me atormentando o dia todo, me distraindo das minhas visitas. Será que ele está se sentindo culpado pelas palavras duras que me disse na noite da tempestade? Será que está bravo porque eu fugi sabendo que o assassino ainda estava por aí? Eu não só me coloquei em risco, como a ele também...

Ouço uma batida leve na porta e me sento. Cheong entra no quarto. Pisco, surpresa.

Ela não está mais usando o vestido de noiva que ostentava na última vez que a vi; suas roupas são simples, azuis e brancas. Seu cabelo preto está trançado, enrolado atrás da cabeça, um penteado comum às mulheres casadas.

— Mina! — Ela atravessa o quarto e se senta graciosamente ao lado da minha cama. — Queria vir antes, mas não me deixaram entrar. Como você está? Está tudo bem?

— Estou bem — digo, de repente tomada pela timidez. Apesar de termos crescido no mesmo vilarejo, nunca conversei com Cheong de verdade. Ela era mais velha e eu achava sua beleza intimidante. Pensando bem, *ninguém* falava com ela além de Joon.

As pessoas contavam histórias a seu respeito e elogiavam sua devoção ao seu pai, a quem os moradores chamavam de Shim, o Cego. Algumas até a invejavam — eu, pelo menos, sim. Mas ninguém nunca parou para lhe perguntar como ela se sentia. Até agora, nunca me ocorreu que sua vida deve ter sido muito solitária.

Cheong deixa de lado um pacote embrulhado em um pano que trouxe consigo e olha para as pinturas nas paredes do quarto, para os cadernos costurados e os pergaminhos empilhados organizadamente na escrivaninha. Ela coloca as mãos no colo e alisa cada dobra de sua veste, um gesto que minha cunhada, Soojin, costumava fazer quando estava nervosa. Além da janela, o céu está claro e límpido.

– Me desculpe, Mina – diz Cheong. – Posso conversar um pouco com você? Quero te falar umas coisas.

– Sim, claro – respondo depressa.

Ela assente, hesitando por um momento antes de continuar.

– Existem duas mulheres na minha vida que eu respeito mais do que as outras. Uma é a sua avó. Ela é a pessoa mais forte que já conheci. Ela defendeu Joon e a mim quando os outros nos censuraram por escolhermos o amor em vez do dever. Decidiram que eu seria a noiva do Deus do Mar, mas ela me ensinou que minha vida era minha, de ninguém mais. Ela me fez acreditar que eu podia ter uma vida além da que era esperada de mim, uma vida... que eu *quisesse*.

Cheong para de remexer em sua saia para pegar minha mão.

– A outra mulher é você. Quando você me substituiu, senti um monte de emoções. Alívio. Gratidão. Culpa. Mas mais do que isso. No momento em que você pulou da proa do barco, fui tomada por algo que nunca tinha sentido antes: esperança. Você me faz acreditar em milagres.

Não sei o que dizer. Sinto-me ao mesmo tempo perplexa e incrivelmente honrada.

– Eu nunca tive uma irmã – diz ela baixinho. – Estou tão feliz por ter você agora.

– E eu, por ter você – sussurro, engolindo em seco.

Ela pega o pacote que tinha deixado de lado e desfaz o nó do laço de seda com delicadeza. O pano cai, revelando um conjunto de saia da cor de flores de pêssego e uma blusa amarela bordada com pequenas flores cor-de-rosa.

Solto um suspiro de admiração.

– É lindo.

– Gostou? É um presente de lady Hyeri. Ela mesma ia trazer, mas eu perguntei se podia te entregar para termos a chance de conversar sozinhas. Posso?

Faço que sim, e ela pega meu braço para me ajudar a me levantar. Tomando cuidado com meu ombro, ela envolve meu corpo com a saia, amarrando o cordão firmemente no meu peito. Depois, ela ergue a blusa para mim, e eu deslizo os braços nas mangas. Ela vai para trás, e sinto o puxão suave de um pente enquanto ela divide meu cabelo e faz uma longa trança, prendendo-a com uma fita rosa. Enfim, ela me vira. Faz um laço com a fita do meu vestido, e o finaliza passando a outra ponta por dentro dele. Então ajusta seu comprimento até que a fita caia elegantemente na frente do meu vestido. Quando termina, ela dá um passo para trás, a fim de admirar seu trabalho.

– É um lindo vestido, Cheong – digo. – Mas qual é a ocasião?

– Vai ter um festival na cidade hoje à noite para celebrar o fim das tempestades.

Lembro de Dai dizendo ao lado da minha cama: *As tempestades acabaram. Estão dizendo que acabaram para sempre.*

Será verdade? Mas o que mudou? Da última vez que vi o Deus do Mar, ele estava desesperado.

Cheong levanta os olhos brilhantes.

– Você precisa ir. Afinal de contas, os boatos estão correndo pela cidade. Estão espalhando que as tempestades acabaram por sua causa.

28

Mais tarde, caminhando com Namgi e Nari pela cidade, fico surpresa com a mudança do clima no ar. A cidade está sempre transbordando entusiasmo e luzes, mas, esta noite, é como se as pessoas tivessem derramado sua alegria nas ruas. Acrobatas pulam e saltam ao som de tambores. Vendedores ambulantes de comida distribuem bolos de arroz doce e fios de mel. As consequências da tempestade são visíveis nos caibros quebrados e nas vigas perdidas, embora os escombros tenham sido limpos e consertados nos últimos dias. Dou um pulo para trás para abrir caminho para duas meninas carregando um grande barril. Uma delas abre a tampa e liberta centenas de carpas douradas com sinos amarrados às barbatanas. Enquanto os peixes nadam, um coro de sinos ressoa por toda a cidade.

Mesmo maravilhada com o que vejo e ouço, não consigo evitar me sentir um pouco melancólica. Depois que Cheong foi embora, fiquei esperando Shin ansiosamente, mas, quando o sol se escondeu atrás das montanhas, perdi a esperança de que ele fosse me ver. Para não desperdiçar o presente dela, pedi para Nari e Namgi me trazerem para a cidade.

– Mina – diz Nari, levantando uma sobrancelha –, acho que você tem um admirador.

Olho para trás – talvez um pouco ávida demais. Um pequeno grupo de garotos da idade de Dai se juntou debaixo da marquise de uma casa de chá. Eles estão lançando olhares furtivos em nossa direção, e um deles está sendo empurrado pelos outros. Em suas mãos, há um barquinho de papel.

— Lady — diz ele, se aproximando —, pode me conceder um desejo?

— Não sou uma deusa — digo, suavizando minhas palavras com um sorriso.

Ele afasta o cabelo do rosto, revelando olhos travessos.

— Por favor. Só você pode fazer meu desejo se tornar realidade.

Levanto a sobrancelha, curiosa. Pego o barquinho e desfaço a dobradura enquanto Namgi se inclina por cima do meu ombro para ler o que o garoto escreveu no papel. A gargalhada dele assusta um cardume de peixes que estava passando, fazendo-os dispararem feito estrelas cadentes.

No meio do tumulto, gesticulo para que o garoto se aproxime, e me abaixo para dar um beijo em sua bochecha.

Ele coloca as mãos sobre o rosto com reverência; então, virando-se para seus amigos, ele grita:

— Vejam! Ganhei um beijo da noiva do Deus do Mar! — Os meninos soltam gritinhos de comemoração. Um por um, eles pressionam os lábios na bochecha dele, como se quisessem compartilhar meu beijo entre si.

Olho em volta e percebo que várias pessoas estão nos encarando, olhando para *mim*. Uma garotinha até levanta o braço para apontar.

— Isso tem a ver com o que Cheong disse? — pergunto para Nari. — Que estão espalhando pela cidade que as tempestades pararam por minha causa?

Nari assente.

— Na noite da tempestade, várias pessoas viram você subir a escada e atravessar os portões do palácio do Deus do Mar. Menos de uma hora depois que você saiu, os ventos e a chuva diminuíram e um arco-íris apareceu. — Até Nari, que está sempre calma e contida, fala com admiração na voz. — Nunca tinha aparecido um arco-íris depois de uma tempestade. Os boatos dizem que ele também foi visto no mundo de cima, como uma ponte entre os dois mundos. As pessoas estão entendendo isso como um sinal de que as tempestades terminaram de vez e que o mito finalmente se tornou realidade.

Tento absorver suas palavras.

— Mas e o Deus do Mar?

Namgi balança a cabeça.

— O portão do palácio está fechado. Ninguém o viu.

Será que foi só uma coincidência a tempestade ter parado depois que eu saí do palácio? Uma hora depois, fui atacada pelo assassino e o Fio Vermelho do Destino foi cortado. Lorde Grou disse que eu saberia se fosse a noiva do Deus do Mar, porque um Fio Vermelho do Destino seria formado entre nós. Mas, quando eu acordei, meu pulso estava vazio.

Vozes animadas à frente me distraem de meus pensamentos. Uma multidão se reuniu sob uma grande árvore que cresceu no meio da rua. Lampiões cintilam entre as folhas de sua enorme copa. Do galho mais grosso, pende um balanço, feito com duas cordas e uma prancha de madeira. Uma garota da minha idade está de pé no assento, dobrando os joelhos para ganhar impulso. A multidão suspira, batendo palmas e assobiando enquanto a garota sobe cada vez mais alto.

Namgi, Nari e eu nos juntamos à torcida.

A garota vai se balançando para a frente e para trás, ganhando velocidade. Logo, ela chega tão alto que seu corpo fica paralelo ao chão.

Na descida, ela tira uma mão da corda para acenar para a plateia.

Grito mais alto quando ela reduz a velocidade, saltando do banquinho com um floreio e fazendo uma reverência.

Depois, ela se aproxima e diz:

– Quer experimentar?

– Não sei...

– Não se preocupe. Se você cair, um dos guardas vai te pegar.

Olho para trás e vejo Namgi flertando com um garoto no meio da multidão. Mas Nari está por perto e acena a cabeça, me encorajando.

A garota me arrasta até o balanço e me ajuda a subir na prancha de madeira. Envolvo as cordas com os dedos.

– Pronta? – pergunta ela.

– Era para os meus joelhos estarem tremendo?

– Acho que não. Lá vamos nós! – Ela sai correndo e me empurra, e eu seguro as cordas com firmeza. – Dobre as pernas! – ela grita, me soltando. – Mova seu corpo com o balanço!

Inspiro e expiro depressa várias vezes. Nunca brinquei em um balanço antes, mas *já* brinquei de outras coisas em festivais, e esta é só mais uma brincadeira: se eu confiar em mim mesma, pode ser divertido.

Conforme a garota instruiu, dobro as pernas e movo meu corpo no ritmo do balanço. Para a frente e para trás. Quanto mais alto vou, mais consigo ver a cidade além da multidão. Crianças correm pelas ruas, empinando pipas em forma de peixes com rabiolas douradas. Grupos se reúnem para fazer jogos de rua, outros se sentam ao redor de barracas de contadores de histórias, ouvindo extasiados os contos sendo desvendados. Mechas de cabelo se soltam da trança e se agitam em torno do meu rosto. Fecho os olhos e sinto o vento.

Quando finalmente esgoto as forças dos meus braços e das minhas pernas, diminuo a velocidade e me preparo para descer. A multidão comemora enquanto eu salto do balanço e ajudo a próxima garota a subir.

Enquanto caminho, tenho um pressentimento repentino. Meu coração dá um solavanco, e me viro para a árvore. Sob seus galhos longos, Shin está me esperando. Ele está vestido com simplicidade, com uma veste azul-escura, o cabelo caindo sobre a testa. Ele parece um jovem que saiu para se divertir em um festival, e não o lorde de uma grande casa.

Conforme me aproximo, ele dá um passo à frente para me encontrar.

Noto suas olheiras escuras e sua pele pálida, que realçam seus lábios vermelhos.

– Você parece péssimo. Quando foi a última vez que dormiu?

– Você está linda – diz ele ao mesmo tempo.

Ele faz uma careta.

– Isso é tudo o que tem para me dizer?

– Posso falar mais. Onde esteve o dia todo? Por que não foi me ver quando eu acordei? Está bravo comigo?

Shin faz menção de responder, mas depois parece mudar de ideia e olha ao redor. Atraímos uma plateia. Ele lança um olhar significativo para o canal, e eu o sigo até a margem, onde ele paga um barqueiro para nos emprestar seu pequeno barco a remo. Tomando cuidado para não tropeçar no vestido, pego a mão de Shin. Ele a segura com firmeza, e só me solta quando me sento no banco.

Shin vai deslizando os remos pela água em um movimento calmo e fluido até estarmos no meio do canal. Ele encosta os remos e deixa que o barco flutue. Há alguns outros barcos por ali, mas eles estão mais perto da margem. A sensação é de que estamos sozinhos no rio. Fico ouvindo o murmúrio das águas e o rangido da madeira. Uma dúzia de lanternas brilhantes nos cercam.

– Você perguntou onde eu estava o dia todo – diz Shin. – Eu estava no palácio do Deus do Mar. Queria descobrir a verdade. Os portões estavam fechados. Quando tentei escalar o muro, uma força me impediu de entrar. Como pode ver, várias pessoas acreditam que as tempestades acabaram para sempre. – Seus olhos se movem para a margem, onde os espíritos se reuniram para soltar lanternas de papel na água. – Mas vamos ter que esperar até o ano que vem para ter certeza.

Mergulho a mão na água, e as gotas deslizam pelos meus dedos feito pérolas.

– O que vai acontecer agora? – Tomo cuidado para manter a voz calma. – O Fio Vermelho do Destino foi quebrado. Em uma semana, vou ter passado um mês no Reino dos Espíritos. – A insinuação está clara nas minhas palavras: em uma semana, vou me transformar em um espírito. Endireito a postura, colocando as mãos no colo. – Minha maior preocupação é Shim Cheong. Existe algum jeito de ela voltar para o reino dos humanos?

Shin fica me observando, mas é difícil interpretar sua expressão.

– E você? Você quer voltar? – pergunta.

Prendo a respiração.

– Eu posso?

– A segunda pergunta que você me fez é por que não fui te ver depois que você acordou. E o motivo é que eu fui até a Casa dos Espíritos para consultar seus ancestrais.

– Meus ancestrais? – repito, sem entender. – Como assim?

– É possível falar com os parentes que morreram antes de você, pelo menos com os que saíram do rio para ficar no Reino dos Espíritos. Vários espíritos ainda recebem os rituais ancestrais de seus filhos e netos. Se você fosse um espírito, saberia instintivamente disso.

Sempre me perguntei se os presentes, as comidas e outras oferendas que deixamos no altar de nossos entes queridos chegam ao Reino dos Espíritos. Sorrio maravilhada.

— Os ancestrais estão ligados a seus descendentes, e, depois de passarem anos no Reino dos Espíritos, eles geralmente acumulam bastante sabedoria. Pensei que podia pedir a ajuda deles. Mas, como não são meus ancestrais, não me permitiram falar com eles. Em um outro dia, vou te levar lá.

Fico perplexa, e uma onda de emoções toma conta de mim. Estou aliviada com a possibilidade de eles conhecerem uma forma de Shim Cheong voltar para o mundo de cima — e quem sabe até de *eu* voltar. Mas também estou insegura, porque tenho pouco tempo.

— E minha última pergunta? — falo baixinho. — Está bravo comigo? Pelo que aconteceu com o assassino?

— Não — responde ele. — Não foi culpa sua.

Ele leva uma mão ao peito em um movimento inconsciente. Ele fez o mesmo do lado de fora da Casa da Lua, ao me contar que era um deus que tinha perdido tudo o que tinha prometido proteger.

— Na verdade, eu *estava* bravo. Antes. Por causa da história que você contou para o Deus do Mar sobre o lenhador e a donzela celestial. No final, ela voltou para casa, para o seu lar.

Ele respira fundo.

— Sei que tudo o que você queria era salvar a sua família. Foi por isso que você pulou no mar. Essa é a motivação que está por trás de todas as decisões que você tomou, sejam as impulsivas, sejam as corajosas.

Seus olhos encontram os meus.

— Eu *estava* bravo, mas não com você. Estava bravo com o destino que recebi. Porque percebi que, para você conseguir o que quer, eu teria que perder a única coisa que já quis.

Mal posso respirar; meu coração está na minha garganta.

Shin desliza a mão para dentro de suas vestes, em seu peito, e tira uma bolsinha de seda. Ele desamarra o cordão que a fecha, e a pedra entalhada com a flor de lótus cai.

— Vou te devolver para o seu lar, Mina. Prometo. Mas pode demorar mais do que uma semana. — Ele fecha os dedos em volta da pedra. — Para continuar humana, você tem que conectar sua vida a um imortal. Posso não ser o deus de rio, montanha ou lago nenhum, mas sou um deus, e conectaria minha vida à sua, se você me aceitar.

Estou tomada pela emoção. Não compartilhamos mais um Fio Vermelho do Destino, mas ele está disposto a fazer isso por mim mesmo assim.
– Eu...
De repente, ouvimos uma explosão crepitante, seguida de um grito.
Uma nuvem escura se espalha sobre a cidade. Olho para cima e vejo uma centena de sombras rastejando sobre a lua.
Os Imugis estão aqui.

29

Disparo pelas ruas com Shin. Os espíritos correm para se esconder debaixo dos edifícios ou para pular no canal enquanto a chuva de Imugis ataca a cidade.

À nossa frente, um raio atinge uma casa de chá, abrindo um buraco no telhado em camadas. Os clientes se lançam para a porta já fumegante, tropeçando nos próprios pés em meio ao pânico e ao medo. Saio apressada para ajudar uma mulher a se levantar, enquanto Shin carrega um menino até o canal, jogando-o na água rasa para apagar as chamas em sua blusa. Mais gritos cortam a noite não muito longe de nós. Observo Shin ficar tenso, instintivamente inclinando a cabeça na direção do som.

– Vá – digo, e aponto para as pessoas amontoadas e tossindo no chão da casa de chá. – Vou ajudar os outros, e depois correrei para a Casa de Lótus. Já conheço o caminho.

Um Imugi ruge pela rua, e outros gritos se seguem.

– Casa de Lótus – repete Shin. – Não demore mais que uma hora.

Assinto. Ele sustenta meu olhar por um segundo antes de disparar na direção dos gritos.

Levo o restante das pessoas até o canal, agora abarrotado de espíritos tentando escapar das chamas.

Quando o último cliente da casa de chá está seguro na água, saio correndo pelas mesmas ruas que percorri antes com Namgi e Nari. Só que, dessa vez, no lugar de alegria, sinto apenas angústia ao passar por lanternas quebradas e pipas amassadas.

Estou quase na ponte que leva à Casa de Lótus quando ouço um som horrível de algo rastejando. Entro em um beco depressa e me encosto na parede bem quando um Imugi passa, sem me notar nas sombras.

A viela está deserta. Há apenas uma pequena alcova um pouco mais para baixo que parece abrigar um altar – reconheço a familiar tábua de pedra e a tigela para oferendas. Varetas de incenso lançam fumaça no ar. O santuário provavelmente é dedicado a um deus local, sendo um lugar para os espíritos se reunirem e pedirem favores à divindade.

À medida que me aproximo, o cheiro forte de incenso me inunda, fumegante e amargo. Então noto um objeto flutuando na tigela de oferendas. É um barquinho de papel que foi rasgado ao meio e costurado novamente.

Um calafrio desce por minha espinha. Devagar, levanto os olhos para ler as palavras escritas na pedra.

Este altar é dedicado à Deusa da Lua e da Memória.

Ouço uma risada suave flutuando pelo ar.

Viro-me para encarar a deusa.

Ela está usando um vestido branco bastante simples com uma faixa vermelha na cintura. Mesmo sem sua enorme montaria, ela é aterrorizante, com o dobro da minha altura e chamas nos olhos. Ela ergue o queixo de leve, e seus olhos estão brilhando.

– Por que não pega o barquinho? Vamos descobrir seu desejo mais profundo.

Engulo meu medo.

– Os Imugis são seus servos, não são? Por que você os deixou causar tanta destruição? Não acha que esta cidade e estas pessoas já sofreram demais?

Ela continua como se eu não tivesse falado nada:

– Quando eu vislumbrar a sua memória, ela vai pertencer a mim. E eu vou ficar com aquela parte de você que deseja ser a noiva do Deus do Mar.

O quebra-cabeça de suas palavras se encaixa, e acho que finalmente entendi o que ela quer. Viro para a tigela e pego o barquinho. Quando olho para trás, preciso morder a língua para não gritar. A deusa se moveu sem fazer barulho e está a meu lado. Ela está tão perto que posso ver as chamas em seus olhos queimando com força. Desdobro o papel e o ofereço a ela.

– Está me oferecendo de maneira voluntária?

Durante as tempestades, ela me disse que não podia ver minha memória porque ela estava intimamente ligada à minha alma. A deusa só vai exercer poder sobre mim se eu a oferecer por vontade própria.

– Você vai levar os Imugis embora se eu te der essa memória?

A deusa me olha com atenção; as chamas em seus olhos permanecem estáveis.

– Sim.

– Então a ofereço voluntariamente.

Ela abre um sorriso triunfante.

– Então você é uma tola. Porque, apesar de ter salvado a cidade por esta noite, você jogou fora a chance de salvá-la para sempre. A memória contida neste papel pertence a mim agora, e eu vou destruí-la junto com seu desejo de ser a noiva do Deus do Mar.

Ela segura o papel, e a memória emerge, tomando conta de tudo.

⁓

Estou no jardim atrás da minha casa, e a deusa está comigo. Assim como o desejo que encontrei no Lago dos Barquinhos de Papel, esta memória está turva, como se estivesse coberta por um véu de névoa. A deusa parece deslocada ali, parada em uma postura majestosa ao lado do lago do meu avô.

Enquanto observa a cena diante de si, sua expressão de antecipação se transforma lentamente em confusão. Eu me preparo e sigo seu olhar.

Uma garota está ajoelhada diante de um altar quebrado. Uma senhora idosa está de pé ao lado dela, com as mãos trêmulas e ásperas pelo trabalho duro sobre a cabeça baixa da garota.

Fecho os olhos. Afinal, não preciso ver esta memória para me lembrar.

– *Mina!* – *grita minha avó.* – *O que você fez?*

À minha volta, estão os restos do que sobrou do altar. A comida – o pouco que peguei das minhas próprias refeições –, dedicada à Deusa das Mulheres e das Crianças, está espalhada no chão. O tapete de palha velho, onde eu me ajoelhava todos os dias por horas com a testa pressionada contra a terra, está todo rasgado.

Olho para minha avó tremendo diante de meu sofrimento e das lágrimas em meus olhos.

– Minhas oferendas não foram suficientes? Minhas orações não eram poderosas o bastante? Talvez eu deva abandoná-la de uma vez. Uma deusa abandonada deve morrer da mesma forma que as pessoas que ela esqueceu.

Minha avó suspira de horror.

– Fique brava com a deusa, Mina. Mas nunca – ela agarra meus ombros trêmulos –, nunca perca sua fé nela.

Atrás de nós, ouvimos um lamento seguido de um estrondo. Minha avó segura a saia e sai correndo, alarmada pelos gritos agonizantes da minha cunhada, enlouquecida de dor. A culpa me domina. O que é minha dor em comparação com a dela?

Estico o braço e corro os dedos devagar pelas oferendas expostas no altar – um sino de vento de estrelas e lua para trazer sorte e felicidade, tigelas de arroz e caldo para trazer saúde e vida longa e um barquinho de papel para guiar minha sobrinha em segurança para casa. Apesar de eu fazer os mesmos pedidos todos os anos no festival dos barquinhos de papel – uma boa colheita, saúde para minha família e meus entes queridos –, este ano eu trouxe o barquinho para casa a fim de colocá-lo no altar, porque não queria que nada se colocasse entre a deusa e meu desejo.

Arranco o barquinho do altar e o rasgo em dois.

Assim como o barquinho, a deusa e eu somos arrancadas da memória. Estamos de volta ao beco, e nos afastamos do altar.

– Você me enganou! – grita ela. – Seu desejo não era ser a noiva do Deus do Mar!

Eu deveria estar me sentindo vitoriosa. Ela presumiu errado. Ela pensou que, se conseguisse roubar a memória de quando eu desejei ser a noiva do Deus do Mar, ela poderia roubar esse desejo de mim. Mas eu nunca desejei ser a noiva dele, nem nunca quis ser sua salvadora.

A deusa e eu concordamos em uma coisa: o desejo é uma parte de sua alma. O verdadeiro desejo, se não for realizado, pode partir seu coração.

Mesmo ali no beco silencioso, consigo ouvir os servos dela pairando sobre nós.

– Sua irmã perdeu o filho – diz ela baixinho.

Há algo estranho em sua voz. Então percebo o que é: tristeza. Lágrimas escorrem por seu rosto. As chamas de seus olhos se apagam.

– Ela é minha cunhada, a esposa do meu irmão mais velho. Ela perdeu a filha.

A deusa recua, uma mão sobre o peito.

– Preciso ir – diz ela. O vento sopra no beco. O vestido da deusa esvoaça. Penas brancas e vermelhas se soltam do tecido e formam um redemoinho ao seu redor. O vento fica mais forte, e levanto a mão para me proteger da onda de penas e poeira.

E, quando o vento passa, estou sozinha mais uma vez.

◈

Mesmo que a deusa tenha se retirado, os Imugis continuam vagando furiosos pela cidade. Do beco, posso ouvir os gritos, sentir o tremor dos corpos se movendo pelas ruas. Meu coração dói toda vez que um choro silencioso assombra a noite. Havia tantas crianças no festival. Penso no menino me pedindo timidamente um beijo, na menina alegre no balanço, no povo comemorando o fim das tormentas. Deve ter sido por isso que a deusa atacou. Mas por que ela foi embora? Vêm-me à mente sua expressão, as chamas apagadas de seus olhos depois de ver a memória.

Seria pena o que vi ali?

De qualquer forma, não importa. Ela foi embora sem chamar seus Imugis, portanto, quebrou nosso trato. E a cidade que, alguns dias atrás, estava inundada por conta da tempestade, agora arde em chamas.

Penso no pesadelo do Deus do Mar, na cidade ardente que vi em seus olhos. Esta cidade reflete aquela memória, com a fumaça subindo e sufocando as nuvens. Quando isso vai acabar?

Acima, vejo uma figura saltando sobre os telhados. Sua sombra cai sobre mim.

Kirin.

Saio correndo pelo beco até encontrar a rua larga onde ele termina. Uma enorme serpente marinha se debate por toda a sua extensão, acertando os edifícios ao redor, que desmoronam com o impacto.

Kirin dispara e pula da beira de um telhado. Em um movimento rápido, ele desembainha a espada e mergulha a lâmina no pescoço da criatura. A besta solta um grito terrível. Ele salta para longe quando o corpo da serpente começa a se contorcer em seus estertores de morte, cuspindo sangue e veneno. Eu me agacho atrás de uma série de barris enquanto o sangue respinga na parede, incendiando a madeira rapidamente.

Kirin cai no chão a meu lado.

— Mina! O que está fazendo aqui? Você está bem?

— Estou. Estava indo para a Casa de Lótus para encontrar Shin.

— Vamos juntos. — Ele se vira, mas para de repente, estreitando os olhos. — Este é...

Sigo seu olhar. Namgi se move erraticamente no céu em sua forma Imugi. Atrás de sua cauda há um enxame de serpentes.

— Esse idiota! — grita Kirin. — Ele está levando os Imugis para fora da cidade. Mas ele não vai conseguir.

Kirin sai correndo, e eu vou atrás. Estamos quase no rio quando Namgi afunda, desaparecendo sob o enxame. Ouvimos um estrondo terrível, e a massa de serpentes se divide. Namgi, de volta a seu corpo humano, cai do céu.

— Namgi! — grita Kirin.

Disparamos pela rua, virando a esquina para encontrar Namgi todo surrado e quebrado no chão. Kirin avança, se jogando ao lado da forma inerte do colega. Ele pega uma faca da cintura e leva a lâmina à palma da mão. Mas, antes que se corte, Namgi estica o braço e agarra seu pulso.

— Não, Kirin — diz ele, vertendo sangue pela garganta. — Minhas feridas não podem ser curadas tão facilmente. Não dessa vez.

Ele tem razão, mas Kirin não deixa de grunhir de frustração.

— Por que você é tão impulsivo? — berra ele. — Pensei que você só queria se tornar um dragão. Você se esqueceu? Um Imugi só pode se transformar em dragão se tiver *vivido* mil anos.

Namgi tosse. E mesmo com sangue escorrendo por seus dentes, ele sorri.

— Isso. Mil anos. Eu não acreditava nesses imbecis que pensavam que conseguiriam se transformar em dragões lutando batalhas infinitas. Será que eles não entendem o que é um dragão *de verdade*? Os Imugis vivem para causar morte e destruição, mas os dragões são a manifestação da paz. — Ele tosse de novo, demorando mais para deixar de tremer. Kirin segura sua mão, e Namgi olha para ele com uma expressão juvenil e temerosa. — Eu queria... queria ser um dragão, Kirin. Era só o que eu queria. Queria ser sábio e bom. Queria ser pleno.

Kirin aperta sua mão com mais força.

– Você é, Namgi.

E diante dos nossos olhos, o corpo de Namgi começa a desaparecer.

Olho para eles, desesperada.

– O que está acontecendo?

– Ele está perdendo a alma – engasga Kirin. – Rápido, precisamos levá-lo até o rio. Me ajude, Mina.

Juntos, colocamos Namgi nas costas de Kirin. Sigo na frente, verificando as esquinas, em busca de serpentes no meio do caminho.

À nossa volta e acima de nós, a batalha continua. Vejo de relance o Deus da Morte, Shiki, pulando de telhado em telhado, liderando um bando de guerreiros com arcos pendurados nas costas. Procuro Shin, mas fico decepcionada por não encontrá-lo entre eles.

Chegamos ao rio. Ao contrário da noite da tempestade, agora ele está calmo. Alguns corpos flutuam em sua superfície. Kirin e eu gentilmente tiramos Namgi de suas costas e o deitamos na margem.

– Procure Namgi – diz Kirin, desabotoando a jaqueta. – Ele vai descer pelo rio.

A ideia me aterroriza. Apenas os recém-falecidos podem entrar no Rio das Almas. Será que Namgi já está... morto? Ele está absolutamente imóvel. Um cacho de cabelo está caído sobre seu rosto pálido. Sem sua alma vibrante para animá-lo, ele parece vazio...

– Mina! – grita Kirin.

Desvio os olhos do corpo de Namgi para o rio. Preciso me concentrar. Ele ainda não partiu.

A princípio, só vejo desconhecidos, homens mais velhos e mulheres, sombras fantasmagóricas na água. Até que...

– Ali! – Aponto para um corpo esguio e familiar.

Namgi está flutuando com o rosto virado para baixo. Olho para Kirin, se aproximando do rio.

– Kirin – digo, subitamente percebendo o que ele está prestes a fazer –, Shin disse que apenas os mortos podem entrar no rio. A correnteza vai levar sua alma embora.

– Não vou entrar no rio.

Kirin está bem na borda da margem; a água espirra em seus pés. Seu corpo começa a tremer e sua pele emite um lindo brilho prateado. Seu corpo humano se transforma. Há uma explosão cintilante, como se uma estrela tivesse se fragmentado. Então uma besta mitológica emerge da luz, batendo os cascos na pedra. E, no lugar de Kirin, agora há uma magnífica besta de quatro patas com dois chifres e uma juba de fogo branco. Ela tem a forma, o corpo e os membros de um veado, mas a altura e a força de um cavalo.

– Kirin? – sussurro, e a criatura me encara com seus olhos prateados.

Ele joga a cabeça para trás, batendo os cascos no ar. Em seguida, salta da margem para a água. Ele não afunda, mas caminha na superfície. A cada passo, a luz radiante de seus cascos pulsa para fora, deixando um rastro de incandescência.

Kirin alcança o corpo de Namgi no rio, dando um cutucão em seu ombro com o nariz. Quando Namgi abre os olhos, suspiro de alívio. Ele agarra o pescoço de Kirin e se iça para as costas largas da besta. Devagar para que Namgi não caia, Kirin volta para a margem.

Ouço um grito agudo vindo do céu. Uma serpente está dando voltas sobre o rio, de olho em Kirin e Namgi. Se ela atacar, será o fim. Mesmo que Kirin consiga enfrentá-la em sua forma de besta, ele não pode arriscar derrubar Namgi.

Com uma mão, pego o punhal da minha tataravó e, com a outra, levanto a saia. Dou meia-volta e disparo para a cidade. Ouço mais um grito no ar – a serpente me avistou. Corro o mais rápido que consigo.

Sei que estou sendo imprudente. Namgi e Kirin jamais me pediriam – para arriscar minha vida pela deles. Mas não consigo evitar. É verdade que as pessoas fazem as coisas mais desesperadas por quem amam. Algumas até chamam isso de sacrifício – talvez seja o que pensaram quando pulei no mar no lugar de Shim Cheong. Mas, para mim, deve ser o contrário. Acho que seria um terrível sacrifício não fazer nada.

Fora que nunca pensei no bem de ninguém além do meu. Eu não seria capaz de suportar viver em um mundo em que eu simplesmente não fizesse nada, em que eu deixasse quem amo sofrer e ser ferido. Se eu tivesse ficado em casa, se nunca tivesse ido atrás de Joon, se eu nunca tivesse pulado no mar, haveria um buraco gigante no meu coração – o vazio de saber que não fiz nada.

Ainda assim, enquanto olho para as serpentes me perseguindo e para as que estão bloqueando o meu caminho, fico desejando que as circunstâncias não fossem tão nefastas.

Estou no bulevar principal do lado de fora do palácio do Deus do Mar. O espaço aberto é invadido por serpentes marinhas deslizando por todos os becos e escalando os muitos telhados. Estou cercada. Meu peito lateja com a pressão dos meus pulmões. Meu ombro dói com o ferimento deixado pelo assassino.

As serpentes estão todas vindo na minha direção, grandes e assustadoras. Seguro o punhal com as duas mãos. Posso ver as pessoas me olhando dos prédios. Mais cedo, um menino me chamou de noiva do Deus do Mar e me pediu um beijo. Não vou decepcioná-lo agora. Afinal, eu sou uma noiva do Deus do Mar. Talvez eu não seja *a* noiva, mas sou uma garota que um dia quis, em um mundo muito distante deste, um destino diferente daquele que recebeu – um destino ao qual eu pudesse me agarrar e nunca mais soltar.

Um rugido terrível sacode a cidade.

Olho para cima.

Um dragão vem descendo do céu.

Ele é imenso, com cerca de três vezes o tamanho da maior serpente. Ele varre sua longa cauda pela rua, arremessando os Imugis contra os edifícios. Feito uma matilha, eles tentam se aproximar do dragão, mas ele ataca, se debatendo e se contorcendo. Um vento gelado sopra. Cacos de gelo afiados feito vidro chicoteiam no ar, perfurando a pele grossa das cobras. Uma a uma, elas caem no chão, transformando-se em homens. Os outros saem voando, lamentando sua derrota.

O terrível dragão, todo ensanguentado, solta outro rugido. Ele gira a cabeça ferozmente, procurando um novo inimigo.

Dou um passo para trás e tropeço na escada do palácio do Deus do Mar. O dragão percebe o movimento. Ao contrário do que aconteceu no barco, quando minha raiva me deu coragem, agora sinto o medo me dominar. O dragão reduz a distância entre nós, cravando as quatro garras curvas no terreno acidentado, deixando grandes buracos em seu rastro.

— Mina!

Shin está parado no telhado do prédio mais próximo. Ele salta, rola no chão e dispara até mim. Ele se aproxima e me puxa para seus braços. Está cheirando a suor, sangue e sal. Abraço-o com vontade, tirando forças das batidas de seu coração.

Ele me solta e se coloca entre mim e o dragão.

— Não vou deixar que você a machuque.

Respiro fundo, me lembrando de Joon e Cheong no barco.

O dragão abaixa a cabeça, expondo fileiras e mais fileiras de presas mortais. Shin desembainha a espada e abre a mão para reposicionar a arma, segurando o cabo com força. Seus ombros estão tensos, prontos para atacar.

Uma voz diz:

— Minha alma nunca machucaria minha noiva.

O Deus do Mar está parado nos degraus do palácio.

Ele está usando suas vestes cerimoniais. O emblema dourado em seu peito mostra o dragão como se apresenta agora, poderoso e feroz. Já o deus-menino parece pálido, mas está inegavelmente desperto.

Então os boatos são verdadeiros. O Deus do Mar acordou por causa daquela noite em que eu o segurei em meus braços enquanto sua tristeza chovia sobre os dois mundos.

Minhas mãos começam a tremer, e as escondo na saia.

— Eu o servi bem, meu senhor — diz Shin, abaixando a espada. — Protegi sua casa. Protegi sua pessoa...

— E protegeu minha noiva.

— Mas não posso servi-lo nisto.

Os olhos do Deus do Mar cintilam, furiosos.

— Está contra mim? Eu sou um deus!

— Assim como eu — diz Shin com ferocidade.

O dragão avança ameaçadoramente. Cerro os punhos e estremeço de dor. Esqueci que estava segurando o punhal. O sangue escorre sobre a cicatriz na palma da minha mão, há tanto tempo escondida debaixo do Fio Vermelho do Destino — naquela ocasião, passei essa mesma lâmina contra minha pele e prometi minha vida ao Deus do Mar.

— Mina? — Levo um tempo para perceber que o Deus do Mar está falando comigo.

Apesar de sua aparência grandiosa, das vestes magníficas, do palácio atrás e do dragão diante de si, seus olhos são exatamente os mesmos que vi em seu salão. Estão repletos de um imenso sofrimento.

— Você vem comigo? — pergunta ele baixinho. Na vastidão do bulevar, sua voz é quase um sussurro. — Quer ser minha noiva? Eu fiz o que você pediu. Acabei com as tempestades. Tomei meu lugar de direito entre os deuses e entre o meu povo. Eu... eu acordei.

Ele vacila por um momento, mas depois levanta o rosto.

— Sou o Deus do Mar. E você é minha noiva. Venha comigo agora, como você disse que faria. Você prometeu.

Olho para Shin e para o dragão, assomando de trás dele. Se eu disser não para o Deus do Mar, será que o dragão, com raiva, vai atacar Shin? O dragão me observa, à espera.

— Mina — diz Shin, uma pontada de pânico na voz. — Você não precisa fazer isso.

— Você mesmo disse isso, Shin — murmuro. — Você sabe por que eu vim. Sempre foi para proteger minha família. — Olho para a cidade além dele e do dragão. As lanternas do festival, que antes brilhavam tanto, agora estão rasgadas e despedaçadas. As pessoas nos observam dos prédios em ruínas, com olhos arregalados e rostos sujos de fuligem. — Eu tenho que fazer isto. Não está vendo? Acho... acho que *sou* a noiva do Deus do Mar.

— Mina... — diz Shin com uma voz rouca. — Por favor, não faça isso.

— Sinto muito.

Viro no instante em que as lágrimas começam a cair, alcanço os degraus do palácio e pego a mão que o Deus do Mar estende para mim. Ele me leva escada acima e, juntos, atravessamos o portão. O vento sopra quando o dragão levanta voo, deslizando sobre nós. Meus pensamentos estão turvos. Meu coração bate forte em meu peito, fazendo um barulho oco.

No último segundo, olho para trás.

Shin está parado do lado de fora do palácio do Deus do Mar, com a cabeça baixa. Ele não ergue o olhar nem quando as portas se fecham.

30

Sigo o Deus do Mar pelo pátio e entramos no salão. Um silêncio sinistro paira sobre o palácio, e não vejo sinais de guardas, nobres ou criados. Quando alcança o palanque, ele hesita. Então abre mão do trono frio e se senta nos degraus. Eu me junto a ele, acomodando meus pés embaixo da saia.

O silêncio se arrasta. Fico olhando o deus-menino, que parece inadequado em suas vestes grandiosas. Ele está curvado, com os cotovelos sobre os joelhos. Percebo que não sei seu nome. Sinto-me imediatamente culpada por nunca ter perguntado.

– Como devo te chamar? Qual é seu nome?

– Você pode me chamar de Marido.

Empalideço.

– Não somos... casados, somos?

– Precisamos de um casamento antes.

Suspiro de alívio.

– Quanto à segunda pergunta, eu não tenho nome. Talvez... você possa me dar um.

– Que tal... – Olho além de seu ombro para o mural do dragão. – Yong?

O Deus do Mar faz uma careta.

– Como quiser...

Ele parece tão consternado que não consigo evitar sorrir um pouco.

– Não vou te chamar de um nome que te desagrada. Por ora, vamos ficar com Deus do Mar. Aposto que ninguém mais nos dois mundos tem um nome assim.

— Eu tenho um nome. Só não... consigo me lembrar dele. Tem tantas coisas de que não consigo me lembrar.

Ele olha para as próprias mãos, e penso no que me levou até o Deus do Mar, em primeiro lugar. Como é ser tão solitário assim? Quando o vi pela primeira vez, pensei que poderia protegê-lo.

— Quando durmo, tenho uns sonhos estranhos — diz ele baixinho. — Vejo uma cidade vermelha e dourada e um penhasco e uma luz ofuscante. Então sinto uma dor insuportável. Mas não é nos meus ossos... é na minha alma. — Ele leva as mãos pálidas ao pescoço, como se as palavras machucassem sua garganta. — E em todos os sonhos, estou me afogando.

Eu me aproximo dele. Ele se inclina e apoia a cabeça em meus joelhos.

— Mina — sussurra ele —, me conta uma de suas histórias?

Isso não deveria me surpreender. Para o Deus do Mar, as histórias são, ao mesmo tempo, o único escape para as verdades do mundo, e também a única forma de enxergá-las com clareza.

Minha mão paira sobre ele, então desce com suavidade em seu cabelo macio. Afasto com delicadeza os fios que caíram sobre sua testa.

As histórias favoritas de Joon sempre foram as que eu tirava do ar feito uma folha para melhor se adequar ao nosso humor, conforme a gente quisesse rir ou chorar. Eram histórias de amor, ódio, esperança e desespero — e todas falavam as verdades que precisávamos ouvir.

Eu fechava os olhos, deixava minha mente vagar e contava para ele — para *nós* — uma história direto do meu coração.

— Em um vilarejo à beira-mar — começo —, vivia um cego chamado Shim Bongsa. Ele não tinha nada de valor, mas era alegre e feliz, pois tinha sua filha, Shim Cheong, a quem ele amava mais do que tudo no mundo. Ele a amava mais do que a brisa quente do verão, mais do que o sabor adocicado do mel em uma xícara de chá, mais do que a canção do mar beijando a praia. Ele podia ser cego, mas enxergava o mundo, porque seu mundo era Shim Cheong.

"Um dia, o vilarejo à beira-mar teve que enfrentar uma terrível tempestade. As plantações e os animais foram levados com a maré. Os anciãos se reuniram e concluíram que a causa da tempestade era o Deus do Mar, que vivia em algum lugar nas grandes profundezas do oceano. Para agradá-lo, eles decidiram fazer um sacrifício.

"No dia anterior, Shim Bongsa tinha caído em uma vala a caminho de casa, e quebrara a perna. Por causa disso, ele não podia mais trabalhar nos campos. Shim Cheong, tendo ouvido sobre o sacrifício que os anciãos estavam preparando, se voluntariou. Ela estava disposta a pular no mar, se o vilarejo providenciasse arroz para seu pai durante sua ausência. Os anciãos logo concordaram, pois Shim Cheong era linda e gentil, e seria um sacrifício digno de um deus.

"No dia do sacrifício, ela deu um beijo na bochecha do pai e disse que o amava, tomando o cuidado de manter a voz estável para que ele não percebesse que estava partindo para sempre e que estava com medo. O barqueiro então levou Shim Cheong para o mar e, após fazer uma última oração pedindo que seu pai tivesse uma vida longa e próspera, ela pulou.

"Ela desceu e desceu até as profundezas mais escuras. Depois de um tempo, ela não sabia mais se estava viva ou morta. Finalmente, seus pés tocaram o fundo do mar. Diante de si, havia um palácio magnífico. As paredes eram feitas de corais, e algas marinhas cresciam em suas grandes torres. Ela atravessou as portas do palácio, entrou em um salão e viu o Deus do Mar sentado em um trono dourado.

"Ele era um grande dragão marinho, com bigodes e olhos tão imensos e escuros que ela pensou que continham toda a sabedoria do mundo. Peixes vermelhos, dourados e brancos flutuavam a seu redor. Embora estivesse com medo, Shim Cheong se aproximou do trono e se colocou diante do Deus do Mar com o queixo erguido.

"Ela estava certa em pensar que ele era sábio, pois ele podia ver tudo. Ele olhou dentro de seu coração e falou:

"– O amor que você sente pelo seu pai é lindo e bom. Pelo seu sacrifício, vou honrá-la acima de todas.

"Ele convocou os golfinhos para envolverem Shim Cheong em um vestido tecido com flores do mar, e a mandou de volta à superfície dentro de uma bela flor de lótus, que floresceu na corte do imperador. Ao ver Shim Cheong, o imperador se apaixonou por ela, e ela por ele. E, pouco tempo depois, eles se casaram.

"Enquanto isso, Shim Bongsa percorria o interior em busca da filha. Os moradores do vilarejo se ofereceram para cuidar dele, mas ele recusou, pois, como pode imaginar, ele estava desolado. Tinha perdido o mundo.

"Ele ouviu falar que o imperador estava convidando todos os cegos, mulheres e crianças do reino para um grande banquete em homenagem à sua noiva. Shim Bongsa foi até a capital. Ele entrou no palácio, atraído pelas risadas e pela música. Um silêncio caiu sobre o salão, e o velho ficou curioso para saber o que estava acontecendo. Ele ouviu o som de passos suaves se aproximando. E a multidão suspirou quando a imperatriz o abraçou.

"– Finalmente te encontrei – disse Shim Cheong para o pai. – Você está em casa.

"E Shim Bongsa, ouvindo a voz de sua amada filha, derramou lágrimas de alegria."

Quando termino a história, um feitiço de sono cai sobre mim.

Acordo sentindo um puxão estranho no pulso. Olho para baixo e me sento abruptamente. *O Fio Vermelho do Destino.*

Shin. Coloco-me de pé de um salto. A fita me leva para fora do salão e então para o pátio, onde vejo uma figura solitária, olhando para o céu sem estrelas. O Fio Vermelho do Destino vacila no ar parado. E no final dele vejo...

O Deus do Mar.

31

Embora o Deus do Mar tenha me tomado como sua noiva, as perguntas continuam me atormentando nos dias seguintes, enquanto perambulo pelos corredores vazios do palácio. Lorde Grou disse que, uma vez que o Fio Vermelho do Destino se formasse entre mim e o Deus do Mar, eu saberia que era hora de quebrar a maldição. Será que ele estava mentindo, ou nunca houve maldição nenhuma, para começo de conversa? Um ano parece tempo demais para descobrir se as tempestades acabaram de vez. Algo dentro de mim me perturba. É como se eu estivesse olhando para uma história inacabada.

Também estou preocupada com Namgi. Será que Kirin o tirou do rio a tempo? Será que Dai se recuperou? E Cheong? Deve haver algum jeito de devolvê-la ao mundo de cima.

Eu pensava que a Casa de Lótus era grande, mas seu terreno todo poderia caber em um quadrante do palácio do Deus do Mar. Levo dias para explorar o quadrante leste, onde fica meu quarto com vista para o jardim. Nunca vi ninguém – nem criados nem guardas –, mas os cômodos estão todos limpos, e as chamas de suas lareiras estão acesas. Não sei se os seres invisíveis que cuidam do palácio são criados fantasmagóricos ou algo completamente diferente disso. Durante todas as horas do dia, as mesas da cozinha estão servidas de comida – os pasteizinhos estão fumegantes, como se tivessem acabado de sair do fogo; as frutas e os vegetais estão sempre frescos, como se tivessem sido colhidos e lavados um instante atrás. Todas as noites, vestidos elaborados surgem no meu armário. E, se sinto falta de alguma coisa, só tenho que dizer as palavras em voz alta para que o objeto do meu desejo apareça, seja uma banheira quentinha ou sandálias para os meus pés.

Na manhã do meu trigésimo dia no Reino dos Espíritos, encontro o Deus do Mar olhando para os barquinhos de papel no lago do jardim, onde ele passa a maior parte de seu tempo. Como fiz outras vezes, espio a água para ver se o barquinho com meu desejo está flutuando entre os juncos, mas não vejo nada. Fico me perguntando se a Deusa da Lua e da Memória percebeu que tem uma dívida comigo. Afinal de contas, apesar de eu ter lhe oferecido meu desejo voluntariamente, ela nunca cumpriu sua parte do trato.

— Tenho um pedido para te fazer — digo, me sentando ao lado do Deus do Mar na grama da margem do lago. — Minha irmã, Cheong, desceu até aqui na última tempestade. Queria visitá-la para saber como ela está se saindo, mas também para falar com nossos ancestrais, a fim de descobrir se existe algum jeito de ela voltar para o mundo de cima.

— Na última história que você contou, foi o Deus do Mar quem devolveu Shim Cheong para o mundo de cima. Receio não ter o poder de fazer isso. Senão, eu a mandaria de volta para que ela se juntasse ao pai.

— E eu? Se eu pedisse, você me devolveria também?

Curvado sobre o lago, de costas para mim, ele fica em silêncio por um tempo, até que diz:

— Eu lhe dou permissão para sair do palácio. Mas você precisa voltar antes que o sol se ponha, porque nós *vamos* nos casar. Caso contrário, você vai se tornar um espírito e perder sua alma.

ᗡ

Eu me afasto do lago. A princípio, caminho devagar, mas então vou mais rápido e mais rápido ainda, até que estou correndo, cruzando a porta secreta, o salão e os vários pátios. Os grandes portões — que foram fechados depois que entrei no palácio — agora estão abertos. Passo por eles e desço a escada apressadamente, seguindo para o rio. Ao sul, está a Casa de Lótus, e, embora eu queira ir para lá, sei que, se eu for, talvez nunca mais vá embora.

O rio está calmo e tranquilo. Ainda assim, não olho para a água enquanto atravesso a ponte.

A Casa da Estrela é um templo com telhado em camadas que fica ao sopé das montanhas do leste. Chego no auge da manhã, e o sol brilha intensamente sobre um prado tomado por azaleias reais.

Criados vestidos de preto – homens e mulheres de cabeça raspada – me cumprimentam no pátio principal do templo da montanha. Uma mulher faz uma reverência para mim, gesticulando para que eu a siga. Ela me conduz por corredores profundamente cravados na encosta da montanha e por um longo lance de escada. O ar fica mais rarefeito à medida que vamos subindo, e emergimos em uma plataforma com vista para todo o vale. Cheong e uma outra jovem estão sentadas em tapetes de palha atrás de uma mesinha disposta com chá e frutas em delicadas tigelas de porcelana.

A jovem se vira quando nos aproximamos. Ela é linda. Tem um rosto redondo, bochechas coradas e olhos brilhantes.

Hyeri.

Ela inclina a cabeça para o lado, me estudando com atenção.

– Conheço você.

– Já nos vimos antes – digo. – Um ano atrás, na noite em que você ia se casar com o Deus do Mar.

– Lembrei agora. – Ela se levanta para pegar minhas mãos. Assim como Cheong, ela é mais alta do que eu. Sua voz é calorosa e receptiva. – Você foi minha aia. Você me ajudou a me vestir e trançou meu cabelo. Você me ouviu em uma noite que eu precisava mais do que tudo ser ouvida. – Ela me puxa com gentileza para a mesa quadrada, oferecendo uma esteira para mim. – Venha, junte-se a nós.

Depois que me acomodo, Hyeri me serve uma xícara de chá fumegante. Eu a levo ao nariz e inalo o aroma suave de crisântemos.

– Estou feliz que você veio, Mina – diz Cheong timidamente. Estico o braço e pego sua mão, apertando-a com força.

– Você parece bem, Cheong – digo, sentindo gratidão por Hyeri. – Vim aqui hoje não só para te visitar, mas também porque acho que existe um jeito de te devolver para o mundo de cima.

Ela arregala os olhos.

— Isso é possível?

— Tenho motivos para acreditar que sim. — Viro-me para Hyeri e pergunto: — O que você sabe sobre a Casa dos Espíritos?

Ela se recosta na almofada com uma expressão pensativa.

— É a maior de todas as casas. Está localizada na parte inferior da cidade, onde o rio começa. Os espíritos que conseguem sair do rio são levados para lá primeiro, e depois são enviados para a casa de seus ancestrais que já moram na cidade, ou para um mestre de guilda em busca de emprego. Assim, o melhor jeito de encontrar seus ancestrais é ir para essa casa e se apresentar a eles. — Hyeri se vira para Cheong. — Você tem algum parente que morreu antes de você?

— Só tenho meu pai, que ainda está vivo.

Hyeri suspira.

— Bem, nem tudo pode funcionar perfeitamente.

Sorrio, achando graça dessa estranha maneira de enxergar as coisas.

— Estava pensando... — digo. — Talvez meus ancestrais nos ajudem. Afinal de contas, eles também são os ancestrais de Cheong. Ao se casar com Joon, ela se tornou parte de nossa família.

Hyeri se inclina para a frente, animada.

— Isso! Mina, você pode ir até a Casa dos Espíritos para ver se consegue se encontrar com eles. Os ancestrais são sábios e já viveram muitas vidas. Qualquer coisa que eles compartilharem com você pode ser útil.

Assinto, então me viro para Cheong.

— Como não sei quais dos nossos ancestrais estarão na Casa dos Espíritos, acho melhor eu ir sozinha. Vou falar com eles, e depois volto para te buscar.

— Obrigada, Mina — diz Cheong, emocionada. — Mas... — Seu sorriso desvanece. — Mas e você? Se eu voltar para o mundo de cima, não quero ir sozinha. Você tem que ir comigo. Seus irmãos estão te esperando, e sua avó...

Meu coração dói intensamente ao pensar na minha família. Na nossa família. Eu daria tudo para vê-los uma última vez.

— Não posso. Se eu me recusar a me casar com o Deus do Mar e voltar para o mundo de cima, é possível que as tempestades recomecem.

– Você vai mesmo se casar com ele? – Cheong franze as sobrancelhas. – Mas e... – Ela nunca termina a frase, talvez por perceber minha expressão arrasada.

Hyeri e Cheong trocam um olhar.

– Eu acho tudo muito estranho – diz Hyeri. – Todo mundo fala que a maldição foi quebrada, e mesmo assim o Deus do Mar não sai do palácio. Nada mudou de verdade, além das tempestades.

Hyeri tem razão, eu também notei nisso. O Deus do Mar continua igual ao que era antes de despertar: melancólico e solitário.

– Por que o Deus do Mar foi amaldiçoado, para começo de conversa? – continua ela. Suas perguntas reviram algo dentro de mim. – E, se ele foi amaldiçoado mesmo, quem foi que lançou a maldição?

Ouvimos uma batida suave na porta, e nós três nos viramos para a entrada da varanda, onde Shiki – Deus da Morte e marido de Hyeri – está parado, vestido todo de preto, como na primeira vez que o vi.

Ele faz uma reverência e diz:

– Peço desculpas pela interrupção. Sei que vocês gostariam de conversar mais... mas três visitantes chegaram para ver lady Mina.

Meu coração dá um solavanco dentro do peito.

Eu me despeço de Cheong e Hyeri e sigo Shiki pelos corredores do templo até a escadaria que dá para o vale.

Há três figuras entre as azaleias selvagens. Namgi. Kirin.

E Shin.

༄

Caminho na direção deles através do campo de flores cor-de-rosa e roxas.

– Mina, a noiva do Deus do Mar – diz Namgi baixinho.

Sou tomada por uma onda de alívio. Da última vez que o vi, Kirin estava arrastando para fora do rio a alma quase perdida de Namgi.

– Só Mina – digo, enquanto ele me puxa para um forte abraço. Eu me deleito em seu calor. Quando sua alma saiu de seu corpo, ele estava tão frio.

– Bem, Só Mina – diz ele, me soltando –, como se sente sendo a noiva escolhida do Deus do Mar? Você pensa em nós, seus amigos não tão ilustres?

– Não me sinto nem um pouco diferente. – Olho para Shin. Ele está mais afastado do grupo. Ele não me encara, apesar de eu ter sentido seus olhos sobre mim enquanto atravessava o campo de azaleias.

– Você parece bem – diz Kirin. – Sua roupa é bonita.

Olho para mim mesma. Estou usando um vestido simples cor-de-rosa e verde, um dos muitos do meu armário.

– Obrigada – digo, corando. – Como está Dai?

– Ele e seus outros amigos espíritos saíram da casa esta manhã, depois que o considerei completamente recuperado. Ao contrário de Namgi, que ainda está fraco demais para ficar zanzando por aí.

Namgi sorri.

– Estou ótimo. Nada poderia me impedir de ver Mina.

– Você devia tomar mais cuidado – insiste Kirin. – Pouco tempo atrás, você não tinha nem alma.

– Mas agora tenho, graças a você! – Namgi ataca Kirin com um abraço.

Eles caem nas flores, discutindo, igual quando os conheci, no salão do Deus do Mar. No entanto, agora é possível ver o quanto eles se amam e se importam um com o outro, e a briga logo se transforma em risada.

Encaro Shin com o coração batendo dolorosamente. Quando o conheci, pensei que seus olhos escondiam seus pensamentos melhor do que a máscara escondia seu rosto. Já não penso mais assim.

Ele me olha com um olhar tão triste que parte meu coração.

– O que está fazendo aqui? – pergunto baixinho.

– Eu falei que te levaria para ver seus ancestrais.

Quase me desfaço em pedaços. Shin... este homem alto, nada assustador e honrado, que mantém a palavra e sempre cumpre suas promessas, mesmo quando está sofrendo.

Engulo em seco.

– Então vamos.

˜

A Casa dos Espíritos é exatamente como Hyeri descreveu: uma construção gigantesca e quadrada, que fica ao lado do Rio das Almas e lembra uma casa de banho. Tem ao menos cinco andares. Através das janelas de papel, posso ver o contorno dos seres festejando e dançando lá dentro.

Shin atravessa as grandes portas e segue para a sala principal do edifício, passando por uma enorme fila de pessoas muito molhadas.

Namgi se inclina para sussurrar em meu ouvido:

– Recém-chegados.

A sala é magnífica, um enorme pátio fechado cercado de terraços em todos os andares.

Um homem corpulento de bigode e olhos redondos se apressa para cumprimentar Shin.

– Ó grande e poderoso lorde da Casa de Lótus...

Kirin o interrompe.

– Precisamos arranjar um encontro ancestral.

O homem pisca rápido.

– Sim, claro! – Ele estala os dedos, e uma avó pequena e curvada se aproxima, mancando. Ela está usando uma máscara de jovem. Lentamente, ela entrega ao homem um pergaminho enrolado.

Ele limpa a garganta.

– Sobrenome?

– Song – digo.

– Vilarejo de origem.

– Beira-Mar.

– Song das Montanhas Baixas, dos Campos ou da Ribeira?

– Montanhas Baixas. – Faço uma careta. Cortamos relações com os Song dos Campos depois que o avô deles teve um desentendimento com o meu avô por conta de uma partida de Go.

– Ah, aqui estão – diz ele, com um dedo no papel. – Parece que... tanto sua tataravó quanto seu avô estão registrados como seus ancestrais Song na cidade.

Fico sem ar. Lágrimas enchem meus olhos. *Meu avô. Minha tataravó.*

– Eles estão aqui? – sussurro emocionada, e me viro para Shin. – Eles estão aqui! E eu vou vê-los! – Eu não sabia que precisava tanto vê-los até este momento.

– Fico feliz por você, Mina – diz ele baixinho.

A avó dá uma tossida por trás da máscara. Viro as costas para Shin e para os outros e sigo-a. Subimos cinco lances de escada e avançamos por um corredor repleto de portas fechadas. Ela para na terceira porta à esquerda e a abre.

— Espere aqui.

Entro na sala e ela fecha a porta atrás de mim. O cômodo é pequeno, composto de várias prateleiras baixas abarrotadas de itens. Reconheço alguns dos rituais que minha avó e eu fazíamos todos os anos. Ali está a comida que deixamos para o meu avô no dia de seu aniversário no mês retrasado. Ela ainda está boa. O arroz com feijão e a sopa de bacalhau seco — seus pratos favoritos — ainda estão fumegantes, mas percebo que as tigelas estão mais vazias. Ali estão as frutas brilhantes, as preferidas do meu avô, que minha avó deixou para ele, e o buquê de flores frescas colhidas no jardim que ela deixou para a sua avó — as flores douradas e os hibiscos escarlates ainda estão tão reluzentes quanto no dia em que os colhemos.

Pouso o olhar em um berço enfiado no canto da sala.

Respiro fundo. É o barco que Joon levou semanas esculpindo.

Ficamos tão animados quando Sung, meu irmão cinco anos mais velho que Joon, nos contou que ele e Soojin teriam um bebê. Joon e eu fomos para as montanhas; eu rezei para o guardião da floresta enquanto ele derrubava sua árvore favorita, a que plantou quando era só um garotinho. Com o coração da árvore, ele construiu um berço para a bebê. Ele entalhou belas imagens na madeira — um grou voando para guiá-la em seus sonhos, um tigre subindo pela cabeceira para protegê-la dos pesadelos —, e todas as noites eu me colocava diante do berço inacabado rezando para a Deusa das Mulheres e das Crianças, beijando a madeira que um dia receberia a cabecinha da minha sobrinha.

Quando nasceu, ela sorveu o ar apenas uma vez, e nunca mais. Enterramos o berço no jardim, para que ele pudesse embalá-la no outro mundo.

Corro os dedos pelas listas do tigre e pelas penas das asas do grou.

A porta se abre atrás de mim, e meus ancestrais entram na sala.

32

Mascarada entra primeiro, seguida de Dai e Miki. Fico um pouco surpresa, e ao mesmo tempo nada surpresa, porque é claro que eles são a minha família – eles me ajudaram esse tempo todo.

Dai sorri.

– Você chora demais, Mina – diz.

Mascarada se aproxima, levando as elegantes mãos até a nuca para desfazer o nó dos fios que seguram a máscara no lugar. A máscara cai no chão. Olho para seu rosto e vejo meu próprio rosto me encarando de volta, só que muito mais bonito. Ou talvez seja apenas o amor que sinto por ela refletindo de volta para mim. Ela me abraça.

Engasgo com meu choro.

– Você é minha tataravó, não é? – Sinto-a assentindo contra o meu ombro. – Quando eu estava morrendo, você cantou pra mim. Pensei que era a minha própria voz, mas era a sua.

– Eu cantei pra você, mas foi sua vontade de viver que te trouxe de volta.

Viro-me para Dai.

– E você é... meu avô.

Ele sorri.

– E Miki... – Estou aos prantos. Mal consigo falar. – Miki é a filha do meu irmão mais velho.

Ela é a garotinha que nunca mostrou seu lindo sorriso no meu mundo, mas recebeu uma segunda chance em outro. Ela dá uma risadinha atrás do ombro de Dai.

– Joon fez um berço pra ela – digo baixinho.

— Sim — diz Dai. — Foi esse barco que a carregou. Ela teria caído no Rio das Almas se não fosse por ele. Algo feito com tanto amor nunca poderia afundar.

Mascarada pega minha mão.

— Pergunte pra gente o que precisa saber, Mina. Não podíamos te contar antes, pois os espíritos não podem influenciar diretamente as ações de seus descendentes. Mas podemos te contar agora, neste lugar sagrado — diz.

Assinto, enxugando as lágrimas.

— Preciso saber como devolver Shim Cheong para o mundo de cima.

Mascarada e Dai trocam um olhar.

— Isso nunca foi feito antes — diz ela pausadamente. — Mas não significa que não *possa* ser feito.

— E se ela voltar pro rio? — sugere Dai. — Shim Cheong tem corpo e alma. Se ela conseguisse subir o rio, talvez pudesse voltar pro mundo lá de cima.

Mascarada balança a cabeça.

— A correnteza é forte demais, seu corpo não aguentaria a passagem.

Vejo sua expressão e me pergunto se eu também faço essa cara quando estou refletindo sobre algo. Resisto à vontade de esticar o braço e suavizar o vinco que surge no meio de suas sobrancelhas.

— Em tempos de grande perigo — diz ela —, um desejo pode ser feito para a pérola do dragão.

Sinto uma agitação estranha no coração.

— Um desejo?

— Isso mesmo! — grita Dai, animado. — Agora me lembrei. A pérola do dragão é a fonte de seu grande poder, e um desejo feito para ela pode fazer até o impossível se tornar realidade.

Penso em todas as vezes que vi o dragão — no barco e no jardim, voando pelo céu e do lado de fora do palácio.

— Nunca vi o dragão com a pérola — digo. Então me lembro do mural na parede do salão do Deus do Mar. Na pintura, o dragão estava perseguindo uma pérola pelo céu.

— É possível que ele a tenha perdido — diz Mascarada —, o que pode estar relacionado à maldição.

— Ou que ela tenha sido roubada — acrescenta Dai sombriamente.

No pesadelo do Deus do Mar, ele estava ferido. Talvez esse tenha sido o momento em que a pérola foi roubada.

– Então se eu recuperar a pérola e devolvê-la ao Deus do Mar, o dragão vai realizar o meu desejo?

Dai e Mascarada trocam um olhar.

– Se fosse tão simples assim – diz Dai –, todo mundo estaria procurando uma chance de fazer um pedido.

– Apenas alguém que o dragão ama muito pode fazer um desejo para a pérola – explica Mascarada.

– Alguém que o dragão… ama?

Ela assente com a cabeça.

– O dragão e o Deus do Mar são um só. O dragão é a alma dele. Se o Deus do Mar ama alguém, essa pessoa teria o poder de fazer um desejo para a pérola. No passado, era sempre o imperador que era mais amado pelo Deus do Mar. Em tempos de grande perigo, diziam que ele poderia fazer um desejo para mudar o mundo.

Encontro Namgi, Kirin e Shin no salão principal, e conto a eles o que aprendi com meus ancestrais. Kirin e Shin não parecem surpresos ao descobrir a verdadeira identidade dos espíritos que estavam me ajudando, mas Namgi parece bastante chocado.

– Você precisa pedir desculpas pra sua tataravó por mim, Mina – diz ele timidamente. – Diga a ela que metade das coisas que falei não era a sério.

– Namgi, a maioria dos espíritos aqui não é ancestral de alguém? Cada espírito com quem você flerta poderia ser um avô.

Ele grunhe.

– Nem me lembre.

Com o conhecimento dos meus ancestrais, agora sei como salvar Shim Cheong. Mas, ainda que isso pareça simples, a tarefa não é nada fácil, porque, por mais que eu ache que o Deus do Mar me respeita, ele não me ama.

E as perguntas que Hyeri fez sobre a maldição me fazem lembrar de como me senti quando entrei no palácio do Deus do Mar pela primeira vez – como se eu estivesse perdendo a última parte de uma história, como se o final dela fosse inalcançável.

Vacilo enquanto uma estranha dor faz meu coração se agitar. Com o canto do olho, vejo o Fio Vermelho do Destino se esticar no ar.

– Mina? – Shin dá um passo à frente. – O que foi?

O Fio Vermelho do Destino dá outro forte puxão, e eu falo:

– É... o Fio Vermelho do Destino... – Shin fica imóvel. – Tem algo errado.

Sinto mais um puxão, e desabo.

Ele me ampara e me põe de pé.

– Ela está virando um espírito. – Ouço a voz de Kirin sobre mim. – Faz exatamente um mês que ela entrou no Reino dos Espíritos.

Luto contra a dor terrível; parece que a minha alma está sendo arrancada do meu corpo.

– O que vamos fazer? – pergunta Namgi. – Como podemos ajudá-la?

Kirin olha para Shin e fala:

– Ela precisa voltar para o Deus do Mar.

Shin não hesita. Em um movimento fluido, ele me levanta do chão e eu enlaço seu pescoço com meus braços. Em uma velocidade sobrenatural, ele sai correndo da Casa dos Espíritos, disparando pelas ruas e pulando sobre os telhados.

A dor vai diminuindo conforme nos aproximamos do palácio. Quando chegamos ao pátio do lado de fora do salão, já recuperei as forças. Shin me coloca no chão.

– Me espere no jardim – digo antes de sair correndo.

Assim como na primeira noite, quando o Fio Vermelho do Destino me trouxe até ele, o Deus do Mar está caído no trono, os olhos fechados.

Atrás dele, o sol poente pinta o mural do dragão com tons alaranjados e amarelados, e a pérola parece ouro polido.

– Mina? – O Deus do Mar abre os olhos.

Vou até ele, e ele olha para mim.

Ele não é nada parecido com o Deus do Mar da minha história. Aquele deus era forte e poderoso. Afinal, ele levou Shim Cheong para casa.

Olho para o Deus do Mar diante de mim e penso em como um deus pode ser assim tão frágil? Tão humano?

A dor que senti antes se transformou em um leve incômodo. Como estamos próximos, a fita tem apenas o comprimento de um braço. Eu me aproximo mais, colocando minha mão sobre a dele. A mão dele é fria e macia, enquanto a minha é quente e áspera. Nada acontece. Não sou arrastada para nenhum sonho; não há explosão nenhuma. Quando me movo, o Fio Vermelho do Destino desapareceu.

– Mina... – O Deus do Mar ajeita a postura. – O que aconteceu? O que você fez?

– Não sou a sua noiva – digo gentilmente. – Não de verdade. Você não me ama, e eu não amo você. Estamos predestinados, mas não desse jeito.

Tenho a impressão de que o Deus do Mar vai protestar. Ele franze as sobrancelhas e uma expressão genuína de preocupação se espalha por suas feições delicadas.

– Mas você vai morrer, Mina. Você vai se tornar um espírito.

– Não se eu puder evitar. – Sorrio para tranquilizá-lo. – Você tem que ser forte só mais um pouco. Pode fazer isso por mim?

– Eu... sim. Acho que sim.

Viro as costas para ele e corro para a porta atrás do trono. Desço os degraus de pedra e entro no jardim. A dor passou, mas sei que logo vou me tornar um espírito. E, apesar de sentir medo, a esperança brota dentro de mim.

Quero contar tudo para Shin – que eu sinto muito por tê-lo deixado, que pensei que era a única decisão que eu podia tomar. Mas eu estava errada. Sempre há uma escolha.

Quero lhe dizer que minha escolha é ele, que sempre foi ele.

Disparo pelo jardim, pulando sobre o córrego e por entre as árvores cintilando o brilho laranja do poente. Atravesso o campo, cruzo a ponte e saio na colina que dá para o pavilhão onde Shin me espera.

Não persiga o destino, Mina. Deixe o destino te perseguir

33

Shin está esperando dentro do pavilhão, ao lado do Lago dos Barquinhos de Papel. Ele se vira quando estou subindo a escada, e seus olhos encontram os meus.

— Falou com o Deus do Mar? — pergunta ele baixinho, olhando para mim daquele jeito que sempre me faz ter dificuldade para respirar.

— Sim — respondo. — E já sei o que preciso fazer.

Seu olhar se demora na minha mão, então desvia para o lago. Percebo um sofrimento agudo em sua expressão. Esta noite, os barquinhos de papel estão amontoados na margem feito um bando de patos. É como se eles fossem abrir as asas e sair voando a qualquer momento.

— Não vou te pedir nada — diz Shin. — Qualquer que seja a sua decisão, vou respeitar. Se você se casar com o Deus do Mar, vou proteger vocês dois. Por toda a minha vida.

Meu coração se enche de amor por ele. Como ele é bom, generoso e gentil.

— Mas eu não queria me conter nesse assunto... porque sei que você nunca se conteria. Nem em palavras, nem em ações. — Ele sorri, e meu coração dá um salto. — Posso não ter alma nem um Fio Vermelho do Destino, mas não preciso de nenhum deles para saber que amo você.

— Shin — digo sem fôlego —, o Fio Vermelho do Destino desapareceu.

Ele balança a cabeça.

— Não estou entendendo.

— A fita que me conectava ao Deus do Mar desapareceu — explico — depois que coloquei minha mão sobre a dele, o que eu também fiz com você quando nosso destino se formou, lembra? Você disse que não ia funcionar.

Bem, funcionou – digo orgulhosa. – Como eu sabia que funcionaria, porque eu não o amo. Eu amo você, e estou escolhendo meu próprio destino.

Eu me inclino para a frente, me apoiando em seus ombros, e dou um beijo em seus lábios.

Em seguida, dou um passo para trás. Meu rosto está vermelho, mas o encaro com determinação. Afinal, ele disse que eu não me conteria. Ele se recupera da surpresa rapidamente. Pega minha mão, me puxa para seus braços e me beija. Seu coração bate forte contra o meu. Envolvo os braços em seu pescoço, beijando-o de volta com o mesmo fervor.

Quando finalmente nos separamos, o amor que vejo em seus olhos me faz perder o fôlego.

– Lorde Grou estava errado – diz Shin. – Ele disse que, uma vez que o Fio Vermelho do Destino estivesse formado, você saberia como quebrar a maldição.

Olho para ele, e um entendimento floresce dentro de mim.

– Não acho que ele estava errado.

Shin franze o cenho de leve.

– Como assim?

– Tenho que fazer uma coisa. Preciso ir. Você me espera aqui? Confia em mim?

A princípio, ele não fala nada, e fica apenas me encarando com seus olhos escuros feito o mar. Então ele sorri, curvando os lábios.

– Com a minha alma.

Volto correndo e atravesso o jardim, o salão, os pátios – o Deus do Mar não está em lugar nenhum – e desço a escada. Meu coração bate selvagemente. Sinto que todas as respostas estão a meu alcance.

Viro no beco onde vi a Deusa da Lua e da Memória pela última vez, perto do altar enfiado na alcova. A tigela na frente da tábua está vazia, então coloco o punhal da minha tataravó em seu centro. Pego a pederneira e a bato contra a pedra de fogo, criando uma faísca. Apanho-a com um pedaço de papel, que uso para acender o incenso.

Dou um passo para trás e sussurro uma oração. Quando abro os olhos, a Deusa da Lua e da Memória está a meu lado.

Ela me observa com seus olhos de velas. Esta noite suas chamas estão mais fracas.

– Você não tem medo de mim? – pergunta ela, mais curiosa do que brava.

– Não – digo, e é verdade.

– Então você não tem medo de nada?

– Tenho medo de florestas.

Ela levanta uma sobrancelha, claramente pensando que é brincadeira.

– Quando eu era pequena, me perdi na mata – explico. – Eu estava atrás do meu irmão quando vi uma raposa, saí correndo atrás dela e acabei me perdendo. Por muito tempo, não me lembrava como eu tinha saído da floresta. Tudo o que eu lembrava era que estava morrendo de medo das árvores esquisitas na escuridão.

A deusa fecha os olhos, e me pergunto se ela está revivendo essa memória comigo.

– Fiquei chorando, sentada nas raízes de uma árvore por horas. Pensei que ninguém iria me encontrar, que eu ficaria sozinha naquela escuridão para sempre. Mas então vi uma luz através da copa das árvores: o luar se infiltrava por entre os galhos, iluminando uma trilha. Foi isso que me conduziu de volta para casa.

A deusa abre os olhos para me observar, e agora as chamas em seus olhos estão ardendo.

– Minha avó sempre disse que, embora o sol nos ofereça calor e luz e seja o símbolo do nosso grande imperador, é a lua que protege as mulheres e a noite. Ela é a mãe que protege todos nós.

Respiro fundo.

– Nós fizemos um trato, você e eu. Eu compartilhei uma parte da minha alma com você. É justo que você me ofereça algo em troca.

– E o que você quer?

– Uma memória. Me mostre o que aconteceu cem anos atrás, em um penhasco à beira-mar. Me mostre o que aconteceu para que o Deus do Mar perdesse todas as esperanças. Me mostre o que aconteceu com o imperador do meu povo.

De sua manga, a deusa tira um barquinho de papel bem velho, todo desgastado nas bordas. Uma rajada de vento poderia destruí-lo. Ela o estende para mim.

Levanto a mão e toco o papel.

Estou de volta ao penhasco do sonho do Deus do Mar. No sonho, porém, ele estava na borda, e agora não está em lugar algum.

Tudo parece tranquilo. O vento sopra no ar límpido. O sol reluz no mar cintilante, e os barcos de pesca navegam nas águas matutinas.

Eu me aproximo da beirada, tentando distinguir os rostos nos barcos, quando a terra começa a tremer sob os meus pés. As pedras se soltam da encosta e caem no mar. Um batalhão de guerreiros a cavalo se aproxima, subindo a colina. À frente do grupo, montado em um magnífico cavalo, está o Deus do Mar.

Mas há algo estranho. Sua armadura está manchada de terra e de sangue.

Um homem a cavalo se coloca ao lado do Deus do Mar. O emblema de seu peitoral mostra um tigre em ataque, marcando sua posição como general dos exércitos do imperador.

– Vossa Majestade! – grita o homem. – O senhor precisa fugir, antes que seja tarde demais.

O Deus do Mar tira o capacete. A expressão que vejo ali é totalmente diferente daquela com que estou acostumada – de menino perdido, sofrido. Ele parece... feroz, um líder. Com os olhos fixos no general, ele deixa o capacete cair no chão.

– Não vou abandonar meus homens. Vou ficar e lutar.

– Vossa Majestade – grunhe o general –, o senhor precisa viver. O senhor é mais do que uma pessoa. É a esperança do nosso povo!

O Deus do Mar parece querer discutir, mas então pragueja. E vira seu cavalo abruptamente.

Mas é tarde demais. O pequeno grupo de homens ficou muito tempo parado a céu aberto. Os inimigos sobem o penhasco e encurralam os guerreiros contra o precipício.

A batalha que se segue é sangrenta, terrível. Os homens formam um círculo ao redor do Deus do Mar, mas, um por um, eles vão caindo. Logo restam apenas o menino e seu general.

Percebendo que a derrota é iminente, o general bate a espada contra o flanco do cavalo do Deus do Mar. O animal relincha alto e sai a galope para longe da batalha.

A esperança brota em meu coração, mas se dissipa rapidamente quando vejo um soldado inimigo sair de trás de uma grande pedra. Ele coloca uma flecha no arco e se prepara para atirar.

Ele dispara. A flecha faz um arco no céu.

— Cuidado! — grito, mas é claro que ninguém me ouve. Ninguém pode me ver. Isso é só uma memória de algo que aconteceu há muito tempo.

A flecha atinge o peito do Deus do Mar.

Ele cai do cavalo, aterrissando a poucos centímetros da borda do penhasco. O inimigo recua. Já cumpriu sua tarefa. A consequência é inevitável. Um ferimento como este é fatal.

Corro até ele, mantendo as mãos no ar, acima de sua cabeça. Mesmo se eu tentasse, não conseguiria tocá-lo. Estamos separados por cem anos. A ponta da flecha sai por suas costas, ensopada de sangue. Ele está morrendo. O Deus do Mar olha para mim e, por um momento, é como se ele me visse. Mas então ele vira o rosto, olhando ao redor.

— Quem é você? — sussurra ele.

Ergo o olhar. Do outro lado do deus, há uma figura agachada...

— Sh-Shin? — digo. — O que está fazendo aqui?

Ele não responde. Assim como o Deus do Mar, ele não pode me ver.

O deus tosse sangue. Ele é tão jovem. Tão novo para morrer.

— Por que não me responde? — grita ele. — Quem é você?

— Não fale nada — diz Shin em uma voz baixa e suave. — Você foi atingido nos pulmões.

— Estou morrendo?

— Sim.

O Deus do Mar fecha os olhos, e uma terrível tristeza toma seu rosto.

Shin fica observando o menino, e eu observo Shin. Ele está diferente nesta memória. Está usando longas vestes azuis, parecidas com as que trajava no festival. Seu cabelo está mais comprido, preso em um coque alto. Ele murmura baixinho:

— Você está com medo.

O menino abre os olhos, e uma expressão furiosa e feroz se espalha por suas feições. Mas então ele grunhe em sofrimento. Seus olhos estão turvos.

— Tenho menos medo de morrer do que de deixá-los sozinhos.

Suas palavras me fazem lembrar do pesadelo. *Eu falhei com todos eles.*

De repente, o menino agarra a manga de Shin.

– Meu povo... Quem vai protegê-los quando eu partir? Quem vai garantir a segurança deles? – pergunta ele, desesperado, vertendo sangue entre os lábios.

– Eu.

– Você... – O menino parece murchar. – Sei quem você é. Meu pai me contou sobre você. Ele disse que você protege nosso povo, e que, se eu precisasse, você me ajudaria. Vai me ajudar agora?

Ouço um som de estrelas varrendo o céu. Olho para cima e vejo o dragão sobrevoando o lugar onde estamos, com uma pérola enorme presa em sua garra esquerda.

Nunca o vi desse jeito. Suas escamas são de um azul vibrante e deslumbrante. Seus bigodes são longos e brancos. Ele se move mais livremente pelo céu, de um jeito dinâmico e alegre. Ele derruba a pérola, que explode em um clarão e se transforma em um incrível par de asas azuis e prateadas, que se projetam dos ombros de Shin.

O imperador olha para ele com uma expressão de puro encantamento.

– Quem é você?

– Sou o Deus do Mar.

Na pérola de um dragão, seu desejo vai mergulhar.

– Faça um desejo.

– Quero viver.

34

Estou de volta ao beco. O barquinho vira pó e se dissipa no ar em espirais.

— Está feito – diz a deusa. – A essa altura, o Deus do Mar e o imperador terão recuperado suas memórias e se lembrado de quem foram, quem são e quem são as pessoas afetadas pelo poder do desejo.

Ainda sinto a lembrança em minha pele – o ar salgado, o dragão varrendo o céu, o Deus do Mar. Shin. Eles são a mesma pessoa. Para salvar a vida do imperador, Shin lhe deu sua alma, o dragão. Agora entendo por que consegui compartilhar um Fio Vermelho do Destino tanto com o imperador quanto com Shin, já que, durante cem anos, a alma deles foi a mesma.

— Como você sabia? – pergunta a deusa. – A memória só confirmou o que você já suspeitava.

Como eu sabia? Penso em todas as peças que fui juntando até agora – Shin, que perdeu a alma e a memória; o Deus do Mar, que não parecia um deus, mas um menino preso em um pesadelo terrível. Mas, principalmente, eu sabia...

— Eu sou a noiva do Deus do Mar, e amo Shin.

Depois de uma pausa, a deusa suspira.

— Bem, sei admitir uma derrota. Mas, independentemente de quem carrega a alma do dragão, ele pode ser vencido. Volte depressa para o seu Deus do Mar, noivinha. Diga a ele para esperar uma visita da Deusa da Lua e da Memória em breve.

Fico observando a deusa. Seu rosto está corado e seus olhos brilham vitoriosos. No entanto, quando pedi para ver a memória, ela já a tinha em mãos, e só estava esperando que eu pedisse. No fundo de seu coração, ela queria que eu visse a memória. Ela queria que eu descobrisse a verdade.

– Se você deseja poder, há um jeito melhor de consegui-lo do que enfrentando o Deus do Mar – digo.

Ela levanta uma sobrancelha em uma expressão de incredulidade.

– E que jeito seria esse?

– Não há deusa mais amada do que aquela que protege as crianças. – Penso na jovem mãe que fez o desejo nas margens do córrego, e nas muitas que vieram antes e depois dela que também depositaram suas esperanças em uma deusa indiferente. – Mas conheci a Deusa das Mulheres e das Crianças... e nunca vi deusa mais inadequada para um papel tão honrado.

– Está dizendo que *eu* deveria me tornar a Deusa das Mulheres e das Crianças?

– Isso certamente lhe daria o poder que procura. Porque, se for verdade que os deuses ganham poder através do amor de seu povo, você seria a deusa mais poderosa de todas, pois o amor oferecido e recebido pelas crianças é o mais poderoso do mundo.

A deusa fica me olhando com uma expressão cautelosa.

– Mas por que você acha que eu seria adequada para esse papel?

Penso em minha avó. Depois que meus pais e meu avô partiram para a próxima vida, ela nos criou sozinha. Penso em Mascarada, minha feroz tataravó, que me guiou e me protegeu durante meu tempo no reino do Deus do Mar. Penso na deusa parada diante de mim, que protegeu Dai dos Imugis, que chorou por minha cunhada e sua filha, e que enviou a lua para me conduzir à casa na floresta.

– Porque, assim como as mulheres da minha família, você tem a sabedoria de um grou, o coração de um tigre e a bondade e o amor que somente uma deusa que valoriza as crianças pode ter. É um fardo pesado ser uma deusa assim tão amada, mas acredito que você, mais do que qualquer outro, pode suportá-lo.

A deusa levanta as sobrancelhas. É um movimento sutil, mas perceptível.

– Sua crença é forte. Você torna difícil negar suas palavras.

– Então vou facilitar para você – digo. Viro de costas e grito por sobre o ombro: – Só falta você acreditar também!

∽

A cidade está silenciosa, e o clima me lembra o de quando cheguei ao Reino dos Espíritos, só que sem a névoa. A magia paira pesadamente no ar. É como se a cidade e todos os seus moradores extraordinários estivessem segurando a respiração. Esfrego meus olhos com os braços, enxugando as lágrimas que se acumularam ali. Elas surgiram quando deixei a deusa e não pararam de cair desde então. Mas agora preciso parar de chorar. Preciso ser forte. Mais forte do que nunca.

Não sigo nenhum Fio Vermelho do Destino. O caminho que escolho é o que já conheço.

Conheço esta cidade, conheço suas ruas, seus jardins, canais, becos e moradores. O bulevar principal que dá no palácio do Deus do Mar está vazio. Os portões estão escancarados. Pela última vez, subo os degraus e atravesso as portas.

Deparo-me com Namgi e Kirin no primeiro pátio.

— Mina! — Namgi se aproxima correndo e me abraça forte. Abraço-o de volta com a mesma intensidade.

— Vocês estão aqui! — grito. — Tive tanto medo de não vê-los antes...

— Mina, aconteceu uma coisa maravilhosa! — diz Namgi. Ele se afasta, e dou uma boa olhada em seu rosto. Vejo alegria e admiração. — Sabemos de *tudo*... sobre o imperador, sobre o Deus do Mar. *Shin* é o Deus do Mar! Dá pra acreditar?

— Onde ele está? — pergunto.

— No salão. Acabamos de chegar.

Kirin vem por trás de Namgi, e seus olhos sempre espertos me observam com atenção.

— O que estava dizendo, Mina? Que não nos veria antes...?

Solto Namgi e dou um passo para trás.

— Podemos ter recuperado nossas memórias, mas os efeitos do desejo do imperador ainda estão nos afetando. Durante cem anos, meu povo sofreu com as tempestades, isso é fato. E, por causa da ausência do imperador, nosso país esteve envolvido em constantes guerras. Para ter paz duradoura, precisamos que o imperador e o Deus do Mar voltem para nós, e só há uma maneira de isso acontecer.

Kirin compreende logo.

— Você precisa fazer um desejo.

— Mas... — Namgi olha para nós. — Um desejo como esse é tão poderoso quanto o do imperador. Qualquer coisa pode acontecer. Se você desejar que o Deus do Mar e o imperador voltem para onde pertencem, é possível que não só Shim Cheong, mas *você* também seja mandada de volta, já que nenhuma de vocês se transformou em espírito ainda.

— É o único jeito — falo baixinho. — Namgi, uma vez você me perguntou se eu era uma ave ou uma noiva. Acho que sou as duas coisas, e mais. Se bem que, para você, gostaria de acreditar que sou uma amiga.

— A melhor — diz Namgi, segurando as lágrimas.

— E Kirin... — Viro-me para o guerreiro de olhos prateados, tão firme e íntegro. — Não confio em ninguém tanto quanto em você no que diz respeito à segurança e ao bem-estar de Shin. Você é o mais leal dos companheiros.

— Você me honra — diz Kirin em voz baixa.

Antes que eu me desmanche em lágrimas, viro as costas para eles e saio correndo pela escada. No pátio diante do salão do Deus do Mar, me deparo com o dragão. Ele ocupa todo o espaço, e seu corpo inquieto bate contra as paredes. Ao me ver, ele fica imóvel.

Dou um passo à frente, fixando meu olhar na grande fera. Seus olhos escuros feito o mar são familiares, e sou tomada por uma sensação de segurança e conforto. Coloco-me entre suas patas e passo por baixo de sua enorme mandíbula. O calor do seu hálito aquece o topo da minha cabeça.

Então me viro e estico a mão. O dragão levanta uma pata e coloca a pérola gentilmente na minha palma. Ela tem o tamanho de uma pedrinha. Fecho os dedos em torno dela, e subo os degraus para o salão do Deus do Mar.

— Shin!

Ele está no chão, no meio do salão. Corro até ele e caio de joelhos a seu lado.

— Sei a verdade agora — diz ele. — Sei quem eu sou, o que eu fiz. Sou o Deus do Mar. Eu sou aquele que só toma dos outros e nunca retribui nada.

— Sua voz está cheia de uma agonia amarga.

Meu coração dói por ele. Por cem anos, seu povo sofreu, o povo que ele jurou proteger. Para Shin – tão corajoso, fiel e devotado –, esta deve parecer a maior traição de sua alma.

– Não – digo com firmeza. – Você é aquele que salvou o imperador. Você lhe ofereceu sua alma quando ele estava morrendo, a alma de um deus. Você sabia que somente esse poder seria capaz de salvá-lo.

– Agora eu me lembro – sussurra Shin, virando-se para mim. – Em um penhasco à beira-mar, o imperador desejou viver. – Ele me olha com uma expressão de tanta vulnerabilidade e encantamento que percebo que, assim como eu tenho fé nele, ele também tem fé em mim. – O que vai acontecer agora, Mina?

Abro a mão devagar, revelando a pérola.

– Vou fazer um desejo, e devolver você e o imperador ao lugar aos quais pertencem.

– E você? – pergunta ele baixinho. – Na história do lenhador e da donzela celestial, ela foi enviada de volta para o lugar em que queria estar, com sua família. É isso o que você quer?

Meu coração está se partindo... porque suas palavras acendem um desejo dentro de mim. Quero ver minha família, minha avó e meus irmãos, quero saber se eles estão bem e me despedir adequadamente. Quero trabalhar ao lado dos moradores semeando uma nova vida nos campos, construindo lares que vão durar. Quero ver as árvores crescendo. Quero ver minha cunhada dar à luz uma criança saudável. Mas, por mais que eu queira todas essas coisas, quero Shin ainda mais.

Eu o amo.

– Um ano – digo. – Me procure daqui a um ano e então me faça a mesma pergunta.

Shin olha para mim, e vejo em seu olhar todas as palavras que ele não consegue me dizer – que me ama, que quer que eu fique, mas que acabou de recuperar sua alma e precisa descobrir por conta própria quem ele é no papel de Deus do Mar.

– Espere por mim onde a terra encontra o mar – diz ele.

A pérola começa a brilhar e a esquentar na minha mão. Shin coloca sua mão sobre a minha, e a segura firme.

– Desejo que o mundo seja como deve ser – sussurro –, que o imperador retorne ao seu lugar de direito e que Shin volte a ser quem foi, o Deus do Mar, protetor do nosso povo.

A última coisa que ouço é a voz de Shin me dizendo:

Eu te amo. Espere por mim onde a terra encontra o mar.

35

Acordo com o sol batendo em meus olhos. Estou deitada na margem do lago do jardim da minha família, com Shim Cheong a meu lado. Tudo está como há um mês. Os vasos de barro estão alinhados nos fundos do jardim, cheios de soja fermentando para o inverno. Os patos grasnam dos juncos. Do outro lado do jardim está minha casa, com seu telhado de palha e paredes de madeira.

A porta dos fundos se abre.

– Mina! – Minha avó sai correndo pelo gramado, com Joon em seus calcanhares. Eu me levanto depressa e bem a tempo de receber seu abraço. – Ah, Mina, meu amor, minha neta querida.

Eu a abraço com força, vertendo lágrimas copiosamente. A nosso lado, Joon abraça Cheong e a beija com fervor.

De dentro da casa, surgem Sung e Soojin. Minha avó me solta e meu irmão mais velho me envolve com os braços. Depois Soojin me abraça com gentileza, cheirando a hibisco e peras que ela devia estar descascando minutos antes. Logo estou nos braços de Joon, e talvez seja por conta de todas as memórias de infância em que ele me confortava se eu ralava o joelho ou se as outras crianças me provocavam por causa do meu jeito um pouco rude, mas começo a chorar aos soluços.

Estou tão *aliviada* por ele estar bem.

Mais tarde, vou lhes contar o que aconteceu no Reino dos Espíritos, depois que pulei no mar e acordei em um mundo de névoa e magia.

Vou contar à minha avó que conheci a avó *dela*, que se apresentava como Mascarada e escondia o rosto de mim porque sabia que, se eu a visse, eu saberia quem ela era. E vou contar para todos eles sobre meu avô, sobre como ele cuida de Miki, mal deixando que ela saia de seu campo de visão. Vou descrever para Soojin e Sung quão feliz aquela bebê é, e vou lhes dizer que ela tem a personalidade alegre de Sung e a beleza e a inteligência de Soojin.

Vou lhes contar sobre Namgi, Kirin, Nari, Shiki e Hyeri...

E sobre Shin também. Vou lhes dizer como ele é alto, nada assustador e honrado. Como ele me salvou de novo e de novo, como ele mesmo e como dragão. E vou lhes dizer quanto o amo.

Mas, por ora, não falo nada.

Depois de um tempo, nos separamos, e Cheong diz:

– Mina, olhe!

Florescendo em rosa e dourado por todo o lago, feito grandes estrelas caídas na terra, estão milhares de flores de lótus.

༄

Pensei que as mudanças viriam gradualmente, mas logo nas primeiras semanas após o meu retorno os efeitos do meu desejo são visíveis pela terra. Nos lugares onde as tempestades arrancaram árvores, mudas brotam durante a noite. Mais para o interior, onde as secas fizeram os córregos e os rios desaparecerem, a água parece encher os canais vazios, que logo fervilham de peixes e aves. E o que é ainda mais maravilhoso: há boatos se espalhando pelo norte, tão dilacerado pela guerra, de que qualquer arma levantada com a intenção de causar dano vira pó.

Mas há também os pequenos milagres. Vizinhos trabalham lado a lado para reconstruir a terra, plantando vegetais, dividindo tempo e esforço. Crianças pequenas ajudam os idosos a se acomodarem à sombra dos grandes pinheiros enquanto brincam junto ao riacho cintilante. Toda semana lidero um grupo de mulheres para procurar raízes e colher frutas e ervas na floresta. Às vezes ficamos até de noite, mas nunca temos medo, porque um caminho sempre se abre ao luar para nos levar de volta para casa.

Ainda assim, só fico sabendo do milagre mais extraordinário de todos depois de um mês. Um mensageiro real chega da capital. De pé no topo de um barril junto ao poço do vilarejo, ele nos entrega um comunicado que mais parece uma história excepcional que uma proclamação: o imperador que desapareceu cem anos atrás surgiu magicamente nos degraus do palácio, sem ter envelhecido um dia sequer.

— Onde ele esteve esse tempo todo? — perguntam os anciãos do vilarejo, dando voz à nossa surpresa.

— Ele não se lembra — responde o mensageiro. — Mas muitos acreditam que ele estava no Reino dos Espíritos, sob a proteção do próprio Deus do Mar durante esses cem anos!

As pessoas suspiram em choque, virando-se naturalmente para Cheong e para mim, paradas atrás da multidão. Imagino como o imperador deve estar se sentindo, tendo acordado de um sono encantado após cem anos, sem se lembrar de nada do tempo que passou como Deus do Mar. Para alguém que tanto adorava histórias, agora ele é parte de uma das mais incríveis de todas.

— Ele reconquistou o palácio com a ajuda dos bisnetos e de seus antigos seguidores — continua o mensageiro real —, e está trabalhando neste exato momento para restaurar a paz e a ordem em nossa terra.

Todos comemoram as notícias maravilhosas.

Depois da proclamação do mensageiro, várias pessoas se aproximam de Cheong para lhe agradecer por seus feitos. Ela me olha, resignada. Encolho os ombros, sorrindo para ela.

Após alguns dias do nosso retorno, percebemos que a maior parte dos moradores acreditava que Shim Cheong era a responsável pelo fim da maldição do Deus do Mar, já que foi sua última noiva — e a única, além de mim, que tinha voltado. A princípio, ela ficou horrorizada e tentou corrigir seus simpatizantes, mas eu lhe disse que não me importava. E não me importo mesmo. Afinal, na última história que contei para o Deus do Mar, Shim Cheong *era* sua noiva.

As estações passam e, na primavera, Sung e Soojin trazem uma criança ao mundo. Sua bisavó a batiza de Mirae, em homenagem a seu futuro brilhante.

Conforme a primavera vai dando as boas-vindas ao verão, começo a descer para a praia. Minha família percebe e, adivinhando o motivo, inicia os preparativos para minha partida. Minha avó e minhas cunhadas fazem um lindo vestido para mim usando o tecido de seus próprios vestidos, tanto para me homenagear quanto para me fazer lembrar delas. Meus irmãos forjam uma adaga para mim – Joon entalha uma pega em seu cabo – para fazer companhia ao punhal da minha tataravó.

Exatamente um ano após meu retorno ao mundo de cima, vou até a praia e fico esperando com minha família. O sol se põe e a lua nasce. Shin não aparece. No dia seguinte, voltamos, e no seguinte e no seguinte, até que fico esperando sozinha e o verão vira outono.

No início, fico confusa, depois duvido que ele tenha me amado, e então finalmente compreendo. Porque, se o imperador perdeu a memória quando sua alma voltou, provavelmente Shin também perdeu.

༄

O outono vira inverno e, na primavera, o mesmo mensageiro de antes volta, nos surpreendendo com a notícia de que o imperador estava planejando vir ao nosso pequeno vilarejo para celebrar o aniversário de seu retorno milagroso. Um festival seria realizado em homenagem ao Deus do Mar, primeiro no vilarejo, depois no penhasco, e os moradores comemoram.

Logo várias caravanas chegam da capital, trazendo consigo nobres e damas da corte. Seus criados armam tendas elaboradas nos campos, animando as crianças e fazendo os mais velhos resmungarem.

Durante semanas, o vilarejo inteiro se prepara para a chegada do imperador. Lanternas são amarradas nos beirais dos prédios da praça e entre os galhos das árvores que ladeiam o caminho até os penhascos.

As fogueiras ardem noite adentro, e o barulho do ferro contra a madeira pode ser ouvido do nascer até o pôr do sol enquanto telhados são consertados e novos edifícios construídos para acomodar centenas de mercadores e artesãos que se aglomeram em nosso vilarejo na esperança de atrair os nobres.

O templo à beira-mar dedicado ao Deus do Mar volta à sua antiga glória, e um artista é contratado para pintar um mural do dragão, cercado por noventa e oito flores de lótus, em homenagem a cada noiva sacrificada para salvar nosso povo.

O trabalho duro me faz ansiar pela magia do Reino dos Espíritos, mas também é uma distração bem-vinda para quando meus pensamentos ficam pesados. A saudade que sinto é como uma farpa em meu coração.

Na manhã que precede o festival, há uma comoção intensa do lado de fora da nossa casa. Cheong e eu, sentadas perto da lareira, levantamos os olhos dos brotos de feijão.

– O que é isso? – pergunta ela.

Ouço com atenção.

– Artistas de circo?

– Talvez seja o filho mais velho de Kim de novo – brinca Cheong. – Ele está bastante determinado a te conquistar.

Atiro um broto de feijão nela.

– Só tenho dezoito anos. Não vou me casar por pelo menos mais dez anos!

A porta se abre, e Joon entra correndo. Ele se apoia no batente para recuperar o fôlego. Então abre a boca e a fecha novamente sem falar nada.

– Joon, meu amor – fala Cheong, paciente. – Quem chegou para nos visitar, fazendo todo esse estardalhaço? Estou ouvindo tambores?

– O imperador – fala Joon, ainda sem ar. – O imperador chegou!

Cheong se levanta de repente, arregalando os olhos.

– Aqui no vilarejo?

– Aqui na *nossa casa*! Ele está no portão!

O tempo parece desacelerar. As vozes animadas de Cheong e Joon se tornam murmúrios incompreensíveis. Ela sai correndo para contar a notícia à minha avó e Soojin, enquanto Joon dispara pelo jardim para buscar Sung. Olho para baixo e vejo que o broto de feijão que eu estava segurando está amassado na palma da minha mão.

Nós nos reunimos no pequeno pátio de nossa casa. Sung e Soojin estão na frente com Mirae, depois estão Joon e Cheong e, por fim, minha avó e eu.

Nossa criada, uma senhora que contratamos depois que Mirae nasceu, abre a porta. O imperador atravessa o portãozinho de madeira. Tento reconhecer o Deus do Mar que conheci – aquele menino assustado e tristonho –, mas ele não está mais ali. Este homem, ostentando a postura ereta e exalando orgulho, é o jovem que vi naquela memória, que enfrentou a morte em um penhasco desolado e desejou viver. Ele corre os olhos por nós. Então seus olhos encontram os meus, e eu baixo a cabeça.

Sung se aproxima dele e diz:

– Vossa Majestade, o senhor nos honra com a sua presença.

O imperador não fala nada, e Sung tenta novamente:

– Posso lhe oferecer um refresco?

– Não – diz ele, com uma voz diferente, mais profunda e imperiosa. – Por favor, apresente-me sua família.

Sung hesita por um momento.

– Estas são minha esposa e minha filha.

Ouço o som de suas botas batendo no chão.

– Meu irmão e sua esposa, Shim Cheong. O senhor deve ter ouvido...

O imperador deve demonstrar impaciência, porque eles avançam.

– Minha avó – continua Sung.

Eles param diante de mim.

– E minha irmã.

Fico olhando para as botas do imperador.

– Qual é seu nome?

Engulo em seco com força. Por que ele está aqui? Ele não devia se lembrar de mim. Sou uma estranha para ele. O imperador coloca o dedo sob o meu queixo e ergue meu rosto.

– Vossa Majestade... – digo. – Meu nome é Mina. Sou a filha da família Song.

– Mina – diz o imperador com uma voz profunda e desconhecida. – Vamos dar uma volta? Talvez no seu jardim?

Olho para a minha família, que me encara com olhos arregalados.

– Claro, Vossa Majestade.

Vamos para o jardim. Ele segue na frente. Está diferente do meu Deus do Mar. Seus ombros são mais largos e sua altura é a de um guerreiro. Ele tem uma espada na cintura, e seu cabelo está mais comprido. Uma estranha saudade do meu Deus do Mar vai crescendo dentro de mim. E percebo que esse Deus do Mar não existe mais. Meus olhos se enchem de lágrimas.

O imperador se vira. Ele permanece em silêncio, me observando chorar. Espero ver confusão, ou quem sabe até aversão em seu olhar. Mas ele parece... quase aliviado, como se minhas lágrimas fossem a confirmação de algo.

– Mina, peço desculpas por vir aqui assim desse jeito. Sei que isso é bastante... inesperado. Eu só... precisava ver você. A verdade é que... – Vejo seu pomo de adão se mexendo. Ele está nervoso. – A verdade é que eu sonho com você.

Pisco.

– Você... o quê?

– Tenho pesadelos. Uma lembrança de... solidão. De uma terrível impotência sobre um destino opressor. A única constante é você. Você está em todos os meus sonhos, me mostrando como sair da escuridão.

O imperador pega minha mão e a leva até a boca. Seus lábios são quentes. Seus olhos encontram os meus – e são os olhos do meu Deus do Mar, aquele menino perdido que, até este momento, eu não tinha percebido que me fazia tanta falta.

– Você quer se casar comigo, Mina? Quer ser minha noiva?

༄

Mais tarde, naquela noite, Joon e eu estamos caminhando pelo jardim. No ano anterior, não tivemos muito tempo juntos, só nós dois. Ele tem uma família agora, com Shim Cheong e o pai dela, e, algum dia, terão filhos, se forem abençoados. E, apesar de eu estar sempre em seu coração, ele precisa pensar neles primeiro. Como deve ser.

Joon suspira.

– Não acredito que o imperador está aqui. Na *nossa* casa. Querendo se *casar* com você.

– É... quase inacreditável – digo.

Ele me empurra com o ombro.

– E você pediu uma noite para pensar. Minha irmã, dizendo ao imperador do nosso país que vai *pensar* na proposta...

Joon dá risada e fala baixinho:

– Confesso que me senti mal pelo filho mais velho de Kim.

Seguimos até o lago e caminhamos pela margem devagar. Ficamos em silêncio, perdidos em nossos pensamentos. Os patos nadam preguiçosamente em círculos. Quando uma nuvem obscurece a lua, bocejo.

— Vamos entrar.

— Espere — diz Joon, me chamando de volta com uma expressão perturbada no rosto.

— Não se preocupe — digo. — Não vou tomar nenhuma decisão precipitada. Vou escolher me casar com o imperador ou não. Nada nem ninguém pode me obrigar.

Ele balança a cabeça.

— Não, não é isso... — Ele olha para os patos no lago. — Acho que qualquer irmão ficaria feliz por ter uma irmã imperatriz. E estou feliz por você. Ou pelo menos estaria se... — Ele se vira do lago para me encarar com olhos questionadores.

— O que está tentando dizer, Joon?

— Este ano, desde que...

Desvio o olhar, e ele não termina a frase.

— Você tenta esconder — diz ele baixinho. — Mas é como se você estivesse escapando de nós. Mina, eu só... quero que você seja feliz. Ele vai te fazer feliz?

— Você me faz feliz. Os patos me fazem feliz. O céu azul, o mar tranquilo, a paz duradoura. Todas essas coisas me fazem feliz.

— Se está feliz, por que está chorando?

Aperto os dedos contra os olhos, e eles ficam molhados.

— Não sei. Acho que eu choro muito. Tenho olhos fracos.

Meu irmão me abraça.

— Ou um coração forte.

Enterro o rosto em seu ombro. As lágrimas são infinitas, e a dor, insuportável.

༄

Mais tarde, vou até a praia. Há nuvens escuras sobre a água. Uma tempestade se forma ao longe. No ano passado, houve várias tempestades, uma mais inofensiva do que a outra. Elas molham as plantações e mantêm nossos rios cheios. E os deuses são apreciados e amados pelo povo – o Deus do Mar mais que todos.

Espere por mim onde a terra encontra o mar, ele disse.

Mas eu te esperei todos os dias durante um ano inteiro, e você não veio. O que vou fazer? Como posso seguir em frente esperando você desse jeito, sabendo que você jamais virá?

Estamos separados pela distância, por *mundos*. Pela memória.

– Shin. – Seu nome é uma oração, uma súplica.

Viro as costas para o mar e pego o caminho de casa. Deito na minha cama com lágrimas nos olhos, e acordo horas depois com o rufar de tambores e o som de uma flauta de bambu. O festival do Deus do Mar começou.

36

DE MANHÃ, AS CRIANÇAS VÃO CORRENDO ATÉ O RIACHO DO VILAREJO para depositar seus barquinhos de papel na água. Então se segue um dia inteiro de jogos, música, comida e risada. Cheong e eu paramos para assistir a uma talentosa artista cantar a história da "Noiva do Deus do Mar" para uma plateia extasiada, acompanhada por um tocador de tambor habilidoso. Fico surpresa ao descobrir que a história que ela narra tem muitas similaridades com a que eu contei para o Deus do Mar no salão, o que me faz questionar quanto de nossas narrativas está enraizado na terra e no povo, em uma consciência na qual todos nós acreditamos – e que compartilhamos.

Passeamos pelas barracas. Cheong compra um espeto de mel para Mirae e castanhas torradas para dividir comigo. Depois de algum tempo, porém, começo a notar algo peculiar. Pela primeira vez, as pessoas com as quais cruzamos nas ruas, e até os elegantes e indiferentes nobres, parecem ignorar Shim Cheong completamente. Em vez disso, todos olham – sem disfarçar – para *mim*.

Cheong para uma das crianças. Eu reconheço de imediato que se trata de Mari, a prima mais nova de Nari.

– O que está acontecendo? – pergunta ela. – Por que está todo mundo olhando para Mina? Fale logo!

Mari dá uma risadinha conspiratória, parecendo tanto com sua prima que meu coração dá um solavanco.

– Estão dizendo que o imperador pediu a mão de Mina em casamento ontem, quando foi até a casa dela. É verdade?

– Mesmo se fosse verdade, não é respeitável ficar espalhando boatos. Aqui, compre algo pra você. – Cheong lhe dá uma moeda.

– Não é boato se for verdade – diz Mari descaradamente, enfiando a moeda no bolso. Ela não se esquece de fazer uma reverência para nós duas antes de sair correndo para os seus amigos.

Cheong me observa com atenção. Nenhum dos meus familiares me perguntou qual vai ser a minha resposta ao pedido do imperador, embora minha avó diga que eu nunca aceitaria um casamento tão desigual: "Ele é apenas um imperador; Mina estava ligada a um deus". E Soojin calmamente diz com seu jeito gentil e discreto: "Mas não seria bom para Mina ter uma família? Talvez ele a ajude a seguir em frente…".

No fim da manhã, as pessoas voltam às suas casas para se prepararem para a cerimônia que vai encerrar a festa, quando o vilarejo todo, incluindo os nobres visitantes e o imperador, vão subir até o penhasco. Lá, o imperador prestará uma homenagem ao Deus do Mar, pedindo-lhe que proteja sua terra e seu povo por mais um ano.

Já estou usando o vestido que minha avó e minhas cunhadas fizeram para mim – a saia é amarela brilhante e a parte de cima, cor-de-rosa, feito as pétalas da flor de lótus. Coloco meu último presente – minha adaga – na cintura, e vou para o jardim esperar. Nas águas rasas da lagoa, pequenos girinos demoram-se sobre os seixos.

Quando Joon e eu éramos crianças, costumávamos pegar girinos no córrego do lado da nossa casa com um baldinho de madeira. Gostávamos de colocar o dedo na água para sentir sua pele lisa e macia, e logo depois os soltávamos. Joon – sempre gentil e bondoso – nunca conseguia mantê-los por muito tempo.

Ouço um barulho de passos suaves. É meu irmão vindo me buscar.

– Joon – digo, me virando. – Já está na hora…? – interrompo a frase no meio.

Parada diante de mim está a Deusa da Lua e da Memória.

Solto um suspiro de susto.

– O que está fazendo aqui?

Ela está usando vestes brancas e uma larga jaqueta vermelha, e seu cabelo está preso em um coque na nuca. Ela me observa com seus olhos iluminados por velas, que antes me enchiam de terror. Agora, sinto apenas carinho.

– Shin veio me ver – diz ela.

Recuo.

– O q-quê?

– É estranho – continua a deusa, inconsciente ou impiedosa diante de meu coração batendo descontroladamente. – Ele não deveria se lembrar de você, mas, mesmo assim, fica andando pelo palácio em silêncio. Ele não se alegra com nada, e sua alma está em prantos. Ele está pior do que quando o imperador era o Deus do Mar. Nada parece consolá-lo.

Meu coração se parte.

– Por que está me falando isso?

– Porque, assim como você sugeriu, tomei o papel de Deusa das Mulheres e das Crianças. Sabe o que isso significa?

Balanço a cabeça.

– Significa que todos que já tiveram medo de mim agora me amam. Até Shin, meu maior inimigo, me *ama*. Agora ele me conhece como a deusa da maternidade e das crianças, como uma deusa bondosa e gentil e generosa. Me diga, Mina, como é que posso ser cruel com alguém que me ama?

– Não sei. Você consegue?

– É... estranho. Quando eu era temida, odiava tudo e todos. Mas, agora que sou amada, não consigo suportar ver aqueles que me amam sofrendo um segundo sequer. Eu culpo você, Mina. Você me transformou em uma deusa compassiva.

Olho para ela com o coração na garganta.

– O que você fez?

– Você se esqueceu? Posso ser a Deusa das Mulheres e das Crianças, mas também sou a Deusa da Lua e da *Memória*.

Uma rajada de vento levanta as pétalas da pereira que caíram no chão. Elas rodopiam ao redor da deusa.

Dou um passo à frente.

– Espere!

Em um instante, ela vai embora.

– Mina? – Cheong sai da casa, olhando para o jardim. – Está tudo bem? Ouvi vozes.

– Cheong, eu...

Atrás dela, Sung e Soojin vêm correndo.

— Mina, Cheong! — diz ele, sem fôlego. — O imperador já chegou no topo do penhasco. Precisamos nos apressar, senão vamos nos atrasar!

Cheong parece querer falar mais, mas Mirae, presa nas costas de Soojin, começa a chorar, e ela vai acalmar a criança, fazendo um floreio para presenteá-la com o mel que comprou no mercado.

Minha família sai correndo para se juntar ao último grupo de moradores, Sung e Soojin com Mirae, minha avó, Cheong e Joon, subindo até o penhasco.

No início, caminho com eles, mas, depois de um tempo, meus passos ficam mais lentos. Eu me distraio com a brisa nas árvores, e logo estou sozinha.

Estou familiarizada com a trilha, que eu percorria com frequência quando era mais nova. Lembro-me de correr até o topo, sem fôlego, tanto pelo esforço quanto pela expectativa. Há um trecho em que o caminho fica íngreme e os últimos passos são mais custosos, mas vale a pena, porque, assim que chego ao topo, ele está lá, esperando por mim.

O mar. A água se estende pelo horizonte. Sua beleza é incomparável e enche meu coração de uma alegria sem limites, que tanto me prende a este momento quanto me leva para longe, para um mundo muito além deste, para o lugar onde eu queria estar.

Estou tão envolvida com o encanto desse momento que quase não vejo os rostos vigilantes das pessoas alinhadas ao longo do caminho, tanto os nobres quanto os moradores. Estão de ambos os lados de um tapete de grama, no final do qual o imperador espera.

Lembro da minha primeira noite no Reino dos Espíritos, quando o Fio Vermelho do Destino me levou até o Deus do Mar. E percebo que, assim como antes, eu devo caminhar até ele.

As pessoas me olham com curiosidade, e os nobres, com confusão. Eles devem pensar que o imperador cometeu um erro ao pedir em casamento uma garota de um vilarejo neste fim de mundo.

Na última história que contei ao Deus do Mar, o que será que Shim Cheong pensou ao ressurgir na flor de um lótus e se casar com o imperador? Ela passou de camponesa a governante.

A verdade é que ela não pulou no mar para se tornar uma imperatriz. Ela pulou no mar porque amava seu pai. O que mais ela poderia fazer? Nada de extraordinário é feito pela razão ou pela lógica, mas porque é a única maneira de sua alma respirar.

O destino pode tomar vários caminhos diferentes. Por exemplo, o caminho diante de mim conduz ao imperador. Posso seguir por ele e me tornar sua noiva. Ou posso seguir o caminho de volta ao meu vilarejo, para o lugar onde a terra encontra o mar, onde agora sei que meu coração está me esperando.

Qual é o meu destino? Qual destino vou agarrar e nunca mais soltar?

O imperador deve perceber minha indecisão, porque dá um passo à frente.

Algo enorme passa sobre nossas cabeças, lançando uma sombra imensa sobre o penhasco. A multidão explode em gritaria e caos e, por todos os lados, cortesãos e moradores recuam, caindo na pressa.

O dragão mergulha do céu e pousa na grama. No mesmo instante, ele começa a emanar uma luz radiante, e um forte vento sopra de seu corpo.

A trança se desfaz, e meu cabelo começa a esvoaçar ao redor do meu rosto.

Então o brilho se dissipa. E onde antes estava o dragão, agora está...

O Deus do Mar.

Ele é esplêndido, assim como suas vestes azul-claras com o emblema de dragão bordado em fios prateados sobre seu peito. Ele é inteirinho o Deus do Mar, o poderoso dragão do Mar do Leste, e também é inteirinho o lorde Shin, da Casa de Lótus, que aceitou uma pedra como sua alma.

– Mina – diz ele com uma voz cheia de saudade, esperança e amor. – A noiva do Deus do Mar.

Dou risada, me lembrando de quando nos conhecemos – ele me chamou assim.

– Não, Deus do Mar – diz uma voz, vinda de trás de nós. – Ela é a minha noiva.

Viro-me para o imperador do meu povo, percebendo de novo como ele mudou – não apenas por sua postura confiante, mas também por estar desperto há dois anos depois de ter passado um século dormindo. Ele não é mais um menino, mas um jovem. Também noto a espada tremendo em sua mão. Afinal, para o imperador, o Deus do Mar não é só um deus, mas o protetor de seu povo. Uma ternura brota dentro de mim. Ele me protegeria até do deus que ele mais ama no mundo.

Quanto a Shin, ele realmente deve se lembrar de mim, porque dá um passo para o lado, sabendo que sou eu quem vai responder ao imperador.

— Vossa Majestade — digo, colocando minha mão sobre a dele, assim como fiz no salão do palácio, quando o Fio Vermelho do Destino se dissolveu entre nós, levando junto o destino que nenhum de nós escolheu. — Seus sonhos são reais. São as memórias do tempo que passamos juntos no reino do Deus do Mar, quando você era o próprio deus, e não havia imperador. Você se lembra?

Ele abaixa a espada.

— Eu... — Uma expressão de espanto se espalha por seu rosto. — Eu me lembro.

— Se você se lembra, então deve saber que eu te salvei.

Lágrimas começam a descer por seu rosto.

— Eu me lembro. Fiquei perdido por muito tempo. Você me encontrou. Te devo minha vida, Mina. Te devo tudo.

Balanço a cabeça.

— Você não me deve nada. Talvez, apenas este momento. Você não precisa mais de mim. É hora de me deixar ir.

Seu rosto é tomado pela dor. Penso que sempre haverá uma conexão entre nós. Nossas histórias se ligaram de uma forma indissolúvel. E mesmo que eu seja a responsável por minhas decisões, *quero* que ele também escolha isto. Só assim sua história pode começar de fato.

Ele fica em silêncio por um momento, os olhos fixos em mim. Até que finalmente sussurra:

— Obrigado.

É o suficiente.

— Daqui a alguns anos — diz ele baixinho —, vou contar aos meus netos que, muito tempo atrás, fui salvo por uma deusa.

— Uma deusa? — Dou risada. — Uma garota, talvez.

O imperador do meu povo coloca as mãos na barriga e faz uma reverência para mim. E faz mais uma reverência para o Deus do Mar. Então, me lançando um último olhar, ele caminha pelo comprido tapete de grama em direção ao próprio destino.

Viro-me e me jogo nos braços de Shin. As lágrimas estão fluindo por meu rosto.

— Aqui não é onde a terra encontra a água, mas onde a montanha encontra o céu.

Ele me abraça mais forte.

— Onde quer que você esteja, eu vou te encontrar.

— Vou facilitar as coisas pra você. Porque estarei ao seu lado.

— Isso realmente vai facilitar as coisas. — Ele dá risada, fazendo cócegas nos meus ouvidos. Então ele fala baixinho, hesitante: — Você vai ser feliz sendo a noiva de um deus? — Sua pergunta traz lembranças de dois anos atrás, quando ele se preocupou que eu não fosse ser feliz longe da minha família, vivendo uma vida estranha e imortal no reino do Deus do Mar.

Afasto-me um pouco para olhá-lo nos olhos.

— Retiro o que disse antes. — Ele franze as sobrancelhas, tensionando os braços. — Não vou estar sempre do seu lado. Afinal, vou querer visitar Hyeri e passear com Nari pela cidade. E não é saudável para as suas amizades passarmos o tempo todo juntos. E Kirin e Namgi, como ficam? — Uma ideia me ocorre. — Eles também perderam a memória?

— Não — diz Shin —, mas eles temiam que, se me contassem a verdade, pudessem desfazer os efeitos do seu desejo.

— Ainda bem que a deusa existe, então. Ela não tem medo de nada!

Shin me envolve em um abraço. Sinto seu coração batendo forte.

— Mina, senti tanta saudade.

Ele recua só para se inclinar mais uma vez e me beijar. Ouvimos uma tosse intensa atrás de nós.

Quando eu me viro, deparo-me com toda a minha família parada a apenas alguns metros de distância. Todos eles exibem largos sorrisos nos rostos.

Joon é o primeiro a se aproximar, me dando um abraço. Fecho os olhos, tentando gravar este momento na mente, tentando guardar a sensação de estar em seus braços uma última vez.

— E pensar que isso tudo começou porque você estava me seguindo… — sussurra ele. — Vou sentir saudade, Mina, minha irmã favorita.

Faço uma careta.

– Você só tem uma irmã.

– Sim, e ela é a pessoa mais corajosa que eu conheço.

Um por um, vou me despedindo dos meus familiares. Sung, Soojin e Mirae. Dou o abraço mais demorado em minha avó. Esta é a última vez que vou vê-los, talvez para sempre. Mesmo quando eles morrerem, daqui a muitos anos, pode ser que eles sigam pelo rio para o céu. Eles podem seguir para outra vida.

Shim Cheong é a última. Ela me puxa para um abraço.

– Mina, obrigada. Obrigada por tudo.

– Não – digo. – A verdade é que você é a pessoa a quem mais sou grata. – Ela começa a protestar, mas eu a seguro firme. – Sua história foi contada e recontada por todo mundo, menos por você. Posso ter pulado no mar para salvar Joon, mas foi a sua hesitação que me deu coragem. Quando todos estavam te empurrando para o Deus do Mar e para um destino que você não tinha escolhido, você olhou para trás, para o que você queria. E por causa disso, para mim, *você* é a noiva do Deus do Mar. A garota que, salvando a si mesma, salvou todo o mundo.

Abraço Cheong por um tempo, e depois dou um passo para trás.

– Mina – chama Shin, me oferecendo a mão.

Eu a aceito e falo sorrindo:

– Vamos para casa.

Agradecimentos

A noiva do Deus do Mar é mesmo o livro do meu coração, e sou muito grata a todos que se juntaram a mim nesta longa e gratificante jornada. Agradeço à minha agente, Patricia Nelson, cuja fé inabalável na história de Mina me deu coragem de enxergar além dos tempos difíceis e realmente apreciar os bons. À minha editora, Emily Settle, nunca em meus sonhos mais loucos eu poderia imaginar uma editora mais perfeita do que você.

À minha genial capista, Rich Deas, e ao talentoso artista Kuri Huang – obrigada por criarem a capa mais bonita que um autor poderia querer.

À equipe da Feiwel and Friends, especialmente Starr Baer, Dawn Ryan, Michelle Gengaro e Kim Waymer: trabalhar com todos vocês é um verdadeiro sonho que se tornou realidade. E à equipe da Hodder, obrigada por receber meu livro com tanto entusiasmo.

Terminei o primeiro rascunho deste livro enquanto participava do programa MFA da Lesley University, e o momento que jamais vou esquecer foi quando li o primeiro capítulo em voz alta, na formatura, diante de todos os meus mentores, familiares e amigos. Obrigada ao incrível corpo docente da Lesley, em particular Susan Goodman, Tracey Baptiste, Michelle Knudsen, Jason Reynolds e David Elliott, bem como meu extraordinariamente talentoso e hilário grupo: Stephanie Willing, Devon Van Essen, Candice Iloh, Michelle Calero e Gaby Brabazon.

Aos leitores que me deram sugestões logo no início, sou eternamente grata: Cynthia Mun, Ellen Oh, Nafiza Azad, Amanda Foody, Amanda Haas e Ashley Burdin. Este livro não seria o que é hoje se não fosse por vocês. Aos meus parceiros de crítica: Janella Angeles, Alex Castellanos, Maddy Colis, Mara Fitzgerald, Christine Lynn Herman, Erin Rose Kim, Claribel Ortega, Katy Rose Pool, Akshaya Raman, Meg RK, Tara Sim e Melody Simpson. Estou encantada pelo talento de vocês e muito honrada de fazer parte desse grupo de escritores! E para meus queridos amigos: Karuna Riazi, David Slayton, Michelle Thinh Santiago, Veeda Bybee, Sonja Swanson, Lauren Rha e Ashley e Michelle Kim – o apoio de vocês significou muito para mim.

Esta obra fala a respeito de muitas coisas, mas, para mim, fala principalmente sobre família. À minha família: os Cho do Arizona, *Como* Helen, tio Doosang, Adam, Sara, Wyatt, Alexander, Saqi, Noah, Ellie e Zak; os Cho da Flórida, *Como* Katie, tio Dave, Katherine, Jennifer, Jim e Lucy; os DePope, *Como* Sara, tio Warren, Christine, Kevin e Scott; os Goldstein, *Como* Mary, tio Barry, Bryan e Josh; Heegum *Samchon* e 외숙모; Heemong *Samchon*, tia Haewon, Wusung, Bosung, Minnie, Josiah e Ellie; Heesung *Samchon*, 외숙모, Boosung, Susie e Sandy; Emo, Emo Boo, Chuljoong *Oppa*, Nahyun, Bokyung Eonni e Seojun. E Toro, o melhor garoto! Eu amo muito todos vocês.

Agradeço ao meu irmão, Jason. Há uma razão pela qual a história de Mina começa com ela correndo atrás de seu irmão – ele era seu mundo todinho. Eu te amo e sinto sua falta.

Aos meus avós paternos, 오창열 e 오금환, e aos meus avós maternos 김중업 e 김병례 – obrigada por me mostrarem pelo exemplo que não há limites para o que posso conquistar.

Para mamãe, papai e Camille: obrigada por serem a melhor, mais solidária e amorosa família.

Para meus leitores, novos e antigos – este é para vocês!

No fundo do mar, o dragão dorme
Com o que ele sonha?

No fundo do mar, o dragão dorme
Quando ele vai acordar?

Na pérola de um dragão,
seu desejo vai mergulhar.

Na pérola de um dragão,
seu desejo vai mergulhar.

Esta obra foi composta em Baskerville e Salamat e impressa
em papel Pólen Natural 70 g/m² pela Gráfica Rettec.